論創海外ミステリ
308

アゼイ・メイヨと三つの事件

P・A・テイラー

清水裕子［訳］

論創社

Three Plots for Asey Mayo
1942
by P.A. Taylor

目次

ヒドゥルへ

ヘッドエイカー事件

頭上から九月の強烈な日差しが照りつけるケープコッド湾の満潮が、アゼイ・メイヨの果樹園の裾にある湿地帯をじわじわと覆ってゆく。その日差しは、アゼイ・メイヨが立つ私道へと人目をはばかりつつ果樹園内を近づいてくく、しわしわの緑のコットンスーツを着た男の帽子のない頭部をも容赦なく照りつけていた。

男がじりじりと近寄ってきた十分間のうち七分間、アゼイは相手に悟られぬようせっせと車を磨いているふりをしながら、サイドミラーやバックミラー、さらにはポーター社製のいかしたロードスターのぴかぴかの車体に映るその姿を目で追いながら男を見張っていた。

はじめに果樹園に忍びこむその人影をちらりと見かけたとき、アゼイはにやりと笑い、地元新聞社の編集主任サム・ホウがいつものようにお気に入りの暇つぶしをしているのだと思った。背後の茂みからびっくり箱の人形みたいに飛び出してきて、割れんばかりの大声でこう叫ぶのだ。「よお、庶民派探偵殿、今日の調子はどうだい？　ケープコッドのシャーロック、元気かい？　目ざといくせに、おいらが忍び寄っているのに気づいてなかっただろう？」アゼイの昔なじみにはそういう者が少なないのだが、サムもかつてポーター家のなんでも屋だったりヨットの船長をしたりしていたアゼイが、有名な探偵というだけでなく、ポーター自動車の役員になるなんて驚いたし痛快だと思っていたのだ。

だが次に目に入った人影がサムではなく、長身で黒髪の見知らぬ男だとわかったアゼイは肩をすくめ、きっとカメラ好きの観光客が遠くから盗み撮りしているのだろうと考えた。そしてそいつが典型的な行動を取るなら、じきに目の前に来てこう言うだろう。マリン帽をかぶって、着古したキャンバス地のコートをはおり、なつかしのコルトアーミーを持ってポーター・シックスティーン（アゼイの愛車でオープンカーのロードスターの車種名）の横に立ち、写真でおなじみのポーズを取ってくれと。

　だが三度目に目にしたその男の姿にアゼイは低く口笛を吹くと、オープンカーの埃を払いながら鏡や車体に映る動向をじっと観察し続けた。この男は観光客かもしれないが、カメラ好きなどではない。両手になにも持っていないし、どちらの肩にもカメラストラップがかかっていないからだ。

　アゼイは大声で呼びかけたくなる衝動を抑えた。このまま黙って、この男が何をするつもりなのか見届けたほうがいい。大声で叫んだりしたら相手は怯えて逃げてしまうかもしれない。誰かが自分に忍び寄ることはさほど気にならなかった。この男のように見たところ丸腰であるならば。とはいえ男が木から木へと身を隠したり、足音を忍ばせたりする様子が怪しいのは確かだ。どうにも気に入らない。

　車のボンネットに映ったぼやけた顔で、その男がずいぶん近くまで来たことがわかった。あと一分もすればマルメロの老木の所まで近づくだろう。そのときにくるりと振り返って襟首を捕まえ、いったい何をしているのか聞いてみることにしよう。

　最後にドアの取っ手の埃を払いながら、アゼイは心の中で六十数えるとおもむろに振り返った。

「おい――」

　アゼイは絶句した。例の男はマルメロの木陰に潜んでもいなければ、その付近のどこにも見当たらない。男はいなくなっていた。

「かくれんぼでもするつもりか?」アゼイは肩をいからせ、果樹園の小道を進んでいった。「いいだろう、つきあってやろうじゃないか！　この果樹園に忍びこむとはいい度胸だ！」

顔をしかめたアゼイがなんの収穫もなく戻ってきたのはそれから十五分ほどあとのことだった。例の男は草の中に隠れてもいなかったし、木に登ってもいなかったし、海岸に身を潜めてもいなかった。誰かに魔法のマントをかけてもらったとしても、これほど完璧に姿を消すことはできなかっただろう。だがそれなら、なぜ十分もかけてこちらにそっと近づいて消えてしまったのか。

私道にたどりついたアゼイの口から小さな叫び声が漏れた。自分のロードスターの隣に黄褐色のコンバーチブルクーペが止まっている。そしてその先の、自宅裏口前の階段にはあの緑のコットンスーツの男が座っているではないか！

男は最初に思ったより長身でがっしりとしていて若く、せいぜい二十三、四といったところだった。アゼイが興味津々で男の高価そうな白のスウェードのスポーツシューズや、ストップウォッチの付いた腕時計といった細かいところを見ているあいだに、その若者は黒いサングラスを外すと、芝生を横切って近づいてきた。

「アゼイ・メイヨさんですか？」きれいに揃った白い歯をのぞかせたその笑顔は、緊張で引きつっていた。「写真を拝見したことがあるので、すぐにわかりました。メイヨさん、どうか力を貸してください。とても奇妙な出来事が起きたんです」

「何を言いだすかと思えば！」そう言うアゼイのケープコッド訛りは、彼を知る者にはいまはくだらない冗談を言うべきときじゃないと気づかせる、唸るような低い声だった。「こっちも奇妙な出来事が起きたばかりだ！」

「ぼくの――ぼくの妻がいなくなったんです！」若者は黒いサングラスをたたみ、またおもむろに元に戻してかけた。「妻が消えてしまったんです！」

「ほう？」アゼイが呆れたようにたずねた。「つまり、奥さんをどこかに置き忘れて見つからなくなったのかね？　まるでカラーボタン（シャツの襟に取り外し可能なカラーを固定するための飾りボタン）みたいに。それとも奥さんは煙になって消えてしまったのかい？」

「真面目な話なんです！」若者は頬を紅潮させた。「ぼくはデイヴィッド・アーリントンと言います。なんとしてもローラを探し出さないとならないのに、どうしたらいいのかわからないんです——あのイカレおやじが何をするかわかったもんじゃなくて。ローラには言ったんですよ。彼の手紙には陰謀の気配があると。なにしろやたらと親しげで寛大な文面でしたから！　行かないように必死に説得したんですが、妻は耳を貸そうとせず、どこかに消えてしまいました。そしてあのイカレおやじが——」

「さっきから話に出てくるイカレおやじってのは誰なんだね？」アゼイが遮ってたずねた。

「ローラの伯父さん、ティベリウス・ヘッド大佐ですよ」アーリントンはそう言った。「ウィージットにあるヘッドエイカー邸の——彼をご存知ですか？」

「聞いたことはある」アゼイは昨日、その大佐と船に乗って過ごしたことを伝えようとは思わなかった。「彼にジュールズという弟がいるのは知ってる。奥さんはジュールズの娘なのかい？」

「小生意気なペニーのことですか？　もちろん違います！　ローラの母親は大佐とあのデブのジュールズの妹で、二人はローラの後見人だったんです。二人はローラをあの忌々しい工場を経営する仲間の一人と結婚させたいと考えていたので、ぼくと結婚するとなったらビタ一文寄こさずに切り捨てました。そしてローラは今日までの二年間、ヘッド家の誰とも会っていなかったし、関わりもありませんでした。なのにいまや妻はどこかに消えてしまって――」

「なぜ今日だったんだ？」アゼイがたずねた。

「ぼくたちが休暇に出かける前に大佐からの手紙が届いて、今月中に会いに来てほしいと書いてあったのを読んで、妻が今日行くことにしたからです。そしてあのイカレ野郎が――」

「なぜ彼をイカレてると言うんだね？」アゼイは興味を覚えていた。アゼイの印象では、ヘッド旋盤研磨社の元社長ヘッド大佐は感じのいい知的な男であり、欠点といえばこっちがうんざりするほど一方的にしゃべるきらいがあることぐらいだったからだ。

「なぜって、実際イカレてるからですよ！」アーリントンは言った。「あなたはそこらじゅう変なものだらけのヘッドエイカー邸を見たことがないんですか？　そもそもまともな人間が空飛ぶ木馬だとか木製のインディアン人形だとか船首像《フィギュアヘッド》や木彫りの彫刻なんか集めて、芝生だとか敷地内のそこらじゅうに数百個単位で置きますか？　あの男は狂ってる。まったくどうかしてます。だけど、ぼくもどうかしてました。ローラをあそこへ行かせるなんて……。メイヨさん、どうか質問はこれくらいにして、妻が消えたという話を信じて探すのを手伝ってくれませんか？」

「そいつはむずかしいな」アゼイは言った。「まずどういうことなのかちゃんと理解してからでないと。それに説明してもらいたいことがある、アーリントンさん。さっき――」

「いいですか」アーリントンはしびれを切らして言った。「今朝ぼくは大佐に会いに行くローラをヘッドエイカー邸まで車で送りました。その三十分後、あらかじめ約束していたとおりに妻を迎えに行きました。でも妻が出てこなかったのでしばらくあたりを車で走ってからまたヘッドエイカー邸に行き、クラクションを鳴らしましたがやっぱり妻は出てきません。それでしかたなく村に行って屋敷へ電話してみたんですが、誰も出ないんですよ！」

アゼイはたずねた。「なぜそんなややこしいことを？　玄関の呼び鈴を鳴らせばすむことなのに」

「ぼくはあそこでは歓迎されない人間なんです」アーリントンはぶっきらぼうにそう言った。「とはいえ、最終的には屋敷まで行って呼び鈴を鳴らしましたが、誰も出てきませんでした！　誰もいなかったんです。なのに車庫にはぎっしり車が止めてあるんですよ！」

「ふうん」アゼイはそう言いながら、大佐の使用人たちを思いだしていた。「そうさなあ、アーリントンさん、奥さんは大佐と別の車で出かけたんじゃないのかい？　おおかたジュールズの畑の奥にでもいるんだろう。それよりも聞きたいのはおまえさんがなぜ――」

「妻はジュールズの所になんかいません！」アーリントンは彼が果樹園でこそこそしていたことについて質問する隙を与えてくれなかった。「ぼくが電話したら、みんなに知らないと言われました！　もしもローラが十時半に帰る予定だったのを変更したのなら、車までやってきてそう言うはずです。それだけじゃないんですよ。こっちへ来てください！　お見せしましょう！」奥の手を出すかのように、アーリントンはクーペへ向かって大股で歩いていった。

アゼイはのんびりとアーリントンについていきながら、この大柄な青年はいったい何が狙いなのだろうと考えていた。アーリントンは確かに落ち着きがなく緊張しているが、感情とか心配という面では妻というより古いネクタイを失くしたみたいなのだ。ヘッド大佐が関わっている以上、誰かが事件に巻きこまれたふりをしているとか、質《たち》の悪いいたずらを仕掛けようとしているのではないはずだが。

アゼイは昨日の出来事を思い出そうとした。いっしょに船に乗っているとき、大佐は太陽の下で確かにありとあらゆる話をしていた。だが今回のことに関係がありそうな、何か特別なことを言った気がする。アゼイはかぶっているマリン帽をひょいと後方に傾けると、それが何だったか記憶を呼び起こそうとした。

そのときアーリントンがクーペのサイドステップに上がって車の中に体を入れ、そのすばやい仕草によってあらわになったものが、セーリング中の大佐の一人語りを思い出していたアゼイの意識を一気に現実に引き戻した。それまで上着で隠れていたアーリントンのズボンのポケットから突き出ていたのは、拳銃のグリップだったのだ！

「これです！」アーリントンがこちらを振り返ると、湿った青いリネンの小さな塊を差し出した。「見てください！　これはローラのスカート、妻が着ていたスカートです！　すっかり紫や緑に染まってしまっている。これがヘッドエイカー邸の芝生にあったんです！　これで、なぜあなたの助けが必要かわかってもらえましたか？」

アゼイは考えこむようにそのスカートに触れると、しみになっている部分に目をやりながら、証拠物件その一としてなぜ初めからこのスカートを見せなかったのだろうと訝《いぶか》った。

「何があったのかはわかりません」アーリントンはそう続けた。「だけど、ローラはいるはずの場所にいないし、ヘッドエイカー邸では何かが起こっているんですよ！　あなたにもそれは否定できないはずです！」

「じゃあこれでどうかな」アゼイは歯切れよく言った。「あっしの車に乗ってもらって、いっしょに現場を調べにいこう！」

アゼイが運転するポーター・シックスティーンはその数分後、猛スピードでヘッドエイカー邸の門を通過した。

「まず何をするつもりですか？」アーリントンがたずねた。「屋敷の捜索ですか？」

「クラクションを鳴らす」アゼイは親指をクラクションにかけた。

「言ったでしょう」アーリントンがいらいらした様子でそう言ったのは、アゼイが親指をクラクションから離したあとだった。「ここには誰もいないんです！　例のイカレた空飛ぶ木馬だとか木製の船首像《フィギュアヘッド》のコレクションは別ですけど。これから、どうしますか？」

「バラ園は歩いてみたかね？」アゼイは指差した。「そこの丘を越えたスイミングプールの近くにあるんだが。そっちは探してみたのかい？　なら、ついてくるといい」アーリントンが首を横に振るのを見て、アゼイは付け加えた。「そこへ行けばどういう状況なのか多少は明らかになるだろうし、奥さんと大佐もいるんじゃないかな」

だが、先を急いでいたアゼイがバラ園の小道で発見したのは、眉間を撃たれた大佐の姿だった。

アゼイは倒れて動かなくなった大佐を見下ろして唇をかんだ。

そして反射的に、凶器が見当たらないことと、遺体がどこか別の場所から引きずられてきた痕跡があることに気がついた。

一秒にも満たない刹那に、アゼイはこう自分に言い聞かせた。デイヴィッド・アーリントン氏はきっと手持ちの銃を渡してくれるだろう。そしてこの残忍で冷酷な殺人への関与を打ち明けてくれるに違いない。

アゼイはいつでも身をかわせられるようゆっくりと振り返り、そして緊張を解いた。

アーリントンは背後の小道にはいなかった。途中で立ち止まったか、さもなくばまたしても素早く身を隠したようだ。

アゼイは急ぎ小道の最初の曲がり角まで行くと足を止めた。

アーリントンが高い木の横に立ち、丘の上の林にいる誰かに向かって安心するよう手を振っている。それから両腕をさっと前に突き出して、ことばで言うようにはっきりと「こっちに近づくな！」と伝えていた。

アゼイがベンチに飛び乗ると、一瞬、真っ赤なぶかぶかのバスローブ姿の娘が見えたが、すぐにマツ林の中に消えた。

「小鳥はすでに手中にあり！」そうつぶやきながらアゼイが急いでアーリントンに近寄ると、砂利を踏む足音とともにずんぐりとしたジュールズ・ヘッドが現れた。

デイヴィッド・アーリントンの姿を認めたとたん、ジュールズの顔に浮かんでいた笑みはまるで拭き取られたように消え失せ、青いフランネルコートのポケットの上で両のこぶしを固く握りしめていた。「おまえ！」ジュールズは小さな口ひげを逆立てるようにして、そう吐き捨てた。「ここで何をしている？」

「あっしが連れてきたんです」アゼイはアーリントンが何か言う前に急いでそう言った。「ヘッドさん、本当にこの若者をご存知なんですか？　こちらはあなたの姪ローラの夫なんですか？」

「ああ」ジュールズは大きなため息をついた。「メイヨ、きみは知らないだろうが、この男にいてもらっては迷惑なんだ。できるだけ早くこいつを連れていってくれ。あとできみだけ戻ってきたら喜んで事情を説明するよ。アーリントン、タイに見つかる前に出てけ！」

「行きません！」アーリントンが言い返した。「ローラを見つけるまでは帰りません！　彼女はどこです？　彼女に何をしたんですか？」

「ローラだって？」ジュールズの口調は怪訝そうだった。「ローラなんか見ていないぞ！」

「そんなはずはない！」アーリントンは一歩前へ出た。「あなたと大佐で何を企んでいたんです？」

「ちょっと待った」アゼイが割って入った。「それ以上、言い争う前にこの道の先までいっしょに来てください。ここです」

兄の横にひざまずくジュールズの両頬には涙が伝っていた。一方アーリントンは、その動かない人物をおざなりに見てからほとんど反射的にさっとマツ林を見た。そしてまたこちらに向きなおったアーリントンの顔は、仮面で覆われてしまったようだった。

「メイヨ」ジュールズが声を詰まらせながら言った。「医者を——医者を呼べば、助かる可能性はあるだろうか？」

「残念ながら」アゼイは言った。「たとえ撃たれたその場に医者がいたとしても、手の施しようはなかったでしょう。でもカミングス先生に電話してもらえますか。監察医なんです。それから州警察のハンソン警部補にも電話してください。それとも、カミングス先生にハンソンを連れてくるよう頼んでもいい」

「ハンソンなら顔見知りだ。彼が来たら、おまえのことを忘れずに伝えるからな、アーリントン！おまえがタイを殺したんだろう！」ジュールズは踵《きびす》を返すと、アーリントンがなにも言い返さないうちに家へと歩き去った。

「さてと」アゼイが何気なく言った。「あっちにある、あの日時計を見ていてくれ」

「なぜです？　ちょっと、何をしているんですか？」

「おまえさんのボディチェックさ」アゼイが言った。「銃はどこだ？　さっきの銃はどうしたんだね？」

「銃って？　いったい何の話です？　ぼくは銃なんか持ってません！　いいですか、メイヨさん」アーリントンはかんかんだった。「あなたにボディチェックされ、ジュールズに殺人犯呼ばわりされるなんて我慢できません！　だいたい、あいつが人を犯人扱いできる立場ですか？　のこのこ小道を歩いてたあいつこそいったい何をしていたんです？　どこへ向かっていて、何をしようとしていたんだか！　屋敷に近づく車の音なんかまったく聞こえませんでしたよ！　ぼくらがここに来たとき、あいつは屋敷の中にいたんですか？　むしろジュールズのボディチェックをしたらどうです――」

「あのベンチが見えるかね？」アゼイが遮って言った。「行ってあそこに座るんだ。シーッ！　ちょっと考えさせてくれ！」

「でも――」

厳しい口調でアゼイが指示を繰り返すと、アーリントンは渋々言われたとおりにした。

アゼイは一瞬、考えこむようにアーリントンを見つめていたが、やおら向きを変えてもう一度大佐を見下ろした。大佐を殺した弾丸は、二二口径のような小口径の銃から発射されたものではない。それは明らかだった。そしてアーリントンのポケットに入っていた銃も小口径ではなかった。さっきは確かにこの若者のポケットに銃が入っていたのだ。

アゼイは、大理石のベンチで身をよじって茂みの向こうを見ようとしているアーリントンを目の端で観察した。あの赤い服の娘のもとに行きたくてたまらないようだが、あっしの思い違いでなければあれがローラなのだろう。あの娘がアーリントンと話をする前に直接、話をしたいところだが、存在に気づいていることを悟らせるのは得策ではないし、娘はあそこから動いていない。きっと逃げだせないのだ。ならばひとまず、あの娘のことは後回しにしよう。

遺体がどこかから運ばれてきたことには疑問の余地がない。砂利に残っている痕跡に加えて、大佐のグレーのフランネルには芝の汚れがついているし、グレーのツイードコートにもクローバーの切れ端がついている。

アゼイは注意深くあたりを歩きまわって芝生に目を凝らした。大佐が殺された場所は、小道からおよそ二十フィートほど離れた、背の高いイボタノキの生垣そばにある小さな半円形のアルコーブだろう。犯行場所をそことする根拠は、砂利に残る跡がそちらから遺体が引きずられてきたことを示しているのに加え、生垣の中を引きずられたとは考えにくいからだ。だから大佐はその半円形のアルコーブ内のどこかで死を迎えたに違いない。

その小さな囲い地には鳥の水浴び場だとか日時計だとか高い木などはなく、アゼイが見たところそこに生垣がある唯一の理由は、アーリントンが大佐の木の彫刻《ウッディアナ》コレクションと呼ぶものを展示する際の背景に適しているからだった。所狭しと置かれているのは二つの空飛ぶ木馬——車輪付きの台に乗せられた古いメリーゴーラウンドの馬たちとその傍らに立つ等身大の木製の男性像で、山高帽をかぶり、ダンドリアリー卿（トム・テイラーの喜劇『Our American Cousins』に登場する怠惰で愚かしい英国貴族）のような頬ひげを生やし、手には一ダースの葉巻を握りしめている。そしてその隣には片方の前足を上げた小さくて地味な木製のポニーが立っていて、本物の馬毛のたてがみをなびかせ、ひび割れた革製の鞍をつけていた。それを見たアゼイは、これとそっくりのポニーが古くからあるウィージット金物・馬具店の前に長年、置いてあったことを思い出してにんまりした。

ポニーの向こうには巨大な木彫りのワシが置いてあり、その滑らかな両翼はアゼイの頭よりも高く掲げられている。台の付いていないそのワシは演壇として使う木箱と杭に支えられ、前の芝生には開け っ放しの道具箱とくさびや針金、滑車などが置いてあった。

「おやおや！」アゼイはつぶやいた。

大佐が一人ここでワシ用の台を作ろうとトンカンやっていて、物音を聞いて顔を上げたところで眉間に銃弾を受けたのだとしたら、この生垣はその後ろに潜む者にとって格好の隠れ場所になっただろう。誰かが生垣の向こう側に立って大声で呼びかけ、大佐が顔を上げたところを撃ったのかもしれない。

そのようなことが起きたに違いないとアゼイは思った。大佐は敏捷な人だった。そんな大佐がアーリントンにせよ誰にせよ、信用していなかったり気に入らない相手からじっくりと狙いを定められ、眉間を打ち抜かれるはずがない。大佐は身に迫る危険を察知する前に撃たれたのだ。

だが言うまでもなく、大佐と親しく信頼もされている人物が、突然、銃を取り出して至近距離から撃つという恐ろしい可能性もあった。

「おまえさんが」アゼイは山高帽をかぶった木像に言った。「話せたらいいのに！　でなけりゃ木馬のどれかが前足で犯人を教えてくれたらいいのに！」アゼイはため息をついた。

アゼイがさっきの小道へ戻ると、ジュールズのやってくる足音が聞こえた。

「カミングス先生と連絡がついた」ジュールズは言った。「ハンソンにも。二人とも先生の診療所にいたよ。いまこっちに向かっている……。アーリントン、ローラはここにはいないと言ってるだろう！　あの子はファルマスのスレイド家に行っているんだよ！」

「そんなことはありません！　彼女は――えっ、どうしてスレイド家のことを知っているんです？」

アーリントンはそう聞き返した。

「まさかとは思うが」――冷笑を浮かべたジュールズの口ひげの先が持ち上がった――「我々がこの二年間のおまえたちのことを知らないとでも？　我々がローラはもういないものと諦め、あの子のことはすっかり忘れているとでも思っていたのか？　そんなはずないだろう！」

「ぼくたちをこそこそ監視していたんですね！」アーリントンは怒ってそう言った。「だとしたら、あなたたちの雇った探偵どもは大間抜けぞろいだ！　スレイド家へ行く計画は中止になったんですから！　ぼくは今朝ローラをここに送ってきたんです。タイが来てくれと彼女に手紙で頼んできたんでね！」

「そんな話、兄から聞いてないぞ！」ジュールズが言った。

「その証拠にあの人からの手紙を持っています。あれ、どこだったかな――？」

「二人とも」――アゼイは二人のあいだに割って入った――「いがみあうのはやめて、このベンチに座ったらどうだね？　いまは親戚同士で喧嘩なんかしてる場合じゃない。とにかくハンソンの到着を待とう！」

アゼイがまた囲い地のアルコーブをぐるりと見てまわり、生垣の向こう側に行きかけたとき、ジュールズがつかつかと近寄ってきた。

「これ以上こんなところに座っているのは耐えられない！　メイヨ、兄の使用人たちに戻ってくるよう電話したよ。彼らには、娘がトンセットでやっている英国へ支援物資を送ろうというチャリティバザーを手伝ってもらっていたんだ。娘が兄の使用人を借りたのは、今夜うちで夕食会を開く予定だったからで、わたしがここに来たのもそれが理由だ。ペニーがうちの車をすべて使っているので、わたしは兄の車を借りて、兄といっしょにチャリティバザーに行くつもりだったんだ。なあメイヨ」――ジュールズの声が震えた――「きみには今度のことがわたしにとってどんな意味を持つのか想像もつくまい！　何も考えられないし、頭が働かなくなったみたいだ！　自分が何をしたり、言ったりしているのかさえわからないよ！」

　アゼイはうなずいた。

「メイヨ」ジュールズの話は止まらなかった。「もしもローラが本当にここにいるとしても、あの子は絶対にこの件とは無関係のはずだ。だがデイヴ・アーリントンの言う事なぞひと言だって信じる気はないね。あいつはろくでなしで、金目当てでローラと結婚したのさ。我々はみんな結婚に猛反対したし、あの子に思いとどまらせようとあらゆることをした。なのにあの二人が結婚してしまって心底残念だよ！」

「姪御さんにここに来るよう大佐は手紙を書いたと思いますか？」アゼイはたずねた。

　ジュールズは唇を引き結んでうなずいた。「おそらく。結婚後、我々はあの子が金を使えないようにしたからな。できるだけ早く自分の過ちに気づいてほしいと願ってのことだ。だが最近タイはアーリントンに対する考えを改めたようだ。どうやら勤務先の証券会社ではちゃんとやってるらしいんでね。だからローラの金の件をわたしに相談する前に、本人と話がしたいと思ったのかもしれない。よくわからんがね。ただ、あの子がここにいると言うのなら、いまどこにいるんだ？」

「車が一台、家の前で止まりました」アーリントンが背後からやってきて言った。「聞こえましたか？」

　アーリントンがそう言い終えると同時に、カミングス医師がいつも携帯している小さな黒いかばんとともに小道を急ぎ足でやってきた。その後ろには州警察のハンソン警部補の姿もある。アゼイはカミングスとハンソンを脇へ連れていくと何があったかをかいつまんで話し、射殺がどこで行われたかについての仮説を付け加えた。

「まあ、これはあくまでもあっしの見立てだが」アゼイはそう締めくくった。「ところで部下を何人か連れてきたかね、ハンソン？　よかった。彼らにアーリントンを見張らせるんだ。彼の奥さんが姿を現わしても二人きりで話をする隙を与えないように。それから彼とジュールズ・ヘッドをいっしょにしたまま放っておかないでくれ。下手したら殴りあいの喧嘩になりかねん。あっしはすぐに戻るよ」

ハンソンは両方の親指を青い制服の上着の革ベルトに引っかけた。「どこへ行くつもりだ？　ここにいてくれ、アゼイ！　わからんことが山積みなんだから！」

「知っていることはみんな話したよ」アゼイはハンソンに言った。「すぐに戻るって。ちょいと野暮用なんだ」それから数分後、アゼイの乗ったオープンカーは猛スピードで私道から出ると、海辺の道をひた走っていった。

ヘッドエイカー邸から一マイル半ほど行くと、アゼイは轍《わだち》のある細い道へ勢いよく乗り入れ、ぐるりと弧を描いて来た方角へ戻りはじめた。そしてヘッドエイカー邸の煙突が見えてくると、アゼイは車をヤマモモの茂みの脇に止めて車から下り、砂の小道を歩いていった。その後アゼイは、小道から離れてぬかるんだくぼ地の端を通り、マツの低木林を抜け、大佐の屋敷の真向かいにある丘にたどりついた。

木々がまばらで藪が取り払われた場所からバラ園とテラスが見渡せたので、アゼイはそこからハンソンとその部下たちがストレッチャーを家に運びこむ様子を見守った。いつにも増して背が低く肥満気味に見えるカミングス医師が、はるか長身のアーリントンと連れ立ってせわしなく小道を歩いている。

状況は進むべき方向に進んでいるようだとアゼイは思った。またほっとしてもいた。これでこちら側からあたりをじっくり眺められるし、赤い服の娘を見つけるために回り道をした甲斐があったというものだ。しかし、屋敷から一直線上にあるこの林に忍びこむために細心の注意を払ったにもかかわらず、この丘に立っていた人物はアゼイが来たのに気づき、それに即した行動を取ったようだった。

アゼイは分厚く積もったマツ葉の絨毯をそっと進んだ。

そこから百ヤード（約九十一メートル）も行かないうちに、アゼイはその娘を見つけた。黒髪のほっそりした娘が深紅のフランネルのローブ姿で、マツの老木の切り株のそばにうつぶせに横たわっている。

アゼイは娘を見下ろした。「なるほど」アゼイは言った。「こいつは似合いのポーズだ。仰向けだったら雑誌の表紙にうってつけだ。悪いが立ってくれ！」

娘は動かなかった。

「おやおや！」アゼイはげんなりしたように言った。「この茶番はよく知ってる。前にも遭遇したことがあるんだ。もうじき片足を動かし、次にもう一方の足も動かして、おもむろにまばたきをして悲鳴をあげると『ここはどこ？』とか『わたしはいつ、いつ、いつからここに？』とか言いだすんだろう。そんなのいいから、さあ立つんだ！」

娘はそれでも動かなかった。

「立て！」アゼイは船の甲板にいるときのような大声を張りあげた。「さもないと――」

アゼイは一瞬、娘の上に屈みこむとゆっくり体を起こした。驚いたことに本当に気を失っている！その証拠に、娘のこめかみには大きなたんこぶがあった！

アゼイは木に寄りかかると、頭の上のマリン帽をちょいと後ろに傾けた。娘が気がつかないか少し待ってみよう。

青いサンダルを履いた左足がかすかに動いたちょうどそのとき、アゼイは歩み寄って娘を抱き起こそうとした。するともう片方の足も動き、娘が全身を震わせた。そしていきなり体を起こすと、目をぱちくりさせ、アゼイの存在に気づくと同時にごく女性らしい身のこなしでゆったりした赤いローブをつかみ、しっかりと体に巻きつけた。「ここは」娘は震える声でそうたずねた。「どこなの？」

「ヘッド大佐のマツ林の中だ」アゼイは怪訝な口調になるのを抑えられなかった。「いったいどこだと思うんだ？」

娘はさっきよりもう少し背筋を伸ばすと、片手で体を支えた。瞳は充血し、大泣きしたらしく両頬がやや腫れている。そして必死に涙をこらえようとしていた。「メイヨさん、わたしはどれくらいここに？　わたし、あなたのことを知っているんです！」

アゼイはかぶりを振った。「見当もつかんよ、アーリントン夫人。おまえさんたちの計画にはいいところもあったが、失敗に終わったよ」アゼイがかまをかけるつもりでそう言うと、その効果は覿面《てきめん》だった。

「あれはわたしじゃなくて、デイヴの思いつきなんです。それにきっと」――ローラは見定めるようにアゼイを見た――「デイヴにもわかっていたんじゃないかしら。事前にあなたの様子をうかがって、とてもだませるような相手じゃないと。実際、話しかける前にあなたを観察する暇などあったんでしょうか？　あの人はそうすると言っていたけど」

アゼイはアーリントン夫人の隣に腰を下ろしてパイプを取り出した。

「なるほど！」アゼイは言った。「それで果樹園でこそこそしていたわけだ。あっしの事前調査だったとは。アーリントン夫人、事情をすっかり話してもらえるかね？」

彼女は物憂げに微笑んだ。「わたしは初めからなにもかも打ち明けたかったんです。ただ、デイヴの考えでは――デイヴはタイ伯父さまの手紙について話しましたか？　それなら、なぜわたしがここに来たかご存知ですね。わたしはデイヴに送ってもらい呼び鈴を鳴らしました。そしたらタイ伯父さまがドアを開けてくれて――デイヴとタイ伯父さまのことはご存知ですか？」

「それなりに。すべてじゃないが」

ローラは深く息を吸いこんだ。「あの二人は相性が悪かったんです」彼女は言った。「タイ伯父さまは言っていました。デイヴはろくでなしだ、親父もろくでなしだし、デイヴは役立たずの怠け者だと。確かにデイヴは初めのころとかくうまくいきませんでした。それは事実です。だけど――それはお互いにもう少し違う言動をしていれば起こらなかった誤解でした。だって――」ローラは口ごもり、両手を強く握りしめているせいで爪の先が手のひらに食いこんでいた。「だって、わたしはどちらのことも心から愛していますから」ローラは続けた。「それはつらい状況でしたし今朝もつらかった。デイヴがわたしをここに行かせたくないと思っていることはわかっていました。でもわたしはどうしてもタイ伯父さまに会いたかった。会いたくてたまらなかったんです」

「これを」赤いローブのポケットを探っているローラにアゼイはハンカチを差し出した。

「ありがとう。わたし」――ローラは両目をぬぐった――「ようやく気分を落ち着かせることができたと思っていたのに。なんて恐ろしい朝になってしまったんでしょう。メイヨさん！　わたし、本当にタイ伯父さまが好きだったんです！」

「あっしもあの人のことは好きだったよ」アゼイは言った。「もっとも、この夏、知り合ったばかりだがね」

「そのことを知っていたら」――ローラはアゼイをひたと見つめた――「絶対にデイヴに計画を実行させたりしませんでした。これでわかってくれますよね、わたしの言う事を信じてくれますよね」

「そうしたいと思ってる」アゼイは言った。「さあ、詳しく話してくれ。どうしてそんな赤い服を着ているんだね？　スカートはどうしたんだ？」

ローラは煙草に火をつけた。「タイ伯父さまは家に迎え入れてくれると、わたしの両手を取ってこう言ったんです。『ローラ、わしはおまえとデイヴにひどい仕打ちをしてきた。いますぐそのことを認めて、おまえとじっくり話しあいたい』と。そのあと伯父さまが具体的に何を言ったかは思いだせないんですけど――伯父さまに会えて、とても興奮していたし、嬉しかったから！　こういう瞬間を二年間も夢見ていたんです！　わたしたちは書斎に行ってすぐさま話に夢中になりました――そのときあのインクが！」

「あのインクって？」

「あの、忌々しい三つのインク瓶のことです！」ローラは言った。「黒と緑と紫の。タイ伯父さまは木の彫刻をカタログ注文しようとしていたところだったらしく、机に乗っていたインク瓶の蓋が開いていたんです。通りがかりに煙草を取ろうと手を伸ばしたわたしのブレスレットが引っかかって紫の瓶がひっくり返ってしまって！　タイ伯父さまはインクがつかないようにカタログをつかんだんですが、今度は緑のがひっくり返ってしまって、おまけにわたしがそのインク瓶を起こそうとしたら、吸取器やらなにやらが膝の上に落ちてきたんです。それはもうひどいありさまでした！　あとは洗面所に引っこんでスカートを洗ったり、軽石石けん（粉状にした軽石を含んだ石けん。軽石が研磨剤の役割を果たす）で手を洗ったりするしかなくて。ほら」――ローラはアゼイに両手を見せた――「まだ爪にインクが残っているんです！」

「ほう」アゼイは言った。「なるほどね。だが何があった？　おまえさんがそうやって洗ったりなんだりしているあいだ、大佐は何をしていたんだい？」

「手伝おうかと声をかけてくれましたが、わたしがどう手伝ってもらったらいいかわからないと言うと、だいぶ時間がかかりそうかと聞いてきたので『たぶん何時間も。最低でも十五分は』と答えると、伯父さまは笑ってこう言いました。取り込み中のおまえが何分かここに一人でいてもかまわないなら、わしはちょっと庭に出て、風に飛ばされる前に書類を取ってくるよって。でも――」ローラは口ごもった。「でもそれから二十分くらいして庭でタイ伯父さまを見つけたときには、伯父さまは死んでいたんです」

「銃声は聞かなかったのかね？」

ローラはかぶりを振った。「聞こえませんでした。水を出していましたし、洗うのに必死でしたから。わたしが次にしたことはデイヴから正気の沙汰じゃないと言われたし、実際そのとおりだと思います。だけど、わたしの唯一の反応、唯一考えたのは、すぐにタイ伯父さまを家の中に運びこもうということだったんです」

「では大佐を動かしたのはおまえさんだったのか？」アゼイはたずねた。「なんでまた？」

「わかりません！」ローラは困惑した顔で言った。「ただ、どうしてもそうしなくてはと思ってしまって——あの気持ちをどう言ったらわかってもらえるでしょう。ひどいショックで、なんて言うのは馬鹿げていますよね。でもあの出来事は、ショックなんてことばでは言い表せないほどの衝撃でした。感情が麻痺してしまって——しばらくのあいだ涙も出なかった。泣けなかったし、考えることもできなかった。伯父さまが本当に死んだのを理解していなかったんだと思います。伯父さまを小道まで運んだとき、急に銃弾はこの林から発射されたんだと思い至って——」

「なぜそう思ったんだね?」アゼイがローラのことばを遮って言った。「それと教えてほしい。大佐はどんなふうに倒れていたんだ?」

「仰向けでした。どんなふうだったかと場所は戻ったら教えますね。ともあれ林を見たわたしは、誰かがいたような気がして急いでそちらへ向かいました。このローブはタイ伯父さまのだから、一歩ごとに踏んで転びそうになりながら。そしたら誰かに殴られたんです。それが事実で、わたしの知るすべてです!」

「そいつは誰だ?」アゼイはたずねた。

「誰に殴られたか? さあ、わかりません。あとから、誰かがわたしを見下ろしていたのは覚えています。ぼんやりとしていて目鼻立ちはよくわかりませんが、ウェーブのかかった金髪でした」

「それは確かなのか?」アゼイは訝るようにそう言った。「ウェーブのかかった髪というのは」

「確かです。顔は見てませんが、いまから十年後の停電中に会ったとしてもあの髪には気づくと思います」

「ふうむ」夫とは違ってあけっぴろげな娘だとアゼイは思った。「ふうむ、おまえさん、どれくらい気を失っていたと思う?」

「わかりません。気がついたとき車のクラクションが聞こえて、うちの車だとわかりました。それでふらふらしながら家へ向かったんですけど、たどりついたときにはもうデイヴはいなくて」

「それからどうしたんだね？」

「突然」ローラは言った。「膝の力が抜けて立っていられなくなったんです。ぞっとして急に怖くなりました。その場にへたりこんでいるときに家で電話が鳴っているのが聞こえたので、すぐに駆けこんで電話に出て、すぐにデイヴを連れてきてくれるよう頼みたかったんですけど、力が出なくて足の震えが止まらず動けませんでした。そしてそのまま座って震えていたら、ようやくデイヴが戻ってきてくれたんです」

「なるほど」アゼイは考えこみながら言った。「ということは、おまえさんが困ったことになった、あるいは、警察がやってきたらおまえさんがまずい立場になりそうだと思って、デイヴは別ルートであっしをこの場に来させようとしたんだな」

「ただならぬ状況を指摘されて、あなたのところに行ったらどうかと言いだしたのはわたしなんです」ローラが言った。「それまではあなたのことも、そんな考えも頭にありませんでした。そうしたらデイヴがわたしを探すという名目であなたを連れてこれないだろうかと言いだして、まずあなたがどんな人物か品定めしてから、わたしのスカートを見せるという計画を立てました。わたしの捜索にあなたを巻きこめれば、あなたのこの事件に対する印象はわたし寄りのものになるだろうからって。消えた妻を探したいから協力してほしいと頼むのは、その妻がヘッド大佐が殺されたときにその場にいて、でもそれについては何も知らないと訴えるのとは大違いなんだと」

「ははあ、そうかもな」アゼイは言った。「あっしに大佐を見つけさせたあと、我々はてきぱきとおまえさんを探しに行き、林の中で倒れている何も知らないおまえさんを見つけだすという寸法か。なるほど。だが、誰かに気絶させられたというのに、こんな所で一人で待っているのは怖くなかったのかね？」

「あまり気は進みませんでした」ローラは言った。「だけどデイヴが、そうするのが一番いいと言ったんです。空き地の横で待っていたんですけど、本当は死ぬほど怖かった！　そうしたらあなたの姿が見えて、デイヴが手を振って合図してきたので、わたしはあらかじめ決めてあった発見場所へ戻ろうとしました。横たわってずっと気を失っていたふりをすることになっていたんです。ところが」ローラは続けて言った。「わたしったら服の裾を踏んでしまって本当に気絶してしまいました。切り株に頭をぶつけて。その痕がわかりますか？　こめかみにあるもう一つのたんこぶは、金髪に殴られた痕でいまもズキズキしています」

「どうして」アゼイは人懐っこく気軽な調子でたずねた。「旦那さんは銃を持っていたのかね？」

「銃を持っている？　そんなはずはありません！」

「だが持っている。あっしのもとに来たとき尻ポケットに大きな銃が入っていたんだ。見えたんだよ。だから――」

「待って！」ローラが言った。「それは黒いグリップでしたか？　ああ、だったら本物じゃありません。雑貨店で買った引き金を引くとパキッと音がするおもちゃです。デイヴは出張が多いので、一人きりでアパートで過ごすのが苦手なわたしのために、心強いようにと洒落で買ってきてくれたんです。休暇に出かけるときに、わたしがその銃のおもちゃを車に積みこみました。他人にとっては馬鹿馬鹿しいでしょうけど、わたしたちにとってあれはすごく笑えるジョークグッズなんです」

「ほう」アゼイはそう言うと、あの銃がおもちゃだったのなら、なぜアーリントンはそれをどこかに隠し、持っていたことを認めなかったのだろうと考えた。

「メイヨさん、わたしがお話ししたことの全部は信じてないんですね？」

「そうさなあ」アゼイはゆったりと言った。「そうさなあ――」

「信じていただけないことはわかっています！　やっぱりそうですよね！　デイヴの言っていたとおりだわ」ローラが言った。「彼は言ったんです。どれだけ公正でいようとしたって、到底はい、そうですかと納得できるような話じゃないって。だけど、わたしがお話ししたことはすべて真実なんです！」

「そうかい」アゼイは言った。「だがな、アーリントン夫人、おまえさんの話にはいくつか腑に落ちない点があって、あっしはそれが気になっているんだよ。もう一度聞くが、おまえさんがスカートを洗っているときに、大佐は何をすると言ってたって？」

「ちょっと庭に出て、置きっぱなしにしてきた大切な書類を取ってくると言ってました。伯父さまはそれが風に飛ばされてしまうのを心配していたんです」

「やっぱりそう言ったのか。だけどこうは思わなかったかい？」アゼイは優しくたずねた。「今朝の十時から十時半ごろ、風なんか吹いていなかったじゃないかと」ローラは目を見開いてアゼイを見つめた。「そのとおりです！」ローラはゆっくりと言った。「それに――伯父さまのそばにも、伯父さまを発見する前に見たどこにも、紙なんか一枚も落ちていませんでした！　えっ、じゃあ誰かが――」

「少し声を落として」アゼイは言った。「そのまま話し続けて振り返らないように。なんでもいいから頭に浮かんだことを話し続けるんだ。向こうの道路からこちらをうかがっている物音がしているが、叫んだりしないように」

ローラは唇を湿らし、体を支えていた手の指先がマツ葉の中にもぐった。「タイ伯父さまの木馬はみんな――」ローラの声が少し震えた。「あの、ただしゃべり続けるなんて無理です！　いったい誰なんですか？　見えますか？」

「いや、まだだ」アゼイは言った。「だが、誰かが近づいてきている。姿が見えた瞬間、あっしがそいつを追う」

「その人を撃つつもりですか？」

アゼイはにやりとした。「あいにく銃は持っていないし、そもそも人間相手にやたらと発砲するわけにはいかんよ。なにしろ相手はただ道に迷った無実の人物かもしれないし、近道をしようとしているご近所さんかもしれない。あっしはそいつに突進するだけさ」

ローラはアゼイの軽い調子にことばを失っていた。「でも」ローラは訴えた。「相手があなたを撃ったら？」

「大馬鹿者でないかぎり、撃ってきたりはしないはずだ」アゼイは言った。「銃声がしたら、ハンソンと部下たちが駆けつけるからな――おっと、退却していくぞ！」

ローラが状況を把握する前にアゼイは飛び出してゆき、木々の向こうに見えなくなった。しかし、そんなすばしこいアゼイよりも相手の逃げ足は速かった。アゼイが飛ぶように走っても、逃げる足音に追いつけないのだ。

そのときいきなり足音が止まった。アゼイは速度を落とした。相手はどこかに身を潜めて、こちらを待ちぶせしているのかもしれない。

アゼイは立ち止まった。ヘッド大佐を殺した射撃の正確無比さを考えると、慎重に行動すべきだった。

マツ葉の上を滑るように進んで周囲で一番高い木に近づくと、アゼイはマストに登る船乗り特有の猫のような敏捷さでよじ登った。それから数分後、アゼイは再びカサカサというかすかな足音を聞きつけると、その人物が前方の茂み、そして左手の茂みへと近づいてくるのを見た。

それは若い娘だった。しかも、長い金髪の娘だ！

アゼイは危険なほど身を乗り出して娘の顔を見ようと目を凝らしたが、娘は突然、向きを変えるとナラの低木の茂みのそばにしゃがみこんだ。

アゼイは木から滑り下り、その一瞬あと、娘の背後に立って右手で娘の両手首をがっちりとつかんだ。

娘が悲鳴をあげて振り向くのを見て、アゼイはハッとして息をのんだ。この娘には見覚えがある。ジュールズ・ヘッドの娘で、アーリントンが小生意気だと言っていたペニーだ。その表情から、この娘は目下、小生意気な態度を取ろうと決意しているようだった。

「放して！」

「ふむ」アゼイは左手で土や落ち葉を掘り、娘がせっせと埋めていた物体をまさぐっていた。

「お、大声を出すわよ！」

「どうぞお好きに」アゼイは穏やかにそう告げると、白蝶貝のグリップで銀メッキが施されているコルト四五口径リボルバーを光にかざした。

ペニーの両手首をがっちりとつかんだまま、アゼイはリボルバーを掲げて背の部分に刻まれた文字を読んだ。『サウスフィールド拳銃クラブよりジュールズ・ヘッドに贈呈』か。おやおや！」アゼイは娘の手首を放した。「なぜこれを埋めようとしていたんだね、ペニー・ヘッド嬢？　もしかして——」

ラッチを引きリボルバーの弾倉を振り出すと、アゼイは銃口を上に向けて弾薬包《カートリッジ》を手の上に出した。五つは弾丸が入っており、一つは発射済みである。しかもごく最近。アゼイは空の薬莢のにおいを嗅ぎながらそう考えた。

「ヘッド嬢」——アゼイはぴしりと言った——「説明してもらおう、いますぐに！」

ペニーは口を開こうとしなかった。

「わかっていないようだが」アゼイは言った。「離乳食を拒否する赤ん坊の真似なんか頼んでない。いいかい、説明してもらおうと言ったんだ！」

ペニーはヤマモモの茂みに向かって、反抗的なふくれっつらを続けた。

「いいだろう！」やわらかな白のポロコートの肘をつかむと、アゼイはヘッドエーカー邸のほうへペニーを方向転換させた。「ハンソン警部補から厳しい取り調べを受けるのをお望みならそうしてもらうまでだ！」

この脅しに対してもペニーは肩をすくめただけで、ハンソンを含む全警察官を取るに足らないものと考えているらしかった。

「むろん」アゼイは言った。「なぜおまえさんがこんな馬鹿げた真似をしたのかはわかっている。父ジュールズから大佐の使用人たちをヘッドエーカー邸へ帰すように電話があったとき、大佐は射殺されたと告げられ、銃を取りにきてすぐに埋めるよう命じられたんだ。おおかたそんなところだろうよ」

ペニーはただうんざりしたような顔で、アゼイのことばなど聞こえないふりをしていた。

「わかったよ」アゼイは言った。「好きにするがいい……。いや、ここからまっすぐ屋敷には向かわない。まずおまえさんのいとこのローラを迎えに行く」

「ローラですって?」ペニーがさっとアゼイを振り返った。「ここにいるの? どこにいるの? あっ、いた! ローラ! ローラ!」

二人の娘たちはお互いに駆け寄って飛びつくように抱きあうと、同時に号泣しはじめた。

二人が多少なりとも普通の状態になるまで辛抱強く待っていたアゼイがローラに言った。「アーリントン夫人、おまえさんが見たと言っていたウェーブのかかった金髪に対し、やはり厳罰主義でのぞもうかと思う」

「えっ? まさか、わたしが見たのがペニーだと思っているわけじゃないですよね!」ローラが言った。

「おや、違うのかい?」アゼイは猫なで声で、わざととぼけてみせた。

「違います! わたしが見たのは男性です。それに、ペニーはウェーブへアじゃなくてカーリーへアだわ」

「ふうむ」アゼイは言った。「だけど、彼女はさっきこそこそしていたし、あっしが見つけたとき、どう好意的に見ても怪しいとしか言いようのないことをしていた。銃を埋めていたんだからな」

「まあペニー、嘘でしょう?」ローラが言った。

「本当だ」アゼイは目の端でペニーの表情を観察していた。「そして銃は彼女の父親のもので、一発撃っていた。しかも少し前に」

「ペニー、なんてことなの！　まさか」ローラはヒステリックに言った。「こんな残酷な日が訪れるなんて夢にも思ってなかった！」

ローラは今日起きたすべてのことを言っているのだとアゼイは思った。だが、ペニーはローラのことばを個人的な侮辱と受け取ったようで、すでに口をとがらせはじめていた。

「恐ろしいこと！」ローラは続けた。「それにペニー、知ってた？　タイ伯父さまが撃たれたとき、わたしは家の中にいたから、どんなふうに行われたのか、誰がやったのかもわからないの」

「あらそう？」ペニーは額にかかった金色の巻き毛をかき上げて、ローラをにらみつけた。「デイヴも何も知らずにあなたのそばにいたの？」

「ペニー、あなたわたしたちのことを――？」

「あたしがパパの銃を処分するのが恐ろしいなら、タイ伯父さまが撃たれたときにあなたが家にいたことのほうが、ずっとずっと怪しいじゃない！」ペニーは怒りもあらわにそう言った。「そもそも家で何をしてたの？」

「わたしはタイ伯父さまに会いに来たのよ！」ローラは言った。「伯父さまが――」

「前にあなたたちがタイ伯父さまに会いにきたとき」ペニーが遮って言った。「デイヴはもう少しで伯父さまを殺すところだった！　だから今度はデイヴが本当に――」

一歩前に出たローラがペニーに平手打ちをくらわすより一瞬早く、アゼイがその手をつかんだ。

「二人とも取っ組み合いならあとにしてくれ」アゼイが言った。「まずはハンソンとおしゃべりだ。さあ行くぞ！」

書斎前の廊下で一同と対面したハンソンは、即座にアゼイが手にしていた銃を指差し、それは誰のものでどこで見つけたのかとたずねた。

アゼイは銃をハンソンに手渡した。「それからこれが」――アゼイはポケットの中を探った――「そいつに入っていた弾薬包《カートリッジ》だ。あとはヘッド嬢に聞いてくれ。こちらはアーリントン夫人だ、ハンソン。それからこっちが――」

「ヘッド嬢なら知っている」ハンソンはそれだけ言うと、銃の背に刻まれた文字に目を走らせて口笛を吹いた。「アゼイ、さすが物事の核心を突いてくれる！　これさえあればジュールズ・ヘッドを逮捕できるな」

「馬鹿なこと言わないで！」ペニーがハンソンに食ってかかった。「タイ伯父さまが撃ち殺されたこととパパは無関係よ。証明できるわ！」

「ほう？」ハンソンがペニーを見た。「先週、あんたが時速八十九マイル（時速およそ百四十キロ）以上では走っていないと証明したようにかい？」

ハンソンはアゼイのほうを向いた。「おれもすぐにジュールズ・ヘッドを怪しいと思っていたんだ」ハンソンは誇らしげにそう言った。「彼はすぐに長話を始めて――わかるか？――こっちが聞いてもないし、気にかけてもいないことを次から次へと教えてくれたんだ。それから、以前アーリントンが大佐を殺しかけたことや、アーリントンがいかに悪党であるかを語りだした。おれはそのとき、こいつは大嘘つきだとわかったんだ！」

「どうしてだね？」アゼイがたずねた。

「それは、おれがアーリントンを知っているからさ！　というか」ハンソンは言いなおした。「面識はないが、彼のことならなんでも知ってるんだ。うちの官舎のアメリカンフットボールチームのコーチなんだよ。元全米代表のエンド（オフェンスの外側に位置する選手）だったんだぞ、アーリントンはいいやつさ！」

「なるほどね」ハンソンをよく知るアゼイは、エンドを受け持つ選手だって銃の引き金を引けるという指摘はしないでおいた。「なるほど。それなら、ジュールズ・ヘッドが今朝十時十分か十五分ごろにこのあたりにいたという証拠もつかんでいるんだろうな？」

　ハンソンはうなずいた。「彼は徒歩で自宅を十時前に出発し、十一時半ごろに戻ってきた。本人は森を抜けて海辺を散歩したと言っているが、その姿を見かけた者はいない。ここにいなかったことも、どこにいたかも証明できないんだ」

「それじゃあきっと」アゼイは言った。「彼が兄貴を撃ちかねないという動機も判明しているんだろうな？」

「当然だ！」ハンソンはすこぶる上機嫌でそう言った。「シューワルという男が話してくれたよ。動機を教えてくれたんだ。今回のおれの仕事ぶりには抜かりはないし、動機がないじゃないかとは言わせない！　シューワルから教えてもらったばかりだからな！」

　アゼイはシューワルというのは何者かとたずねた。

「チャールズ・シューワルのことよ！」ハンソンが口を開く前にペニーが言った。「ヘッド社の財務担当者で、パパやタイ伯父さまの古い友だちなの。あの人がこの間抜けな警察官にパパがタイ伯父さまを殺す動機なんかを話すはずないわ！　馬鹿らしい！」

「彼を連れてこよう」――ハンソンはペニーを無視し続けた――「そして彼の口から、おまえに説明してもらおう！」

「チャーリー・シューワルは」ハンソンが立ち去るとペニーは怒り狂ってアゼイに言った。「あたしたちと週末を過ごしていて家族の一員のようなものだし、これまで一度もパパのことを悪く言ったことはないのよ、一度だって！　なのに、あの間抜けな警官ときたら！」

アゼイは、ハンソンがツイードを着た長身で学者風の男を連れてきたのを見ると話をやめた。

「シューワルさん、こちらがアゼイ・メイヨです」ハンソンは言った。「さあ、さっき教えてくれたことをこいつに話してやってください。ジュールズ・ヘッドはヘッド社の社長を辞めさせられ、大佐が復帰するところだったと」

「正直なところ」――シューワルは教師のような話し方をする男だとアゼイは思った――「その件については口にすべきではありませんでした、警部補殿！」

「なんだって？」ハンソンがたずねた。「あれは事実じゃなかったのか？」

「ある面においては事実です。しかしわたしはメイヨさんに余すところなく現状を理解していただきたいと思っています。ジュールズ、タイ、そしてわたしは昨夜、仕事のことを話しあいました。メイヨさん、そのとき重役たちが少し前に出した結論の話になったんです――すなわち、我が社の出荷量の激増にともない、タイが復帰して指揮を執るべきだと。我が国が再び真剣に軍備強化すると明らかになり、ジュールズとわたしはタイに戻ってきてほしかった。あなたがヘッド社についてどの程度ご存知なのかわかりませんが――」

「機械製造業ですよね」アゼイは言った。「知っています」

「そうです。はじめ主治医たちはタイの復帰に難色を示しましたが、今週になってその判断を覆しました。そこで」――シューワルは身を乗り出した――「わたしが強調したいのは次の点です。ジュールズはタイの復帰を望んでいました。ジュールズは我が社を滞りなく仕切っていましたが、我々がわかっているように、ジュールズ本人もタイほどの天才経営者になれないことは自覚しています。警部補はああおっしゃいましたが、ジュールズは追い出されたのではありません」

　ハンソンは小さく不満の叫びをあげた。「いまの話を要約すれば」ハンソンは言った。「おれが言ったことと同じだ！　ジュールズは用なしになり、大佐は返り咲く！　追い出されようが、自分から身を引こうが、用なしになることに変わりはない！　あんたはジュールズが進んでそうしたと主張しているが、おれに言わせりゃ、それは人間の本質に反してる！」

「あなたが導き出す結論をわたしに変えることはできません」シューワルのことばは明晰だった。「ただ、これだけは言わせていただきたい。この重大な時期にタイを失ったことは、我々全員にとって深刻な打撃としか言いようがありませんとお伝えしたとき、そのことばにそれ以上の含みはなかった！」

「ハンソン」アゼイは突然きびきびとそう言って椅子から立ち上がった。「カミングス先生に弾丸の口径を確認してくれないか？　先生に電話してくれ。それから、あっしが失敗したことをおまえさんにやってみてもらいたい」――アゼイは書斎のドアを開けた――「なぜあの銃を埋めていたのか、ヘッド嬢から聞き出すんだ」

「ほう！」ハンソンは言った。「じゃあ彼女は、父親のためにそれを埋めていたんだな？　こっちへ来るんだ、ヘッド嬢！」

「あっしもすぐ行く」――アゼイはハンソンとペニーを書斎から押し出さんばかりだった――「シューワルさんにいくつか質問をしたら」

二人の背後でドアを閉めたとたん、アゼイは道路とマツ林の一部を望める大きな出窓に一目散に走っていった。

「なんだろう？」アゼイはシューワルにたずねた。「ペニーは何を見てたんです？　あっしは暖炉の鏡であの子を観察していたが、シューワルさんが話しているあいだじゅう、彼女はじりじりとこっちへ移動して外をのぞき見ていた——あの子は何を待っていたんですか？」

「おそらくは」シューワルは言った。「あの真っ赤な車でしょうね」

「真っ赤な車？　轟音とともに通り過ぎた赤いオープンカーですか？」

シューワルはうなずいた。「あれはペニーの新しい車なんです」

「あの子の？　誰が運転していたか見えましたか？」

「いいえ」シューワルは言った。「しかし見当はつきますし、タイを撃ったのもその男だと思います」

アゼイはシューワルをまじまじと見つめた。「犯人の目星がついているなら、なぜハンソンに言わなかったんです？」

「ジュールズの前で警部補に言いたくなかったからです。現に」シューワルは言った。「タイの社長復帰の話ですらあんな早合点をされるのですから、警部補に打ち明けようとは思いません。もう少し様子を見てから、衝動的ではなく理性あるあなたのような人に伝えたかったんです。わたしは誰がタイを殺したか知っているつもりですし、ペニーもそれを知っているはずです」

アゼイはマホガニーの机に寄りかかり、頭に乗せたマリン帽をひょいと後ろに傾けた。「まったく！」アゼイは言った。「この部屋に来て、ようやくあのふくれっつらにだまされていたことに気づきましたよ。林の中をうろついていたのはペニーではなくほかの誰かで、彼女はそいつを逃がすためにわざと見つかったんだとはね。やれやれ、あっしもうろくしたもんだ！　シューワルさん、そいつはウェーブのかかった金髪ですか？」

「どうして」シューワルは仰天してたずねた。「それがわかったんですか？」

「それは」アゼイがにやりと笑いながら言った。「アーリントン夫人がそういう金髪の人物に気絶させられたと断言したからです。どうやら殺人犯が彼女を気絶させたらしい。さっきその男が殺人犯だとおっしゃいましたね。あいにく髪の件は推理でもなんでもないんですよ。シューワルさん、そいつは何者なんです？　どんな人物なんですか？」

シューワルはずっしりとした金の懐中時計の鎖にぶら下がっている小さなスカラベ（コガネムシの形に彫刻した宝石・陶器で護符または装飾品とした）をもてあそんだ。「あなたは」シューワルは言った。「タイがデイヴィッド・アーリントンだけでなく、ローラに群がる若者たち全員を嫌っていたことはご存知でしょう。タイはローラをとても可愛がり、自分がふさわしいと見なした相手と結婚させたいと考えていました。そしてあいにく、ジュールズもペニーに対して同様の考えなのです」

「わかったぞ」アゼイは言った。「金髪の青年はペニーの取り巻きの一人なんですね――だけど、なぜそいつが大佐を殺すんです？」

シューワルはため息をついた。「じつはその若者を雇ったのはわたしなんです。彼は外国で経験を積んだ優秀な技師で、うちの工場にぜひ欲しい人材でした。しかし彼がペニーと知り合ったとたんジュールズが彼のあら探しをするようになって、我が社が政府からの発注を受けるようになると、ジュールズはすぐにフリッツを解雇してしまったのです」

「フリッツ？」アゼイは眉を上げた。

「フリッツ・フォン・ハーバーグです。あなたやわたしと同じ米国人ですが、生まれてからほとんど外国暮らしだったそうで、ことばにかすかに訛りがあります。政府からの受注品の製造を開始するときに、我々は全社員について徹底的な身元調査を行いました。業務内容と機密保持の必要性を考えると当然のことです。そして当局がとりわけフリッツに興味を示したため、ジュールズはそれを口実に彼を解雇したのです」

「第五列（本来味方であるはずの集団の中で敵方に味方する人々、つまりスパイなどの存在を指す）的見解を持ち出したわけですね？」アゼイがたずねた。

「ええ、ジュールズはそれを根拠として自らの行動を正当化しました。危険を冒すわけにはいかないと言って。むろん、もっともなことです。しかしジュールズはペニーにフリッツと会うことすら禁じ、その結果——若者たちの恋路を邪魔するとどうなるかおわかりでしょう？」

「想像はつきます」アゼイはにこりともせずにそう言った。「ことにペニーのような強情な娘の場合には」

「まさしく」シューワルは言った。「フリッツはこの夏、ポチェット近くのとあるキャンプ場でカウンセラーをしていました。ジュールズはそれを知らなかったのですが、わたしは七月にペニーから聞きました。この秋フリッツは新しい仕事先を見つけようとしていて、ペニーによれば身元推薦人としてジュールズの代わりにタイの名前を出したそうです」

「大佐の同意は得ていたんですか？」アゼイがたずねた。

「おそらく。まあ、タイが彼を好意的に推薦したかどうかはわかりませんが、フリッツは新しい仕事を得られませんでした。たまたま昨日ここに来てすぐ、ペニーが彼と電話で話しているのが聞こえたんです。ペニーは今日の午前中に、自宅との中間地点にある林でフリッツと落ち合うため、英国へ支援物資を送ろうというチャリティバザーを抜け出すつもりでした」

「ほう」アゼイは言った。「何時の約束だったかわかりますか?」

「ペニーは十一時ごろと言っていました。しかし、ペニーのことですから」シューワルは言った「確実に三十分は遅刻したでしょうね。そしてフリッツのほうはきっと約束より早く着いていたはずです。メイヨさん、これは推測ですが、フリッツはヘッド家の人々からひどい扱いを受けたと思っているはずです。新たな就職口を得られなかったのが、タイにしかるべき推薦をしてもらえなかったせいだとしたら――それが動機になるんじゃないでしょうか。ペニーが持っていた銃を使ってフリッツがタイを撃ったと断言することはできませんが、ペニーがこれまで一度も銃を使ったことがないのは確かですし、ジュールズがペニーに銃を埋めてくれなどという愚かな頼み事をするはずがありません」

「ふうむ」アゼイは言った。「じゃあ、ジュールズがハンソンにあれこれ言っていたのは、フリッツがこの件に関わっているんじゃないかと不安だったというより、ペニーを守ろうとしていたのかもしれない。それに、ペニーも父親を守ろうとしていたのだろう。いずれにせよ、そのフリッツという男について調査しないと」

　書斎の机に歩み寄ると、アゼイは電話を手に取った。「アニーかい?」アゼイは電話交換手にたずねた。「アゼイだ。ヘッド家の娘の赤いオープンカーは知ってるかい? なら、四つ角の交差点で勤務中のやつに言っといてくれ。あの赤いオープンカーが通りかかったら、停車させて、運転手を捕まえておいてくれとな。あと、このことは橋の内側（ケープコッドはもともと半島だったが、一九一四年の運河開通により切り離され、現在は橋と鉄橋によって本土と結ばれている）の連中みんなに伝えておいてほしいんだ。なんだって? ああ、捕まえたらヘッドエイカー邸にいるあっしのところに連れてくるように言ってくれるかい。恩に着るよ、アニー」

「それが」シューワルは受話器を置いたアゼイに興味津々でたずねた。「容疑者を捕まえるいつものやり方なんですか？」

アゼイはにんまりした。「そうさなあ。ハンソンなら所定の手続きに則って免許証やら自動車の登録番号をテレタイプ（タイプして送ると遠隔地で受信して同様の文字を打ち出す印刷電信機）するだろうが、このやり方のほうが手っとり早いんですよ。アニーなら誰彼かまわず話を広めてくれるが、テレタイプを見るのは警察官だけなんでね。フリッツが半径五十マイル（およそ八十キロメートル）以内にいるなら、十分以内に判明すると言っても過言ではないでしょう」

「彼はいまも林にいると思いますか？」シューワルがたずねた。

「おそらく。あっしやアーリントン夫人の様子をこそこそうかがっていたのも、あっしが追いかけていたのも彼でしょうし、アーリントン夫人をぶん殴ったのもそうでしょう。ただ、彼女が相手をわからなかったというのは妙だな」

シューワルは、フリッツの登場はローラがデイヴと結婚したあとなのだと説明した。「実際」シューワルは付け加えた。「ローラはフリッツの存在すら知らないかもしれません」

「なるほど」アゼイは言った。「フリッツはアーリントン夫人とあっしから逃げているあいだに、ペニーとばったり会ったんでしょう。そして急いでペニーが注意を引きつけ、フリッツはそのあいだに姿を消した。フリッツはあっしがこの家に入り、自分のことは見失ったと確信が持てるまで林に身を潜めていて、それからおもむろにペニーが置きっぱなしにしていた車に乗って出発したんでしょう」

「ペニーが例の銃をどうしようとしていたのかを突き止めれば、大きな手掛かりになるのでは？」シューワルが質問した。

「ふうむ」アゼイは言った。「ペニーに聞いてみてもいいかもしれない。ただ、いまは教えてはくれないでしょう。どうせ高慢ちきな態度で、馬鹿言わないでとかなんとか言うに決まってる——自分はスカンクを撃って、スカンクの代わりに銃を埋めていただけだとか」

ハンソンが大股で書斎に入ってくると、荒々しくドアを閉めた。「あの小娘！」ハンソンはかぶっていた帽子を長椅子の上に投げつけた。「あの娘、この夏じゅう嘘をついて違反チケットから逃げてたんだが、今度はなんて言ってると思う？　今朝、あの銃で撃ったのはスカンクだし、それを証明しろと言うなら、警察官たちを派遣してそのスカンクを見つければいいと言うんだぜ！　アゼイ、どうしたらいい？」

アゼイはハンソンに元気を出せと言った。「ペニーが全体像《パズル》にピースをはめてみせる気がないなら、こっちがあの子を欺《あざむ》いて周囲のピースを埋めていくまでさ」

「は？　だけど」ハンソンはたずねた。「周囲のピースって？」

「そうさなあ」——アゼイは戸口で立ち止まった——「一つはジュールズで、もう一つはウェーブのかかった金髪のフリッツとかいうやつだろうな。彼についてはシューワルさんから聞いてくれ。そう、誰かがフリッツをここに連れてきたらしっかり捕まえておいて、ペニーと話をさせないようにしてくれ。おまえさんがフリッツを知っていることもペニーに悟られないほうがいい、そのほうが面白いからな。さて、あっしはこのあたりをもう一度見てまわって、そのあと自分の車を取りに行き——」

「おい待てよ、アゼイ。そんなに急いで行かないでくれ！」ハンソンが言った。「先生《ドク》といっしょに戻ってき次第、ジュールズから話を聞かなくてはならんのだ。ここにいて手伝ってくれ。頼むよ！

ここの連中はみんな判事の親戚で、知事とはファーストネームで呼びあう仲なんだぞ、おれなんかじゃ手玉に取られちまう！　そばにいてくれ！」

「車を取りに行ったら戻ってくるから」アゼイはハンソンを安心させるように言った。「上流階級なんかに負けるな。とくにペニーには。あの娘、高慢ちきな態度を取ることが格好いいと思っているようだ。先生《ドク》には、あっしを待っていてほしいと言っといてくれ」

庭を歩いていく途中、アゼイはアルコーブのそばで立ち止まると、警察官からの手伝いの申し出を断ってその半円形を二度歩いてまわってから、山高帽姿でダンドリアリー卿のような頬ひげを生やした木彫り像の横に立った。

大佐はここにいたのだ。ほかに誰が来たのだろう？　大佐がローラに言っていた書類はどこにあるのか？　そしてアゼイにとって最大の謎は、ヘッド大佐のような人がなぜまっすぐに至近距離から撃たれたかだった。

それから十五分後にアゼイがなおも木彫りの男のかたわらに立っていると、シューワルが忍び足で小道をやってきた。アゼイを見つけると、シューワルは困ったように立ち止まった。その足はぎこちなく砂利に埋まっている。

「いったい」アゼイは不思議に思って聞いた。「誰のあとをつけているんです？」

シューワルは咳払いをした。「まだあなたが、ここにいるとは思ってもみませんでした、メイヨさん。もう行ってしまったものとばかり。あなたの瞑想の邪魔はいたしません！」

「ちょいと待ってくれ」立ち去ろうとしたシューワルに、アゼイは言った。「シューワルさん、瓶入りジャムをくすねようとして見つかった子どもじゃあるまいし！　何をそんなにこそこそしているんです?」

　博識で几帳面なシューワルは真っ赤になると、口ごもりながら翼について何か言った。

「翼?　おいおい」アゼイは言った。「もったいつけてないで!　そんな気まずそうにしていたらハンソンにしょっぴかれますよ!　翼って何のことです?」

　シューワルは木彫りのワシを指差した。「あれは昨日、わたしがタイに持ってきたのです」シューワルは言った。「その翼にタイが支えを取り付けたかどうか見たかったのですが、そんなことをわざわざ言うのも気が引けて――重大なことでもありませんし!　だけどあれがひっくり返らないようにしたいんです。支柱を取り付けるのを警察の方に手伝ってもらえるでしょうか?　車にキズをつけたり、指にケガをしたりさんざん苦労して運んできたワシが壊れたら残念すぎます。今朝、タイに渡したばかりなんですから」

「今朝だって?」アゼイの忘れていた記憶が急に蘇ってきた。ポーター自動車の役員会で、チャーリー・シューワルはのんきな教授に見えるかもしれないが、ニューイングランド地方(米国北東部のメイン、バーモント、ニューハンプシャー、マサチューセッツ、コネチカット、ロードアイランドの六州)でも一、二を争う抜け目のない男だと言っていた者がいたことを。「ということはシューワルさん、あなたは今朝ここにいたんですね?」

「ええそうです。ペニーに頼まれて車で来ました」シューワルは言った。「そしてタイがバザーへ寄付するものを車に積みこみました――タイが飽きてしまった紡ぎ車と風見鶏と木彫りの豚です。ちなみに、それはとても精巧なアーリーアメリカン様式の豚で、わたしが買い取りました。その尾ときたら――」

「それは何時でしたか?」アゼイが遮って言った。

「十時数分前だったと思います」シューワルは言った。

「それから」アゼイは言った。「バザーに行ったんですか?」

「ええ。わたしはタイの執事のレイモンドといっしょに門のところの係だったので、販売するチケットを渡されました——可哀想なレイモンド! 彼はタイを想って嘆き悲しんでいます」シューワルはそう付け加えた。「彼も女中たちもバザーからの帰りずっと泣きどおしで、行きはあんなに陽気で楽しい気分だったのにと何度も言っていました」

「行き?」アゼイはそう言いながら失望を隠しきれなかった。「つまり、レイモンドや女中たちはあなたといっしょにバザー会場に向かったんですか?」

シューワルはうなずいた。「紡ぎ車や風見鶏や木彫りの豚だけじゃなく彼らも乗せていったので車内は満員でしたよ」

「ははあ」アゼイは言った。「なるほど」

「これは断言できます」シューワルは続けた。「召使いたちはみな喜んで——その——事実を裏付けてくれるでしょう、メイヨさん。何かご不審の向きがあるようでしたら」

「あなたのことを疑っていたわけじゃないんです」アゼイは言った。「ところでここにある木馬たちのことなんですが、シューワルさん、なぜ大佐はこんなものを集めていたんですか?」

「言いにくいことですが」シューワルは言った。「それはわたしのせいなんです。主治医たちから、死にたくないならとにかく引退するしかないと告げられたタイにその日に社長室に呼ばれて、自分はいったい何を趣味にしたらいいだろうとたずねられましてね。タイは医師たちから、何か趣味を始めてはと勧められていたんです。それでとっさに——社長室前の掲示板にサーカスのポスターが貼ってありまして――古いサーカスグッズ、たとえば空飛ぶ木馬とかそういうのを集めてはどうかと提案したら、タイはそうするようになったんです」

「本当に？」アゼイは言った。「ここにある木馬やらなにやらはサーカスのものだったんですか？」

「そうです。あれなどとても珍しい品なんですよ」――シューワルはアゼイの背後にある空飛ぶ木馬を指差した――「バーナム（十九世紀米国のサーカス王）の名が刻まれています。タイがあれを探し出すのを手伝ったんです。あそこにある小さなポニーは、タイが手紙で教えてくれた馬具屋の品に違いありません」

「この前足を上げたちっこいのには気づいてましたよ」アゼイはそれを撫でた。「子どものころを思い出します」

「彼はとくに気に入っていた品をここに置いていました」シューワルは言った。「生垣の前に置くと見栄えしますから。そのワシに支柱を取り付けてもかまいませんか？」

「どうぞご自由に」アゼイは言った。「手伝いが要るようなら警官を呼ぶといい。あっしは車を取りに行ってきます」

林までの道を半分ほど進んだところで、アゼイは突然、立ち止まってくるりと向きを変え、屋敷のほうに歩いていった。

十分後、アゼイはまた林に向かっていた。大佐の執事と三人の女中たちはそれぞれ、シューワルは今朝十時前からヘッドエーカー邸に戻ってくるまで自分たちと行動をともにしていたと口を揃えた。少なくともシューワルは自らの行動を説明できたことになる、とアゼイは歩きながら思った。つまり、誰よりも強固なアリバイがある。

アゼイはため息をつくと頭の中を整理しようとした。まずはアーリントン夫妻だ。デイヴは大佐を憎んでいて、ヘッド一族のローラへの仕打ちを恨んでいた。ローラをヘッドエーカー邸まで送ったあと、デイヴはこっそりと戻ってきてローラが知らないうちに大佐を射殺したのかもしれない。あるいはローラはそれを知っていて、そのうえでインクじみができたスカートやらなにからなにまで嘘をついていたのかもしれない。それともひょっとすると、おもちゃだと言っていた銃でローラ自身が大佐を撃ったのかもしれない。大佐がデイヴに対する態度を軟化させ、すべてを水に流すことになったと言っても、それを裏付けるのはローラのことばだけなのだ。それにジュールズは、大佐のそんな心境の変化にはまるっきり気づいてなかった。

ではジュールズはどうだろう。拳銃射撃の名人で、殺害時刻には散歩をしていたと言っている。小道で初めてタイの遺体を見たときにジュールズが流した涙は本物にしか見えなかったが、楽団の指揮者をやったあとに二番手のバイオリン弾きなんかやらされて喜ぶ者はいないというハンソンの指摘はもっともだ。その一方で、大佐の死はジュールズが抱える工場の問題を悪化させるだけだというシューワルの指摘も正しい。

ペニーが果たした役割を考えながらアゼイはかぶりを振った。ペニーのような甘やかされた若者のやりにくいところは、行動や動機はこうだったんだろうとかまをかけられないことだ。そして困ったことに、フリッツについてはついあれこれと悪い想像をしてしまう。

アゼイは考えた。フリッツがヘッド社をクビになり、ペニーと会うことを禁じられたうえに、シューワルの言っていた新しい就職先へ推薦することはできないと大佐から言われたとしたら。これ以上、ペニーとのつきあいを続けるなら正体をあばいてやると言われたとしたら。どんな人間でも殺人を犯しかねないようなそんな事情があったのだとしたら。

さらに、フリッツについては別の可能性もある。どうやらシューワルが考えたことのない可能性だ。しかしそれは、ジュールズがフリッツを解雇したのは正しかったという仮定の上での話でしかない。あるいはヘッド社の従業員たちへの正式な捜査によって、シューワルの知らないフリッツについての情報が明らかになるかもしれない。フリッツがペニーを利用していて、ペニーがそうとは知らずにヘッド社に損害を与えたり、同社の機密を盗んだりしてフリッツを助けていたとしたら。この視点は少なくとも、ローラが言っていた大佐が取りに行った書類がないことの説明にはなる。

アゼイはペニーとフリッツの問題を考えながら、車を止めておいた所に向かって林の中を歩いていた。

それにしても、彼はペニーの赤いオープンカーでどこへ行ったのだろう? もしもこちらが想像しているぐらい彼がペニーのことをよく知っているのなら、あの子の車がみなに知られていることだって当然、承知しているはずだ。なぜフリッツはわざわざヘッドエーカー邸の前を通っていったのか? 誰にも知られることなく、林の中を運転していくことだってできたのに。いつもペニーと林で会っていたのなら、そのあたりの本道や側道について知らないはずがない。

「不思議なのは」アゼイはつぶやいた。「フリッツがあえて屋敷の前を通ったのかどうかだ。あっしなら屋敷の前を通って急いで出かけたと思わせておいて、誰も自分がいるとは思わないここに戻ってきて、夜になってから逃げるんじゃないだろうか?」

アゼイはポーター・シックスティーンのかたわらで立ち止まるとあたりを見まわし、左手の少し行ったところにある丘へと歩いていった。

そしてやっとマツ葉の上に腰を落ち着けたとたん、赤いオープンカーが静かに眼下の小道に入ってきて、背の高い金髪の若者がひょいと車から下り立って用心深くあたりを見渡すのが見えた。

若者がアゼイを見つけたのと、アゼイが立ち上がったのが同時だったのはそういう運命だったのだろう。若者はすぐさま鹿のように林に逃げこみ、アゼイは全速力でそのあとを追った。

二人はヘッドエーカー邸から離れて海に向かっており、木々のあいだから輝く青い海が必死で走るアゼイの目にたびたび飛びこんできた。二人は延々と走り続けたが、フリッツは走りはじめと変わらぬ元気とスピードを保っていた。しかし、やがて少しずつアゼイが間合いを詰めはじめた。じりじりと二人の距離は縮まり、とうとうアゼイにフリッツのコートの格子柄が判別できるまでになった。

だが、いきなり始まった追いかけっこは単なるウォーミングアップだったとでもいうように、フリッツは突如、速度を上げて見えなくなり、その足音は前方のどこかでかすかに聞こえるだけになった。アゼイはなによりも足を止めて休み、ひと息つきたかったが、粘り強く走り続けてヘッドエーカー邸の下の道路を渡り、例の忌々しいマツ林に戻ってきた。今回はフリッツに走り負けたが、これはまだ第一回戦に過ぎない。

車のエンジンをかけるかすかな音を聞きつけたアゼイが残る力を振り絞って走りだし、自分の車が止めてあった場所にたどりついたときには、フリッツがそれを運転して小道を走り去るのが見えた。アゼイはにやりと笑うとペニーの赤いオープンカー目がけて駆けだした。フリッツはより速い車に乗り、先にスタートを切ったという点で有利かもしれないが、アゼイはこの自動車レースの勝利を確信していた。手のひらのように熟知しているこのあたりの道で負けるはずがない！

ペニーの車のフェンダーが傷つくのにもかまわず、アゼイはシダやベリーの藪や茂みに突っこんで舗装道路へ抜ける近道を走った。そしてポーター・シックスティーンのクロムメッキの車体が村へと疾走する姿に、アゼイの笑みは大きくなった。

　車を追ってスピードを上げたアゼイは、このまま四つ角に到達したらどうなるだろうとふと不安になった。

　そしてその不安は的中した。

　交通整理をしていた町の警察官が信号を青にして、アゼイの車としておなじみのポーター・シックスティーンを猛スピードのまま通過させると、同じくらいよく知っているペニーの赤いオープンカーを見てすぐさま信号を赤にした。そして突進してくる車の行く手に悠然と出てゆくと、片手を上げたのである。

　それから少しあと、アゼイは中央の点滅信号灯を抱きしめるようにぐしゃりとつぶれたオープンカーから這い出すと、絶句している警察官に微笑みかけた。

「あっぱれだ」アゼイは言った。「おまえさんはこの車を止めるように言われ、見事それをやり遂げた！」

「だけどアゼイ、あなたはてっきりご自分の車に乗っているもんだとばかり、それで――」

「気にしなさんな」アゼイは言った。「よかれと思ってやってくれたんだから。それにペニー・ヘッドが笑い話にしていたブレーキの状態を考えたら、この程度で済んでついてたよ。さてと！　電話局まで行って今度はアニーにあっしの車を捕まえろと伝えるよう頼んでくるから、誰かにこの残骸を片付けさせてくれ。ああそれから、あっしが使えそうな代わりの車を探してもらえるかい？」

　それから三十分後、借り物のダンプカーで海沿いの道をヘッドエーカー邸へ向かうアゼイの耳の奥には、ポーター・シックスティーンは目の前でかっさらわれたらしいと気づいたさっきの警察官と、四つ角にいた見物人たちから浴びた嘲笑がまだ残っていた。第二回戦もフリッツにしてやられた、アゼイは苦々しくそう思った。

ダンプカーをがたごとさせながらカーブを曲がるとき、こじんまりとしたウィージットヨットクラブの横に止めてあるクロムメッキの車がフロントガラスにちらりと映った。アゼイは目をぱちくりさせると、黄褐色の土埃がもうもうと舞いあがる私道にトラックで入っていった。そこにあったのは我がポーター・シックスティーンだった！

それから少ししてわかったのは、波止場で働く少年からはウィニィグクキャンプで働くカウンセラーの人としか認識されていないフリッツが、十五分ほど前にこのキャンプのモーターボートに乗って南の海峡へ向かったということだった。

「これは」——アゼイは波止場につないである洒落たモーターボートを指差した——「誰のものかね？」

「グラディング夫妻のです。だけど、それを勝手には——まさか——」

「彼らにはちゃんと話をつけるよ」アゼイはすばやくボートに飛び乗ると、少年を手招きした。「来てくれ。おまえさんの助けが必要になるかもしれない。綱を解くんだ、それから——」

「でも、それはまだ——」

「シーッ！」アゼイは言った。「早く！」

その少年はなおも抵抗していた。モーターボートが湾内を横切って進みだしてからも。「メイヨさん、あなたのことは知ってますが、それでも——」

「静かに！」アゼイは言った。「グラディング夫妻にはちゃんと説明すると言ってるだろう！　やつが南の海峡に向かったというのは確かなのか？　だとするとポチェットの入り江に向かったということになるな」

「そうですね、でもやっぱり――」

「あそこにいるぞ！」アゼイは言った。「あの幅広のキャンプ船には見覚えがある！　やった！　第三回戦はどっちが勝利を収めるか見てろよ！　今度こそ――おっと！」

モーターボートのエンジンがプスンプスンといいはじめたかと思うと、やがて完全に停止した。

「だからずっと言おうとしてたんですよ、メイヨさん。なのに聞いてくれないから！」波止場の少年は言った。「ぼくはボートの無断拝借を気にしていたんじゃありません！　すぐにガス欠になるんじゃないかと心配していたんです！　グラディングさんは今日の午前中ずっと海に出ていたし、戻ってきてから給油していないだろうって。引き潮なのに海峡の真ん中で、これじゃあ外海に流されちゃうじゃないですか！」

「確かに」アゼイはゆっくりとそう言い、舵輪に置いた自分の右手をじっと見つめていた。「おまえさんの言うとおりだ」

「アゼイさん」少年は不思議そうにたずねた。「ここまで来たのに、キャンプ船を捕まえられなくてもいいんですか？」

アゼイは折りたたみナイフを開きながらにやりと笑った。「ちょいと気づいたことがあってね！」

アゼイがようやくヘッドエーカー邸に戻ったのは夜の七時だった。

テラスで椅子に座っていたカミングス医師は、石敷きの小道を歩いてきたアゼイに向かって手にしていた葉巻を振った。「アゼイ・メイヨ、いったいどこにいたんだ？　きみがいないんで、ハンソンが家で髪をかきむしっているぞ。おや、魚くさいな！」

「今晩メイヨがお目にかかれますのは」アゼイは喉の奥で笑いながらカミングスに言った。「ひとえに『ジェニー・J』のご厚意によるものです。そしてジェニーの魚のにおいだけしかしないなら、それはもっけの幸いだ。船旅の詳細は聞かないでくれ。とっとと忘れたいんでね」

「しかしアゼイ、いったい何をしてたんだ？」

「そうさなあ」アゼイはのんびりとそう言いながら腰を下ろした。「追いかけている相手にまんまと逃げられたというのが大部分だ。徒歩でも、車でも、船でもな。それ以上は聞かないでくれ。先生のほうは何かわかったかい？」

カミングスは新しい葉巻に火をつけた。「ハンソンはアリバイ問題におおわらわだよ。あいつは一時間ほどシューワルが犯人に違いないって考えていた。四人の使用人が十時前から正午近くまでずっとシューワルといっしょにいたと断言したんで、あまりにアリバイが完璧すぎるとね」

アゼイはにやりと笑った。「あいつならそう考えると思ったよ」

「次に」カミングスは続けた。「ハンソンはデイヴ・アーリントンを疑った。だが二人の人間がアーリントンは十時数分過ぎから十時半まで雑貨店でチョコレートモルトを飲んでいたと証言したんだ。ハンソンは元全米代表のエンドのくせに、チョコレートモルトとはずいぶん女々しいじゃないかと言ってたよ」

アゼイは声をあげて笑った。

「それから」カミングスは言った。「あいつはペニーのことを怪しみはじめた。なにしろ事実上ありとあらゆる人間が、ペニーは午前中ずっとバザー会場でこまねずみのように働いていたと口を揃えたからな。ハンソンは動機についても考えこんでいたよ。ヘッド社に勤務しているシューワルなんか、おあつらえむきの動機の持ち主じゃないかと――」

「どんな点が？」アゼイは遮ってたずねた。

「いや、ハンソンも具体的に知っているわけじゃなくて、ただ会社絡みの動機があるはずだと。それから、アーリントンにも復讐という立派な動機があると考えているし、あとは――」

「先生《ドク》」アゼイは言った。「正直言ってハンソンの考えにはあまり興味がないんだ。それがあいつの頭の中だけでひねりだされたものならとくに。それより、先生《ドク》は何か見つけたかい？」

カミングスは肩をすくめた。「特にないよ。これが大佐を殺した弾丸だ――この明かりでちゃんと見えるかい？　これはロシア製の四四口径だ。娘が持っていたジュールズ・ヘッドの銃に合う四五口径ではない。それでハンソンはすっかり心が折れてしまったんだ」

アゼイは考えこむようにその小さな鉛の塊を見つめた。

「これでジュールズやペニーの線はなくなったようだな。やれやれ！　この二人のうち今朝、四五口径を撃ったのはどっちなのかはわかったのかい？」

「ジュールズが林でスカンクを撃ち殺したという陰惨かつ生々しい話を語ってくれたよ。わたしはジュールズを信じるよ。彼は本当にスカンクを撃ったんだろう。だがハンソンは少し前に書斎でまだ彼に質問をしていたよ」

「ジュールズはペニーがその銃を所持していたうえに、それを埋めようとしていたことをどう説明したんだ？」アゼイはたずねた。「それとも、説明していないのかい？」

「説明していない。説明できなかったのさ」カミングスは言った。「ジュールズは自宅に銃を置いてから、タイをバザーに連れていくためにここに向かったと言ってる。ペニーがその銃を持っていたとハンソンに知らされたジュールズはかんかんだったよ」

「要するに先生《ドク》、あの娘があの銃で何をしていたのかはまだわかっていないんだな？」

「そうだ」カミングスは言った。「ペニーへの取り調べは、彼女が手の付けられないヒステリーを起こすというクライマックスに至り、落ち着くまでしばらく一人にしておいたほうがいいとわたしが勧めたんだ。目下ペニーは向こうの客間のソファに横になってわめいている。だがあの娘には」カミングスは付け加えた。「こっぴどく尻を叩いてやるべきだと思うね」

「あっしも同じようなことを思ったよ」アゼイは言った。「ところでアーリントン夫妻はどうしてる？　あの二人はいまどこにいるんだ？」

「居間でダイヤモンドゲーム（ダイヤモンドの光沢を模した頂点が六つある盤面を用いて遊ぶボードゲーム）をしているよ。ちなみに、沈鬱な顔つきでね。デイヴ・アーリントンはさっきハンソンにおもちゃの銃を渡して、隠していたことを謝っていた。わたしは彼がなぜそんなことをしたのかさっぱりわからないし、ハンソンもそうだと思うんだが、きみはどうだ？」

「察しはつくよ」アゼイは言った。「おそらくローラがデイヴに、あっしがそれに気づいていたと伝えたんだろう。ほかには何かあったか？　新聞記者に押しかけられたりはしなかったかい？」

「いまのところヘッド社の力で秘密は守られている」カミングスは言った。「ジュールズが、いま悪評が立つのは致命的だと権力者たちを説得したんだ。特に何も起こっていないよ、アゼイ。シューワルは午後じゅうずっと木彫りのワシを台に据え付けていて、残りの時間はわたしに付きまとっていた」

「また手にとげでも刺さったのか?」アゼイがたずねた。

「いいや。きみがいかにすごい人であるかをしつこく言ってくるんだ。いいかげんうんざりしたよ。別の言い方をすれば」カミングスは締めくくった。「何も起きなかった。我々はみな、きみが目覚ましい成果を持ち帰ってくれるのを待っていたんだ。例の逃げ足の速いフリッツはどうなった? ハンソンがお待ちかねだぞ」

「そうさなあ」アゼイは言った。「フリッツの逃げ足の速さは保証するよ! 先生《ドク》は、今朝ここで実際に何があったと思う?」

「正直さっぱりわからんのだ」カミングスは言った。「わたしも、いま鑑識に行っているカーターもお手上げだよ! カーターがやってきて、ハンソンやわたしといっしょに大佐が撃たれたアルコーブを長い時間をかけて調べたんだ。そしてわかったことと言えば……。アゼイ、きみはローラ・アーリントンが言っている、大佐は庭に大切な書類を取りに行ったという話を信じるかい?」

「先生《ドク》は?」アゼイは問いに問いで応じた。

「その書類がそれほど大切なものだったのなら」カミングスは言った。「そもそもなぜそんな所に置き忘れる? なぜ持って家に入らなかった? どうやら大佐はローラが呼び鈴を鳴らしたとき、家の中にいたようなんだ。わたしとしては、大切な書類はちゃんと持って家に入ったはずだと思うんだが、そうは思わないか?」

「そうだな」

「ジュールズはこう言ってる」カミングスは続けた。「兄の事業復帰を考えると、個人的にどんなことを書き留めているかなんてわからないし、いずれにしても自分は会社関連の重要事項が記された書類なんてものは一切知らないと。だからわたしは何度も、あの娘が嘘をついているんじゃないかという結論に達したんだが、きみはどう思う？」

「そうさなあ」アゼイは言った。「あっしもその書類についてはじっくり考えてみたし、そのとき、書類を吹き飛ばすほどの風は吹いていなかった。だから――」

「結局、ハンソンとカーターとわたしから見た唯一の可能性は」カミングスはいらいらした様子でアゼイのことばを遮った。「大佐はそのよくわからない書類のために実際に外に出たものの、そこで誰かがその書類を奪おうとしているのを見つけたんだ。どういう状況かわかるかい？ そいつは銃を取り出し、大佐に騒ぐなと告げる。しかし大佐はやれるものならやってみろと挑発し、そいつに撃たれた。きっとそうだったんじゃないかな、アゼイ。なにしろ犯人は三フィート（約九十一センチ）も離れていない位置から発射してるんだ。カーターもそれは絶対に間違いないと言っている。それに彼は――アゼイ！」

「ん？」

「庭を見てみろ、早く！ 建物の傾斜している所から光の筋がプールに差しこんでいるのが見えるか？ あそこに木馬があるだろう？ あの木馬の隣の人影を見るんだ、早く！ 動いているのは木彫りの像か？」

「フリッツだ！」アゼイが静かに言った。「あいつ、また戻ってきたのか！ まったく！ 先生《ドク》、もう少しあっしがあいつに近づいたら、家の中に飛びこんであいつを捕まえるのを手伝うようみんなに言ってくれ！」

カミングスがテラスから居間へ入るドアに進みかけたそのとき、一発の銃声が庭に響き渡った。

それからしばらくしてフリッツを捕まえるための全力疾走が空振りに終わってから、アゼイは大佐が射殺された同じ場所で、額を撃ち抜かれたジュールズ・ヘッドが倒れているのを見つけた。

ハンソンが音高く書斎に入ってくると、アゼイとカミングス医師が座っているソファにやってきた。だが自らの登場によってアゼイとカミングスの会話が突如、中断されてしまったという事実が、放心状態にあるハンソンに認識されることはなかった。ハンソンはまた、カミングス医師が困惑したような顔つきであるのも、アゼイが心を決めた表情であることにも気づかなかった。

「なあアゼイ、この射殺事件を解明しようじゃないか！　おれはてっきりあんたが撃ったと思ったんだぜ！」ハンソンはソファの肘置きをたたいて自分のことばを強調した。「銃声を聞きつけた次の瞬間、先生《ドク》が居間に駆けこんできて、あんたが庭でフリッツを捕まえようとしてるから、早く行って手伝ってやってくれと言うんだからな！　当然、やつに威嚇射撃したと思うじゃないか！　それにしてもあんたは誰が撃ったと思う？」

「どうして」カミングスは言った。「蒸し返すんだ？　もうよせ」カミングスは、ハンソンが言い返そうと口を開けたときにそう続けた。「フリッツが発砲するところをアゼイが見たはずだと言うのは！　アゼイは見ていないんだよ！」

「そんなはずないだろう！」ハンソンがぼやいた。「アゼイはその場にいたんだぞ！」

「フリッツからそう離れてはいなかった」アゼイは言った。「だが、姿は見えなかった。そして彼のあとを追うのは楽じゃなかった、木馬や木彫り人形があちこちにあるからな」

「一つだけ確かなことがある！」ハンソンはどさっと革の椅子に腰を下ろし、ベルトをゆるめた。「家にいた者は誰も発砲していない！　シューワルとアーリントン夫妻は居間にいた。おれはここから居間へ行ったばかりで、ジュールズはここを八分から十分ほど前に出ていった。外で新鮮な空気を吸ってくると言って。おれは彼がテラスに出るんだと思っていたが、廊下の通用口を通ってそのまま庭に出たんだろう。女中が一人ペニーのそばにいたし、ほかの使用人たちはキッチンにいた。つまり、家の中にいた者は全員シロってことだ」

「そのようだな」アゼイは言った。「おまえさんは誰が彼を撃ったと思う、ハンソン？」

「たったいま起こったことを踏まえたら、そんなこと聞くまでもないだろう」ハンソンは居住まいを正しながら、呆れたようにそう言った。「そりゃあ、そのフリッツ・フォン・ナントカだろうよ。ほかに誰がいる？」

「なんで彼なんだ？」アゼイがたずねた。

「なんでだと？　いいか！　ジュールズ・ヘッドは兄貴と同じように同じ場所で、おそらく同じ口径の銃で撃たれているだろうが。そうとも！　だとすれば、二人とも同一犯に殺されたと推察できるだろう？」

「どうしてだい？」カミングスは、ハンソンには気づかれないようアゼイにつつかれてそう言った。

「カーターはそう考えているし」ハンソンは言った。「おれも同じ考えだからだ！　カーターによって両方の弾丸が同じ銃から発射されたことが証明されなかったらびっくりだよ！　おれたちには大佐を射殺したかもしれない容疑者が何人かいるが、彼らがジュールズを射殺してないことはわかっている、そうだろう？　そうなんだよ！　彼らがジュールズ殺しの犯人でないなら、最初の殺しの犯人でもないことになるだろう？　そうなんだよ！　あとに残るのは誰だ？　フリッツじゃないか！」

「なるほど」アゼイはハンソンのことばに相槌を打った。「だが核心を突く話をすると、フリッツが犯人だという証拠はあるのか？　使われた凶器はないし、大佐が殺されたときに彼がここにいたという状況証拠すらない。たとえその後に彼が林にいたとわかっているとしてもだ。それに——」

「いいか！　大佐は書類を取りに庭へ行った。だがフリッツが先にそれを手に入れ、大佐を撃ち、さっさと逃げたんだよ！」

「だが、もしもあっしが大佐を撃って重要書類を奪ったとしたら」アゼイは言った。「それ以降はここに近づかない。何度も姿を現わすはずないんだよ、ハンソン」

「やつが戻ってきた理由がわからないのか？　ジュールズを殺すチャンスをうかがってたんだ！　そして実行したんだよ！」

「つまり」アゼイは言った。「ジュールズもなんらかの機密書類のために殺されたと思うのかい？」

「当然だろう！　要するにだ」ハンソンは言いなおした。「それは企業秘密を手に入れるためだったはずだ。たとえ彼のポケットを見て何がなくなっているのかわからないとしてもな。これはスパイによる犯行だ。それは否定できまい！」

「あいにくスパイ活動には詳しくなくてね」アゼイは言った。「だが、書類を手に入れるためにヘッド大佐を殺したのなら、それを持ってさっさと逃げて、ここに戻ってくるはずはないと言ってるんだよ！」

「だったら、やつはその書類を誰かに渡したのかもしれない。そして！」ハンソンはじれったそうに言った。「このあたりには、ほかにもスパイがいるのかもしれない！」

「あっしが言いたいのはまさにそのことなんだ」アゼイは言った。「おまえさんの言う敵のスパイが大佐を殺したなら、もう二度とそいつを目にすることはないはずだ。それによく考えてみろ。おまえさんがジュールズから事業に関する書類や秘密を奪おうと考えた場合、なんでそれがそいつの兄さんの家にあると思うんだ？　わざわざ警察官だらけのここにとどまるより、ちょいと先のジュールズの家まで行って、みんながここに注意を向けているあいだに好きなだけ盗めばいいじゃないか。やっぱり考えれば考えるほど、フリッツが敵国のスパイという線はなさそうに思えるよ」

「ほう？」ハンソンは頭に血がのぼりはじめていた。「じゃあ、おまえはあいつをなんだと思ってんだよ？」

「一人の若者が」アゼイは優しく言った。「好きな子に会おうとしているのさ」

ハンソンは椅子から立ち上がると、アゼイとカミングスをにらみつけた。「よくわかったよ！」ハンソンは言った。「あんたらはあいつを疑っているおれの目をくらまして、自分たちだけで捕まえようって魂胆だな！　ふん、おれは誰がなんと言おうとあいつを捕まえてやる！」

「幸運を祈る」アゼイはにこりと笑ってそう言った。「本当に逃げ足の速い相手だからな」

ハンソンは音高く書斎から出ていったかと思うと喧嘩腰で戻ってきて床から帽子を拾い上げ、またバタンとドアを閉めて出ていった。

「やれやれ、すっかりおかんむりだ！」カミングスはそう言って、アゼイを見た。「どうしてハンソンを挑発したんだ？」

「挑発？」アゼイは涼しい顔で言った。

「きみのハンソンへの指摘はもっともだが、それでも挑発には変わりない！　いずれにしろフリッツを追うつもりでいた彼が、きみにけしかけられたせいで聖戦さながらにフリッツ逮捕に全力を傾けることになったじゃないか！　アゼイ、救急車の到着を待つあいだ、きみがどこにいたか話してくれ。

我々みんなが、きみはフリッツを追いかけていると思っていたときのことを！　いったい何があったんだ？」

「あっしは追った」アゼイは言った。「あちらへ、こちらへ、そうかと思えばまたあちらへ」

「一時間ふらふらとホタルを追いかけていたとでも言うつもりか！　それに、どうして上着のポケットにベルトを入れてるんだ？」

「そうさなあ」アゼイは言った。「通常以外の目的で必要になるかもしれないと思ったんだが、結局は使わなかったよ。先生《ドク》、あっしはこれからちょいと用足しに出かけるがまた戻ってくる。あとから我々二人でやらなければならないことがあるんだ」

「なんだって？」カミングスは疑うようにそう言った。「そんなこと言われても──おい、わたしのカバンの中身をどうするんだ？」

「今日の午後、船でこしらえた擦り傷にヨードチンキをつけようかと思ってね」アゼイは言った。「わたしがどう思っているかわかるか？」カミングスは火の点いていない葉巻をくわえた。「きみはもうフリッツを捕まえているんだろう！　もっと早く気づくべきだったよ。帰ってきたときさみはすこぶる上機嫌だったからな！　そのベルトは彼を縛りあげるのに使ったんだな！　彼を捕まえたが、そのことを誰にも知られたくないんだろう！」

「おやおや、先生《ドク》」アゼイは言った。「どうして捕まえたのにハンソンに引き渡さないと思うんだい？」

「そりゃあきみが、ハンソンやその部下たちに死に物狂いで捜索をさせ、そのあいだに何かするつもりでいるからさ！　それにしても、いったい誰を欺くんだ？」

「先生《ドク》」――アゼイは突然、真面目な顔になった――「無茶な思いつきかもしれないけど、ほかに打つ手がないんだ！　この午後から虫の知らせみたいなものはあったんだが、その正体がわからなかったんだよ。もっと早くここに戻っていても、いまよりはるかに多くのことを知っていたとしても、ジュールズ殺しを阻止することはできなかったと思う。だから、自分の考えが正しいかどうかを先生《ドク》といっしょに確かめさせてくれ。どんな結果になろうと、我々は何か突き止められるはずだ。一時間以内に戻ってくるから、万一誰かに何か聞かれたときは、ハンソンがフリッツを追いかけるのを手伝ってるとでも言っておいてくれ！」

深夜二時過ぎにヘッドエーカー邸の最後の灯りが消えると、カミングスとともに林の端に立っていたアゼイはおもむろに肩をいからせた。「あっしはこれから円を描くようにぐるりと回って屋敷に戻る。先生《ドク》はここから夜間用双眼鏡を使って一部始終を見届けてもらいたい。何か問題が起きた場合どうすればいいかはわかってるな」そう言ってアゼイは林の中に消えた。

それから数分後、カミングスはバラ園の生垣のそばにいる人影はアゼイだという結論に達したが、彼が人目につかずにどうやってそこまで到達できたのかはわからなかった。それからの十五分間、真剣に見守っていたにもかかわらずカミングスが何度もアゼイの姿を見失ったのは、ほの暗い星明かりのなかではアゼイの黄褐色の上着やコーデュロイが、そこらじゅうにある木製の彫刻たちとほとんど見分けがつかなかったからだった。

とうとうアゼイは例のアルコーブの向かい側で立ち止まると、両側にある木馬と変わらぬくらい微動だにしなくなった。

アゼイが再びカミングスと合流したのは夜明け近くになっていた。「見たかい？」アゼイは短くそうたずねた。

「見たとも」カミングスは言った。「そんな顔はやめてくれ！　それでなくてもぞっとしてるんだから！　きみの推理は正しかった。だがアゼイ、これからどうするつもりだ？」

まばゆい日差しがテラスに降り注ぐその日の正午に現れたカミングス医師は、アーリントン夫妻からも、シューワルからも、ペニーからも同じ質問で迎えられた。「アゼイは？」

「あの人は本当にポーター社の飛行機で行ってしまったの？」ペニーから早口でそうたずねられながら、カミングスはペニーが一夜にして激変したことに驚いていた。黒い服を着ていることをのぞけば外見は変わっていないが、もはやその声に険はなく、口元を不機嫌そうに尖らすこともない。「料理人が雑貨店の男の子から聞いたそうなの。飛行機に乗るアゼイを見た人がいるんですって！　本当なの？　彼はまだフリッツを追っているの？　それにハンソンはどこ？　昨夜からいままでに何があったの？　誰も何も教えてくれないのよ！」

「わたしもたったいま戻ったばかりなんだ」――カミングスは無関係の事実を述べて、ペニーの質問を受け流した――「病院から。ちょっとホイットロック家の息子の件があってね。アゼイとハンソンがいまどこにいるかは知らないが、アゼイとはわたしの診療所で一時に会うことになっている」

「だったら」ペニーが言った。「アゼイにこれを渡してもらえますか？」

カミングスはペニーが差し出した折りたたんだ紙の束をまじまじと見つめた。「これはいったい何かね？」

ペニーの口元が震えだし、ローラが助け舟を出した。「先生、これはペニーが昨日果たした役割についてです。彼女がしたことや、説明しなかったことを書き出してあります」

「これ全部がそうなのかい？」

「書いたらこんなに長くなってしまったんです」ローラが言った。「だけど本当に――ペニー、先生からアゼイさんに伝えていただけるように、わたしから説明しようか？」

ペニーはうなずき、瞳をぬぐった。

「ええと」ローラは言った。「ジュールズ伯父さまはバザー会場にいたペニーに電話してきて、週末の計画、とくに週末に招いていたお客さまとの約束をすべてキャンセルするように言ったそうです。そこで電話するため家に帰ってきたペニーは、電話中に父親の銃が玄関ホールのテーブルの上にあるのに気づきました」

カミングスはうなずいた。ジュールズが前日スカンクを撃ったと言っていたとき、銃はそこに置いたと話していたからだ。

「銃の存在に気づいたペニーは、警察官が芝生を歩いて玄関に向かってきたことにも気づきました。生まれつき神経質なペニーは警察官を見て怖くなり、頭に血が上って次の瞬間、その銃をつかんでコートのポケットに入れていたそうです。ほとんど反射的に」ローラが言った。「そんなことをしたら、あとでその始末をするのがどれほど大変かなんて考えもせずに。それはさておき、ペニーはここに来る前にフリッツと会うために林に行きました。彼と会う約束の時間はすでに何時間も過ぎてしまっていて――この部分を書いたらとても長くなってしまったそうです」

「それはまたどうして？」カミングスがたずねた。

「彼女がフリッツにタイ伯父さまの身に何があったかや、すぐにこの場を立ち去ってと話そうとしたとき、フリッツが彼女に静かにするように言い、なんとも奇妙なことが起こっていて、自分は誰かにつけられていると告げたからです。どうして二人がただちに相手の言うことを理解できて、心を決めることができたのかは」ローラは言った。「わたしにはわかりません。しかし二人は瞬時に行動に移りました。ペニーはフリッツに急いでここから離れて身を隠し、もう大丈夫となったらわたしの車を使って逃げてと言ったそうです。それからペニーは耳をすまし、物音がしなかったので銃を埋めはじめました。それはそのときはすばらしい考えに思えたし、彼女は銃を持っていることが心配になりはじめていたんだそうです。なのにアゼイがやってきて、それで――」

「それでアゼイにあんな態度を取ってしまったの」ペニーが口を挟んだ。「彼がフリッツを見つけるのを阻止するために！　それに、ローラを気絶させたのはフリッツじゃないわ！」

「では誰だったんだい？」カミングスは葉巻をふかし、そのことを本当に知らなかったかのように装った。

「木の枝です！」ローラが言った。「はじめはそんなはずないと思いましたが、今朝、その場所を見に行って考えが変わりました。それにフリッツは、わたしが叫びながらよろよろと林のほうへ行くのを見たそうなんです――タイ伯父さまを発見した直後で錯乱状態だったみたいで。フリッツがこっちに走ってきたのは、わたしが頭から低い太枝に突っこんだのを見たからだったんです。本当に首の骨を折らなかったのが不思議なくらい。タイ伯父さまのあのフランネルのローブが足にまとわりついてすごく歩きにくくて！　とにかくフリッツはわたしの様子を見に行ったことをペニーに告げるとまたどこかに行ってしまったそうです」

「なぜです？」シューワルがたずねた。「ずいぶん奇怪な行動だ！」

「そんなことないわ！」ペニーが言った。「彼はローラを知らなかったんだから！　それに、もしあなたがフリッツの立場なら同じように考えたはずよ。ヘッド家の土地で男もののガウン姿で狂ったように叫んでいる、気がついたら自分に襲われたと訴えるに違いない見知らぬ女性といっしょにいるべきではないと！　そういうあたしもフリッツからローラのことを聞いたときはピンとこなかったもの。でもだからこそ彼に身を隠して、それからあたしの車を使ってと言ったのよ！　あたしの車が屋敷の前を走り過ぎるまで彼のことが心配でたまらなかった。家の前を通ってくれるよう頼んでおいたの。だけど実際にそうしてくれても見落とすんじゃないかと不安だった。あたしは――あっ！」

　ペニーは苦しそうな小さな叫び声をあげると、屋敷の前方を指差した。

　アゼイの車が止まったかと思うとハンソンが下りてきて、そのすぐあとに手錠をはめられている長身の金髪の若者が現れ、アゼイが続いた。

「フリッツ！」ペニーが言った。「ああ、フリッツ！」

「残念でしたな、ヘッド嬢」ハンソンはおざなりにそう言うと、空いている手でフリッツからペニーを押しのけた。「この男の身柄は我々が確保しました。彼の銃はまだですが、それが投げ捨てられた池を部下たちがさらっているところです。さあ書斎にお入りください、ヘッド嬢。あなたたちも」ハンソンはアーリントン夫妻に合図した。「それから先生《ドク》も。いくつか確認したいことがあるんでね」

「フリッツ！」ペニーが言った。

デイヴ・アーリントンが片腕でペニーを抱いた。「よせ、ペニー！　泣くんじゃない！　最後までローラとぼくがついてる。弁護士を雇うんだ、そうすればあるいは――」

「そんなことをしても無駄さ！　さあアゼイ」ハンソンがぶっきらぼうに言った。「庭へ行って、あんたが昨日そこで見つけたってものを掘り出してくれ！」

「わかった」アゼイは言った。そしてテラスでちょっと足を止めると、一同がぞろぞろ屋敷に入っていくのをシューワルとともに見送った。

「気の毒に」シューワルは言った。「彼にもペニーにも同情します。彼女があの若者をあんなに好きだったとは知りませんでした」シューワルは咳払いをした。「メイヨさんは庭で何を見つけたんです？　手掛かりですか？」

アゼイはうなずいた。「よかったらいっしょにどうです。お見せしますよ」

「お邪魔ではありませんか？」

「全然。さあ行きましょう」

シューワルを従えて庭の小道を歩きだしたアゼイは、例のアルコーブまで来ると立ち止まってその場にひざまずいた。

「ちょうどこのあたりだったはずだ」――アゼイは顔を上げると、向かい側にある小さな木馬を顎で示した――「ここで、その仔馬を見るたび子どものころを思いだしますよ。ええと、このあたりだと思うんだが」

「これはじつに魅力的な品です」シューワルが言った。「わたしはよく考えるんです。ひょっとしたらこの仔馬は」――シューワルは懐中時計の鎖についたスカラベをもてあそんだ――「文献で読んだことのあるやつではないか、上げた前足を押し下げると、頭をもたげて口を開くのではないかと」

「これが動く、、、と言うんですか？」アゼイは怪訝な顔でたずねた。「動く木馬があるとは知らなかった！　どうやって動かすんです？」

「いくつか条件があるはずです」シューワルは言った。「こうした木製の彫刻が動くには、所定の状態からスタートして、しかるべき場所にしかるべき力がかからなければなりません。昨日の午後、ここでワシに支柱を取り付けているときに何通りか試してみましたが上手くいきませんでした。おそらくその前足を押し下げると――あっ、すみません！」シューワルはアゼイが立ち上がると、そう言って謝った。「手掛かりを探す邪魔をするつもりじゃなかったんです！」

「別に急いでるわけじゃありませんから。ハンソンのほうは一時間はかかるでしょうし」アゼイは言った。「とても興味深いですな、シューワルさん。いま仔馬について言ったことをやって見せてくれませんか」

「あのですね」シューワルは言った。「たぶんその上げている前足を押し下げながら、同時に押すんですよ――その――ほら、たとえば木彫りのストラップボタンを。そうすれば動くはずです。わたしが読んだ方法はそうでした。だがわたしでは力が足りないらしい。あなただったらうまくいくかもしれません」

「それならやってみよう」アゼイは言った。「どれどれ、よっこらしょ！」アゼイは仔馬のほうを向いて屈みこみ、右手を仔馬の喉元の下にあるストラップボタンに置き、左手を持ち上げている前足の上に乗せた。「こうですか？」アゼイは言った。「そして、この前足を押し下げる！」

アゼイがそうすると、鋭いカチッという音が響いた。

それからアゼイはくるりと振り返り、シューワルに笑顔を見せた。一方シューワルはぎょっとしたようにアゼイの右手の中に現れた大型で旧式のコルト銃を見つめていた。

「失敗だ！」シューワルは自分自身にそうつぶやいているようだった。

「確かに」アゼイは言った。「失敗したのは、あっしが昨夜、仕掛けから弾を抜いておいたからさ、シューワルさん。おまえさんが弾をこめたあとにね」

「あなた——あなたは仔馬のことを知っていたのか？　銃から弾を抜いただって？」

「そうとも。だがおまえさんに向けているこのコルトには」アゼイは言った。「たっぷり弾が入っているぞ。ハンソン」——アゼイはシューワルの肩越しに声をかけた——「こいつの仕掛けがわかったかね？　その木彫りのストラップボタンを押すのは、仔馬の頭に取りつけられた銃を発射させる前足の仕組みとは無関係で、ただ人を前かがみにさせることが目的なんだ。そうすれば弾丸が眉間に命中する場所に頭が来るからな。シューワルはタイやジュールズに少し前かがみになって、前足を押し下げるようそそのかすだけでよかった。この仕組みがあればはるか彼方にいようとも、タイとジュールズを殺すことができたのさ！」

「そいつから目を離すな！」ハンソンがアゼイに突進したシューワル目がけて飛びかかった。

「そいつがその狂犬のような目をやめるまで」——カミングスが幅広の茂みの影から出てきた——「よく見張っていてくれよ——おや、今度はがっくりきたのか？　そりゃあそうだろうな！　それでもこの男に油断は禁物だぞ！　アゼイ、これはいったいどういう仕組みなんだ？」

「先生に見せるのはちょっと待ってくれ！」ハンソンはそう言いながら、部下の警察官二人にシューワルを引き渡した。「おれも見たい！　おれはここに近づきもせず、この仔馬にも指一本触れずにいたというのに、アゼイときたら、おれが罠を台無しにするんじゃないかとやたらと心配するんだからな——さあ、その前足を押し下げたら何が起こるんだ？」

「どういう仕掛けになっているのかを正確に知るためには、これを分解しなければならん」アゼイは言った。「だが要するに、この前足にワイヤーが通してあって、頭の中に仕込んであるロシア製レミントン単発銃の引き金につながっているのさ。前足を押しても、頭部は微動だにしないだろう。これは見る人がそばに寄って、頭をしかるべき場所から動かさずにいさせるためのシューワルの策略なんだ。ちなみに、この顎の部分も動かない。その必要がないんだ。弾丸が飛び出してくるだけの隙間はあるからな。何が起こるかというと、針金が引き金を引くんだ。見るといい」

仔馬のふさふさとしたたてがみのあたりをまさぐったアゼイは、木製の首の後ろにあった小さな留め金を手で示した。

「それは何のためのものだね?」カミングスがたずねた。

「装置を解除するためのものだ」アゼイは言った。「すると見てくれ。頭部全体が持ち上がって銃が現れる。たてがみと木彫りの馬具やストラップがヒンジを隠している。この銃のグリップの傾斜が頭部、そして首の傾斜と見事に一致しているし、銃尾がこんなふうに露出しているから弾をこめるのも簡単だ。じつによくできた仕掛けだよ」アゼイはそう言った。「手にとげが刺さってこの仕掛けに気づいていなかったら、シューワルはまんまと罰を免れていたかもしれん」

「どうやって」それから三十分後にヘッドエーカー邸の居間でローラがたずねた。「刺さ、さ、さったとげから謎を解き明かしたんですか?」

「それで謎が解けたわけじゃない」アゼイは言った。「シューワルについて疑問を抱いたきっかけがとげだっただけさ。昨日、グラディング家のボートで海に出ていたとき、手にとげが刺さっているのに気づいてどこで刺したのか考えてみたんだ。車のハンドルやモーターボートの舵輪以外はつかんでいないし、その両方とも木じゃないのにと思いながらね!　そのうちここを出てフリッツを追いかける前に、木の仔馬をぽんぽんとやったり、その体を撫でたりしたことを思い出したんだ。そのときに刺さったんだよ」

ローラはやっぱりよくわからないと言った。「アゼイさんもハンソンさんも、弁護士といっしょに行ってしまうまでペニーやフリッツと話しこんでいらっしゃったので、わたしにはいまだにわからないことだらけなんです！　刺さったとげからなぜチャーリー・シューワルのことが気になりはじめたんですか？」

アゼイは微笑んだ。「シューワルが言っていたんだよ。昨日、タイの所に木彫りのワシを運んでいて手にとげが刺さったとね。親指に刺さったとげをタイに抜いてもらったと言っていた。だがどう考えても、あのワシの翼は古いものだったしすり減っていてとても滑らかだったんだ。まるでサテンのようにね。そしてシューワルはとても几帳面な男だから、ほかのことを言おうとしてワシと言い間違うはずはない。だから彼がワシと言ったのなら、嘘をついているんじゃないかと思ったんだ。しかし、なぜ彼がワシを触ってとげが刺さったと思わせたいのか見当もつかなかった。それが心にひっかかっていたのさ、例の仔馬を触って刺さったとげやそれ以外のたくさんの木馬とともにね。あっしは昨晩、先生《ドク》と話をしたあともう一度、ワシを見に行くつもりだった。ところがフリッツがひょっこり庭に現れて――」

「もうフリッツは行ってしまったが」カミングスが口を挟んだ。「あのとき彼を追いかけて何があったのか教えてくれないか？　昨夜、彼からも聞いたんだが、訛りがきつくて言ってることの半分もわからなかったんだよ」

「林の中の隠れ場所にたどりついたとき」アゼイは言った。「フリッツは急停止したんだが、こっちはとっさのことにうろたえてしまった。そして彼を捕まえてベルトで縛りあげようとしたら、向こうから話しかけてきたんだ。この追いかけっこが思わぬ結果を招きそうで心配なので、ぼくをシューワルさんのもとへ連れていってもらえませんか、ヘッドエーカー邸にいるのを見かけたんです、とね。あっしも彼の言うことがよくわからなかったので、誰と言ったのか聞き返した。そうしたら『ヘッド社の財務担当者シューワルさんです』と言うじゃないか。ちなみに、シューワルが財務担当者だということも」アゼイは続けた。「あっしの心にずっとひっかかっていた。それはさておき、フリッツは言った。ジュールズ・ヘッドの影がちらついていると警察に公正に扱ってもらえるとは思えないけど、シューワルさんは公正な人だから、ぼくのことを根っからの悪党のように見せかけるはずはない。だから、シューワルさんが保証してくれるなら喜んで警察と話をするとね。しかしハンソンが見つけ次第フリッツを逮捕することはわかりきっていた。そこでフリッツの言い分を聞いたあと、あっしは彼を車のランブルシート（二人乗り用二ドア乗用車に備え付けられた折りたたみ式座席）に隠して、ちょいとジュールズと話をするためにここに戻ってきた。しかしジュールズはすでに射殺されていたんだ」

　デイヴ・アーリントンが額にしわを寄せた。「ぼくにはまだとげのことがピンとこないんですが」彼は言った。

「例のアルコーブでジュールズを発見したあと、あっしは片手でワシの像を撫でてみた」アゼイは言った。「だが、あのワシを触ってとげが刺さるとは考えられなかった。一方、あの仔馬はとげが刺さらずにはすまない感じだった。そしてあっしはそこに立って考えた。なぜジュールズとタイは、同じ場所で同じようにあそこまで正確に撃ち抜かれたのか、とね。見たところどこにも足跡はないし、誰かが待ち伏せしていた痕跡もない。なんとも残酷で機械的で正確無比な犯行だ。そこで人ではなく仕掛けの可能性について考えはじめ、そこにこの仔馬がいた。そしてシューワルがとげについて嘘をついていたことを思い出した。それでだんだんわかってきたんだ。その時点からは木馬のそばに長くとどまったり、他の人たちがそれに注目しないよう気をつけたよ。ハンソンと部下たちにフリッツを追わせておいて、あっしは庭に戻ってじっと待ったんだ」

「そうでしたか」デイヴがゆっくりとうなずいた。「あなたは人払いをして、その木馬になんらかの装置を取り付けたであろう人物に、庭に行っても大丈夫だと思わせたんですね」

「ああ、犯人がその装置を取り外しにくるだろうと思ったんだ。しかしシューワルは銃に弾をこめた。だからやつが屋敷にこっそり戻ったら、銃から弾を抜いてやった。それから――」

「なぜそのときに彼を捕まえなかったんですか？」ローラが言った。「わたしならそうするわ！」

「そうしたいのはやまやまだった」アゼイは言った。「だが、考えてみてくれ。何をしようとしているかわかるまで、彼を捕まえることはできなかったんだ。それにあのときすぐに捕まえて、銃に弾をこめていたと告発したところで、自分はそんなものに触ってはいないと主張するに決まってる！」

「でもあなたはあの人を見たんでしょう！」ローラは言い張った。「あの人を見たのに！」

「いくら弾をこめていたと確信していたとしても」アゼイはローラに言った。「法廷で、彼が銃に弾をこめるところを見たと誓うことはできん。あの暗さだし、あっしがいた場所がどれだけ離れていたかを考えれば。彼はそのような仕掛けがあるのではないかと、とっさの思いつきで確かめに来ただけだと言うかもしれない。シューワルは用意周到で正確無比な男だから、こちらに不利な未確定要素を残しておくわけにはいかなかったんだ。賭けてもいいが、誰も彼があの銃をどこで買ったかも、どこであの馬を手に入れたかも突き止められないだろう」

「あれはどこからやってきたものなんだい？」カミングスがたずねた。「シューワルが持ってきたのか？」

「それについては誰も知らないようなんだ、先生《ドク》」

「そんなはずないだろう！　アゼイ、木馬はポケットに隠せるようなものじゃないんだぞ！」カミングスは不機嫌そうに言った。「持ちこんだのがシューワルなら、誰かが見ているはずだ！」

「そうだな。だが、そこらじゅう木馬だらけで、数日おきに大佐があちこち動かしていたこと、誰もが木馬に慣れきっていたことを忘れないでくれ。みんな木馬なんか気にしていないんだよ。このあたりで一ダースの木馬を気づかれずに移動させるほうが、先生《ドク》の家の玄関先の植木鉢を一つ動かすよりはるかに簡単だろうな」

「誰かが」カミングスは言い張った。「シューワルがあの木馬を運んできたところを見たか、それを車から降ろすのを手伝ったはずだ！」

「そんな者はいないよ。女中の一人が教えてくれたんだが、シューワルがおとといセダンで木彫りのワシを運んできたときには、家の脇を回って車をこのアルコーブの寸前までつけ、タイといっしょに荷物を下ろしたそうだ。そのときに木馬も車から下ろしたんだろう、誰もそのことを覚えていないにしてもだ。これでシューワルがどれほど安全な立場だったかわかるだろう？　誰かにあの木馬を持ちこんだのはあいつだと言われても、自分が持ってきたのはワシだと言えば良かったんだからな」

「このワシのことが」――ローラは煙草に火をつけた――「よくわからないんだけど――そんな恥じるような顔でこっちを見ないでよ、デイヴ！　あなたも同じのくせに！」

「そのワシはシューワルの囮《レッドヘリング》だったんだ」アゼイが言った。「あっしが仔馬のことを口にしたら、シューワルはタイに持ってきたというワシの話をした。あっしが昨日の午後にこのアルコーブを見てまわっていたとき、シューワルはあとから急いでやってくると、そのワシがちゃんと立つようにしたいと言った。あっしをだますために一芝居打ったのさ。わざわざ警察官に頼んで手伝わせたんだ。自分が持ってきたワシになんらおかしなところはないと見せつけるためにね。シューワルはこうも言っていた。その仔馬はタイが手に入れたと手紙に書いていたやつに違いないと。しかし賭けてもいいが、シューワルがそんな手紙を実際に提示することはないだろう！　とにかく、あの男はこの木馬が以前からここにあったと思わせようとしていたんだよ」

「動機は何だったんですか？」ふいにローラがたずねた。「お金じゃないですよね。あの人、お金なら燃やせるほど持っているんですもの！　なのになぜあんなことをしたんですか？」

「金だよ」アゼイはあっさり言った。「いいかい、彼はヘッド社の財務担当者だった！　だからあっしは今朝早く飛行機でボストンに行き、ポーター自動車やヘッド社の重役たちから興味深い事実をたくさん教えてもらってきたんだ。それにシューワルについてはすでにいくつか噂が流れていて――」

「なんてことだ！」デイヴ・アーリントンが苦々しげに言った。「ぼくは愚か者だ！　いまごろになってようやく事態がのみこめるなんて！　ヘッド社の金をかすめとっていたシューワルは、ジュールズが社長の座に就いているかぎりごまかすことができるが、タイが社長に復帰したら必ず横領が発覚するとわかっていたんだ！　タイは切れ者だったからね！　アゼイさん、シューワルはタイに対してどんなふうにこの木馬殺人を仕組んだんですか？」

「シューワルは木馬をここに置いて、チャンスを待つだけでよかった。おそらく彼は、昨日の朝がその絶好のチャンスだと思ったんだろう。ペニーに使用人たちをバザー会場まで送っていってほしいと頼まれて、タイがここで一人きりになるだけでなく、シューワルにとって鉄壁のアリバイを手に入れられるんだから。おおかたシューワルは去り際に、タイにこんなふうに言ったんだろう。しかるべき手順に従って木馬の前足を押し下げ、前かがみになってストラップボタンを押せば、あの仔馬を動かすことができるんですよとかなんとか。たぶん、あなたにとっておきのお楽しみを用意しておきましたとか言ったんだろう。そしてシューワルは立ち去り、あとはタイの木馬への好奇心や情熱に任せておけばよかった。アーリントン夫人、おまえさんがインク瓶をひっくり返したときに、タイが重要な書類云々と言いだしたのはそのためだったんだ」

「こいつは驚いた！」カミングスは言った。「そういうことだったのか！　彼女が書類の話をでっちあげたのではなく、大佐がでっちあげていたわけだ！　書類は口実だったとは！」

「何のための口実ですか？」ローラがたずねた。

「大佐がきみに会って有頂天だったのは間違いない」アゼイは言った。「それに普通の状況であれば、きみを置き去りにしてちょっと仔馬で遊んでこようなどとは考えなかったはずだ。だがきみも、大佐がどんなにあの木馬たちに夢中だったか知っているだろう？　だとすれば大佐がどれほどあの仔馬が動くところを見たがっていたか想像がつくはずだ。だから、おまえさんからインクのしみ抜きにはすごく時間がかかりそうだし、最低でも十五分は必要だと告げられたとき、大佐はあの木馬を動かしてみるチャンスに飛びついた。しかし大佐は書類を取りに行くと言った。その理由についてのあっしの想像が間違っていたら言ってくれ。きみは大佐の木馬好きをよくからかっていたのではないかね？」

「しょっちゅうからかってました」ローラは言った。「それはもう徹底的に。だけど伯父さまはそれを喜んでいたんです。それにしてもアゼイさん、シューワルはどうやってジュールズ伯父さまを罠にかけたんでしょうか？」

「ハンソンによれば、ジュールズは昨夜、庭に出てゆく前にシューワルと話していたそうだ。これは想像でしかないが、たぶんシューワルは仕掛けの可能性について話し、それを強調してジュールズが調べに行くように仕向けたんだと思う。銃に詳しいジュールズは、ハンソンに言わなくても自分だけで調べられると思ったんだろう。もしかするとシューワルは、ジュールズに行かないほうがいいとあえて警告したのかもしれない。要するに、シューワルはまんまとジュールズをその気にさせたわけだ！」

「だけど、なぜジュールズまで殺さなければならなかったんです？」デイヴがたずねた。「どんなときもジュールズの目はごまかせていたんでしょう？」

「そうだな。しかし、あの仕掛けは大佐相手に大成功を収めた」アゼイは言った。「あっしもハンソンもすっかりだまされたし、自分の身代わりになるフリッツもいる！　シューワルはこれを千載一遇のチャンスだと思ったのさ。タイがいなくなったいま、シューワルは安泰だ。だがジュールズもいなくなれば、自分がヘッド社の社長になれるかもしれない、とね。ちなみにボストンの連中は、実際、彼が社長になっていただろうと言っていたよ。社長になれば、会社からいくら金を盗んだかなんて誰にも知られる心配がないからな！」

「あと一つだけわからないことがあるんです」デイヴが言った。「どうしてあなたはフリッツを追い払っておいて、手錠をかけて連れてきたんですか？」

「あっしが真相に気づいているんじゃないかと絶対にシューワルに悟らせないためさ。フリッツが敵国のスパイじゃないことは確信していた。スパイが脱出時にキャンプ場の大型ボートなんかあてにするはずないからな。フリッツはあっしの言うことをわかってくれて、悪役を演じることに同意してくれた。こうして我々はシューワルを安心させたんだ。あっしは手掛かりを探すふりをしてシューワルを庭へ誘い出し、それから仔馬のことを話題にして反応を見るつもりだった。シューワルが仔馬の前足を押し下げるよう仕向けてこなかったら、こっちからこの仔馬は動いたんじゃないかと言ってなりゆきを見るつもりだった。しかしシューワルは油断しきっていて、あっしを殺す機会を見逃すことができなかった。おかげで助かったよ。シューワルにしてみれば、全員が屋敷に入っていたし、あっしが撃たれた瞬間、屋敷に駆けこんで、また敵国のスパイにやられたとでも言えばいいんだからな！銃を所持していないシューワルは、なんの疑いも受けっこないというわけだ」

「そしてあとから、シューワルがどんなに悔しがったことか！」カミングスが言った。「ハンソンが署に戻るまでにすべて自白させてやると意気ごんでいたよ……。さて、わたしは仕事に戻らないと！」

「悪いが、いっしょに乗せていってくれるかい？」アゼイが言った。

「きみのいかした車はどうしたんだ？」

「あれはペニーにプレゼントした」アゼイは言った。「あの子の車をおしゃかにしちまったんでね。ペニーは――」

いきなり含み笑いをはじめたカミングスは、葉巻をくわえたままむせそうになった。「アゼイ、たったいま思いついたことがある！　これはスパイ事件じゃないぞ。むしろ――」

「わかってる」アゼイは言った。「あっしも思ったよ。これはスパイと言うより、トロイの木馬事件だとね！」

ワンダーバード事件

ウィージット・インの閑散としたサンデッキにいる退屈したボーイにとって、チャットフィールド夫人を見るのは時計を見るのと同じだった。チャットフィールド夫人が手紙を書くのをやめたら、それは米国東部夏時間の十時ちょうど。編みかけのタティングレースをしまったらぴったり十時半。そしていつものうたた寝を終えて愛用の双眼鏡を引っぱり出す。これは十一時になったことを意味し、リジー・チャットフィールドにとって毎朝恒例となっている二回目の観測時間だった。

ボーイはあくびをして考えた。どうしてこの人は夏になると、毎日見る価値のある光景が繰り広げられているかのように双眼鏡であたりを見渡し続けるのだろう。ぼくに言わせれば、このサンデッキからの眺めはケープコッドのほかの景色同様、退屈きわまりなく、おざなりに見るくらいでちょうどいい。しかしリジー・チャットフィールドは、ケープコッドの眺めを心底すばらしいと思っているようだ。

実際、リジーはそう思っていた。彼女にとって、サンデッキから見る海岸の広がりは魅力と刺激に満ち、刻一刻と変化していた。一週間近く北東風と豪雨に悩まされたあとの、ウィージットのすべてが解放されたようなまばゆい八月の朝の景色にはひときわ心が躍った。

リジーの眼下では船二艘分の宿泊客たちが海釣りに出かけるところで、バークレイ女史の経営するキャンプ場の女生徒たちが、船着き場でくすくす笑ったりキャーキャー騒いだりしながら乗りこむ大型ボートを待っていた。その先ではヨットクラブの人たちが、船底にたまった水をかき出したり帆を乾かしたりしている。サウスポイントではラティマー邸の女中たちが膨大な量の洗濯物を運び出していた。いっぽうノースポイントでは、避暑客たちが寝具や毛布を風に当てていた。公共のビーチは子どもや犬でごった返し、個人所有のビーチにはぽつぽつと子どもや子守りたちの姿がある。かつて牡蛎が水揚げされていた波止場近くでは、ディンウィディー氏の絵画教室の生徒たちが新たに海の絵に取り組もうとしていた。そして彼らから少し離れたところでは、超現実主義者《シュールレアリスト》のジェレ・ウォレンが物憂げにカンバスを見つめていた。

リジーは舌打ちをしながら、彼をもっとよく見ようと双眼鏡を調節した。親愛なるラティマー夫人が友人付き合いとパトロンをしているジェレが、ピンク色のキャンディとギザギザの稲光に囲まれた死んだガンギエイを物憂げに描いて夏を過ごしたければ、もちろんそうしていけない理由はない。だがリジーは、そのガンギエイの絵が悪い意味で気になっていた。様子のいい若者が死んだ魚の絵を描き続けているのは健全とは思えなかったのだ。

リジーには、ジェレ自身もそれを楽しんでいるようには見えなかった。時おり、ジェレはとても素敵な小スケッチを描いた。少しも超現実的ではない、ウィージット・インの宿泊客を描いたごく普通のスケッチで、リジーはジェレがもっとこういうのを描けばいいのにと思っていた。客室係から聞いたことがあった。ウォレン氏のクローゼットには素敵なスケッチ画がたくさん入っているんです。あたしの見たところウォレン氏には恋愛か何か胸に秘めた悲しみがあって、だからラティマー夫人にあんな気味の悪い魚の絵を描いているんだと思いますよ、と。

リジーはふと考えるのをやめ、歓声をあげた。ラティマー夫人こと親愛なるノラが港をモーターボートに乗って疾走している！　ノラがあんなふうにボートに乗るなんてまるで昔のようだ。

それに新品の、美しく真新しいボートだ。リジーはまた舌打ちをした。ノラったら、手術してまだ日も浅いのに港の中をモーターボートで走りまわるなんて。モーターボートで海上を疾走するのは、車で田舎をドライブするよりはるかに体に悪い。先週、車に乗るのにも苦言を呈したばかりなのに。完治するまではあらゆる活動を控えるべきだ。病気がぶり返すのはよくあることなのだから……。もちろん、ボートの舵輪は男の人が握っている。少なくとも、ノラも単独でボートを操ってはいなかった。

リジーは男の顔に双眼鏡の焦点を合わせた。ノラとモーターボートに乗っているのはアゼイ・メイヨだ！　アゼイといっしょならノラも安心だろう。アゼイは船のことならなんでも知っているのだから。

ボーイがいきなりリジーの前を走っていったかと思うと、テラスの手すりで立ち止まった。

「そこのあなた」リジーはむっとして言った。「そこに立たれると見えないんだけど！」

「おっと、チャットフィールド夫人、パッジが言うには、ラティマー夫人のボートにアゼイ・メイヨが乗っているそうなんです！　アゼイ・メイヨ本人ですよ、チャットフィールド夫人！」

「知ってるわ」リジーが言った。「脇へどいてもらえるかしら？」

長年アゼイ・メイヨのことを知る避暑客の多くがそうであるように、リジーも彼が高名な探偵として写真でおなじみの存在であることを忘れがちだった。リジーにとってアゼイはなんでも屋であり、ポーター家の元使用人であり、ヨットの船長だった。だから、探偵とかポーター自動車の重役だとかいう理由でもてはやされるのを見ると、なんだか不思議な気持ちになる。

「あのう、チャットフィールド夫人」――ボーイはリジーの双眼鏡を物欲しげに見つめた――「よかったら――その――彼がどんな様子か教えてもらえませんか。ぼくは彼を写真でしか見たことがないんです」

「あら」リジーは言った。「彼はそこらにいる地元民となんら変わりはないわ。まず話し方がそうよ、単語の最後の〈g〉は発音しないし、母音は長く伸ばすし――」

「新聞によれば、いつもポーター・シックスティーンという大型オープンカーを乗りまわしているとか」ボーイはリジーの話を最後まで聞かずに熱心に言った。「粋な田舎探偵と呼ばれてるとか。噂では七つの海をあらゆる種類の船で航海し、殺人事件をいくつも解決したとか……。あっ、波止場に向かっている！」

リジーはビーチへと続く狭い通路をはずむ足どりで歩いてゆくボーイを見送った。それから双眼鏡とレース編みの入ったバッグを持つと、急いでボーイのあとを追った。ノラに無理しないよう注意しなければならなかったし、同じ階に宿泊しているシカゴから来た夫婦が一晩中ダンス音楽のレコードをかけていることについてもなんとかしてくれるようお願いするつもりだった。

ホテルの支配人はリジーの苦情を礼儀正しく聞いてはくれたものの、なんの対策も講じてはくれなかった。しかし、ノラならきっと、あの非常識な行動をやめさせてくれるだろう。波止場へと急ぎながら、ノラと知り合いで本当に良かったとリジーは思った。ノラがこのホテルの所有者なのはじつに便利だ。

アゼイ・メイヨについて興奮した様子で語るボーイたちの群れをかきわけて進みながら、リジーは両手を口元に添えると、モーターボートに向かって叫んだ。「ノラ、ねえノラ！」

ラティマー夫人はチャットフィールド夫人に手を振ると、アゼイにそっと話しかけた。「旋回しているふりをして入り江に戻って。船の整備なら防波堤でやればいいわ。今日はずいぶん気分がいいけど、リジーの相手をする気力はないの。なのにわたくしを待ちかまえているんだもの」ラティマー夫人はおもむろに声を張った。「はーいリジー！　あとでね、またねリジー！」

アゼイ・メイヨはラティマー夫人に向かってにっと笑うと、入り江のほうへとボートの向きを変えた。リジーがおしゃべりだという評判はよく知っているからだ。

「あの人きっと、ボーイたちにあなたのことをあれこれ話しているわよ」ラティマー夫人はそう言った。「それにあの人、あなたがこのボートに乗ることになったいきさつを突き止めるまでは、けっして諦めないでしょうね。わたくし、リジーのことは好きなのよ。とてもいい人ですもの。あのたえまないおしゃべりだって気にならないわ。だけど、あの旺盛な好奇心には辟易することがあるの。先週は車の運転についてお説教されたけど、じつはわたくしの健康状態よりもどこに行ったかが気になっていたんだわ。ねえアゼイ、キャブレターは大丈夫？」

「大丈夫そうだ」アゼイは言った。「シルの整備がほんの少し足りてなかったんだろう。すぐに直るよ」

防波堤の先でボートの修理をするアゼイを、ラティマー夫人は興味深く見守った。探偵として有名になったものの、アゼイ・メイヨは以前と少しも変わっていない。いまも話をするときには青い瞳が輝いているし、彼の含み笑いを聞いているとこっちまで愉快になるし、ケープコッド訛りも相変わらずだ。アゼイはいったい何歳なんだろう。ラティマー夫人は四十五歳で、アゼイと初めてポーター邸で会ったのは三十年ほど前のことだ。アゼイのほうが年上のはずだが、すらりとした体つきと機敏な身のこなしのせいで年齢不詳だった。

「アゼイ」ラティマー夫人は言った。「あなたのいとこがお留守のあいだ、代わりを引き受けてくれて感謝してます」

「シルが心配してたんだよ」アゼイは言った。「おまえさんが一人でモーターボートに乗るんじゃないかとね。退院したばかりなのに、そんなことをしてはいけないと案じてたよ。それで体調のほうはだいぶいいのかい？」

「だいぶいいわ」ラティマー夫人は言った。「だけど老いを感じてる。ずっと年齢なんか忘れていたのに、いまになってそれを投げつけられているみたい。とりわけ顧問弁護士からね。先生ったら、わたくしが病気だと聞いたとたんに遺言書について騒ぎはじめたの。うるさいったらないわ。ラティマー一族って遺言や信託財産にとても厳格なの。おかげでひしひしと年を感じる……。アゼイ、あなた何歳なの？」

「年齢は」アゼイはにっこりと笑いながら、ラティマー夫人に告げた。「あっしの唯一の秘密なんだ。近所に住むカミングス先生でさえ当てられないんだ。それで思い出したんだが、先生《ドク》からおまえさんに快復おめでとうと伝えてくれと頼まれていたんだった。ところで、なんで病院へ行く羽目になったんだい？」

「忌々しい小さな盲腸のせいよ」ラティマー夫人は顔をしかめた。「あれ、なんのためにあるのかしらね。一人で西海岸にいるときだったから散々だったわ！」ラティマー夫人は手術について熱弁し、アゼイにさらりと話を逸らされたことに気づいていなかった。「というわけで」ラティマー夫人はそう話を締めくくった。「それが事の次第よ。でもいまは絶好調、ただ――アゼイ、なんて図々しいのかしら！　厚かましいにもほどがある！　見て――サウスポイントを！」

アルミニウム製のトレーラーを引いた黒のオープンカーが、ラティマー邸のある丘の下の野原に止まろうとしていた。

「あの娘を見て！」ノラは言った。「門扉を開けてるわ！　アゼイ、ああいう観光客をこらしめてもらえない？　あの野原は柵で囲ってあるし、門もあるし『立ち入り禁止』の看板も立ててあるのよ。それにマーサとガートルードがシーツを干してる。全然気づいていないみたいだけど――。まったく、この町には七カ所ものトレーラー用キャンプがあって、そのうち二カ所はわたくしのものだけれど、なぜ連中はわざわざわたくしの私有地の野原に入ってくるの？　腹立たしいわ。はらわたが煮えくりかえるほど！」

見るからにそんな感じだな、とアゼイは思った。これがトレーラー用キャンプ場から洒落たホテルまでなんでも持っている連中の困ったところだ。彼らはみんな、自分の所有財産に対してやたらと神経質なのである。

「おまえさんの船着き場に向かおうか？」アゼイはたずねた。「そして立ち退かせてやろうか？　立ち退かせるのは得意なんだ。今年だけでうちの果樹園からトレーラー二十台は追い出してる。観光客は果樹園が好きなんだよ」アゼイはエンジンをかけた。「ちょうどいい木材が大量に手に入るから」

「あの娘！」ラティマー夫人はこぶしで座席を強く打った。「車を置いて、海水浴に行く気なのね？　はぁ、どうぞごゆっくり。そこはあなたのものだわ！　その気持ちのいい海辺も、浮浅橋も、船着き場も。そうね、それらはラティマー夫人専用じゃないのよね！　とんでもない考えだわ！　わたくしは観光客たちのためにあれら全部を修理したのね。ラティマー家の奉仕活動ってわけ！　ねえアゼイ、どうやらあの外装はトッツィ・ウィッツィみたい！」

アゼイはラティマー夫人をまじまじと見つめた。「なんだって?」

「ラティマー・ウエスト社最新の広告懸賞の賞品になったトレーラーのことよ。国民の朝食トッツィ・ウィッツィの……。あら、違った。側面にロゴマークがないもの。でも我が社が先月、賞品としてプレゼントしたトレーラーにそっくりだわ。ねえアゼイ、あの小娘の厚かましさが許せない!」

「そう悪い子じゃなさそうだが――」

「ボートをつないで! ここに!」

水着姿のその娘は、船着き場にモーターボートを止めようとしているアゼイとラティマー夫人に愛想よく微笑みかけた。「おはようございます」この娘の声はそこらの観光客とは違うようだとアゼイは思った。それは育ちの良さを感じさせる低い声で、ボストン周辺の人間の声だった。「おはようございます。ひどいお天気が続いていましたけど、今日はまばゆいほどですね」

ラティマー夫人は二度ぐっとつばを飲みこんだ。「すばらしい日ね」ラティマー夫人は冷たく言った。「あなたは誰の許可を得てこの野原に入り、わたくしのビーチと浮浅橋を使うつもりなのかしら?」

立ち上がったその娘はほっそりとして姿勢がよかった。「えっ、ごめんなさい――その、町で混んでない泳ぐのにお勧めの場所をたずねたら、こちらを教えてもらったものですから。わたし――」娘は顔を真っ赤にして、ことばに詰まった。

「確かに」ラティマー夫人は言った。「ここは芋洗い状態にならない、泳ぐのに最高の場所ではあるわ。だけどここは私有地なの。自分だけのものにしておくために柵も、門も、看板も立ててあります。わたくしの言っていることがおわかりかしら?」

「ああ、わたしったら――本当にすみません」娘は言った。「きっとわたしをここに送りこんだら愉快だろうと思ったんでしょうね。地元の方のいたずらだったんだわ。とにかくすみませんでした。すぐに出てゆきます――」

「手伝ってあげてちょうだい」――ラティマー夫人はアゼイに言った――「門の開閉を。ついでに錠をかけておいて。壊れていなければだけど」

娘は唇を噛み、何か言いかけたが思いなおしたらしかった。アゼイは娘が可哀想になった。この娘にこんなあてこすりをする必要はない、ラティマー夫人もそれくらいわかりそうなものだろう。

「いいビーチがあるよ」アゼイは二人で歩きながらそう声をかけた。「あっちの――おっと、あっしがおまえさんなら泣いたりしないよ。ラティマー夫人は手術をしたばかりでまだ快復しきっていないうえに、すぐイライラしてしまう年ごろなんだ。気にしないこった。このあたりを一人でドライブしているのかい？」

「いいえ、伯父がいっしょです」娘は言った。「めそめそしてごめんなさい。普段はささいなことで泣いたりしないんですけど、今朝すごく大変なことがあったので。というか今週ずっと大変だったんです。トレーラーを考えた人はきっとサディストなんだわ。七日間連続で雨のなかをトレーラーで過ごすのは――まあ、これはいったい！」娘は急に立ち止まってトレーラーをじっと見つめた。

「どうしたんだね？」アゼイがたずねた。

「これは――これはわたしたちの車じゃないわ！　わたしたちのトレーラーじゃない！　側面にロゴマークがついてないもの！」

アゼイは不思議そうに娘を見つめた。「気は確かなのかい？」

「伯父さま！」その娘はトレーラーのドアに駆け寄ると、力を込めて開けた。「伯父さま――ああっ！」

アゼイがドアのところにいる娘に近づいてその肩越しにトレーラーの中をのぞきこむと、床の上に大の字になって男が倒れていた。アゼイは中に入り振り向いて娘の顔を見た。「ということは」アゼイは低く静かな声で言った。「このひどく頭を殴られて事切れている不運な紳士も、やはりおまえさんの伯父さんではないんだね？」

「だから、これはうちのトレーラーじゃないんです！」娘は呆然として言った。「その人は伯父ではありません。一度も会ったことのない人です！」

「これは」――ラティマー夫人は煙草を一本探し出すと、座っていた岩でマッチをつけた――「例外なく、わたくしが聞いたなかでもっともとんでもない話だわ！」

それはラティマー夫人にとって新たな感想ではなかった。彼女はこの二十分ほど実質的に同じことを言い続けており、そのあいだに二回気絶しそうになり、一度ヒステリーを起こしかけていた。

「あの娘、頭がおかしいのよ！」ラティマー夫人は蒼白な顔の女中に向きなおった。「ガートルード、あなたは家に戻っていいわ。アゼイも帰ってきたことだし、わたくしのことなら心配ありません。マーサがあの子の着るものを探すのを手伝ってから、わたくしに座るものを持ってきて――」

「それよりも」アゼイが期待するように切りだした。「行って、風通しのいいポーチで休んだらどうだね？」

「それからつばのある帽子を持ってきてちょうだい、ガートルード」ノラ・ラティマーは頑なにそう付け加えた。「アゼイ、説明して。どうして警察はすぐに来ないの？　ウィージットの警察官はどこ？」

「彼はいま自分の船にホテルの宿泊客たちを乗せて海釣りに出ているんだ」アゼイはパイプに刻み煙草を詰めた。「州の警察官たちもみんな出払ってる。議員先生たちがプロビンスタウン港で新しい巡洋艦を視察中だし、ボストン近郊でストライキがあって、刑事たちはクレーン事件で身動きが取れない。ハンソンからおれたちが行くまでなんとかがんばってくれと言われたよ。ちなみに、カミングス先生にはもう電話しておいた。先生が監察医だから、先生の仕事が終わるまで我々には待つことしかできないんだ。おまえさん、少し休んだらどうだね？」

「いいえ、いいえ、いいえ！」ラティマー夫人は甲高い声で叫んだ。「いいえ！　アゼイ、あの子の話はなにからなにまでおかしいわ！　あの子はこれはうちの車ではないし、うちのトレーラーでもないし、うちの伯父さんでもないと断言している。それなのに、同じ口で自分はうちの車に乗ってきたし、そのときにはトレーラーも伯父さんもいっしょだったと言ってるのよ！　そのうえあの子は、この野原に来るまで車から下りていないと主張している。そして町ではビーチへの行き方をたずねるあいだだけ車を止め、トレーラーはトッツィ・ウィッツィの懸賞品ですって！　なのにここにあるトレーラーはそれじゃないなんて、アゼイ、まるでわけがわからないわ！　そしてそれがみんなわたくしの土地で起こっているのよ！」

アゼイは不思議そうにラティマー夫人を見つめた。状況から考えて、彼女の癇癪が不可解だったからだ。「いいかい」アゼイは言った。「これはかなり重大な事件なんだよ、ラティマー夫人」

「わかってるわ！　新聞各紙が次々と書き立てるんでしょう。腹立たしいことにそうした見出しの前では、あそこにいる見知らぬ哀れな人に対するわたくしの深い哀悼の念など覆い隠されてしまうのよ。紙面を飾る見出しが目に浮かぶわ。『大富豪ラティマーの未亡人』――ときどき、グレゴリーと呼んでくれたらいいのにって思うの。『大富豪ラティマー』じゃなくて……。ねえアゼイ、なにもかもおかしいわよ！」

「そうは言っても、ごくまっとうな部分もある」アゼイは言った。「これがあの子の運転免許証と住民登録証だ。コーデリア・オールコット、身長五フィート五インチ（約一六五センチメートル）、瞳は薄茶色、髪は茶色。車はトレーシー・ロードスターでトレーラーはデラックス・ワンダーバードだ。どれもみなまっとうだよ。ただし、いまここにあるロードスターと牽引されているワンダーバードは彼女のものとはまるで違う製造番号だし、マサチューセッツではなくニューヨークのナンバープレートだ。それもまた明らかな事実さ。彼女は自分たちの車とトレーラーを運転していたと――」

「実際そうだったんでしょうよ、アゼイ！　あの子がそう言ってるんだから。あの子は出発前に伯父さんと話をしているのよ。それに」ラティマー夫人は自分に言い聞かせているようだった。「出発するときにそれがあの子のものだったのなら、それはいまもあの子のものであるはずよ！　あの子は、自分のトレーラーはトッツィ・ウィッツィのマーク入りだと言っている――わたくし言ったでしょう。これはそれによく似ているって。だけど同じではないわ。ロゴマークがついてないもの」

「教えてもらえるかい」アゼイが言った。「おまえさんの会社の懸賞の賞品だったというそのトレーラーのことを。それにはどんなマークがついているんだい？」

「我が社の商標を大きくしたものが側面についているの。トッツィ・ウィッツィ入りの青いボウルを掲げている小人よ――いま何か言った？」

「むせただけだ」アゼイはラティマー夫人に言った。「続けて」

「ええと、そのマーク入りのトレーラーは二十五台あって、全国各地に散らばっているわ。あの子が見かけるトレーラーすべてを自分のだと思いこむほど数多く出回っているわけじゃない。アゼイ、あの中にいるのがあの子の伯父さんでないのなら、その伯父さんはどこにいるの？　伯父さんをどこかに置き忘れるなんてありえない。そんなのまるで――まるで――」

「カラーボタンみたいだよな」アゼイが続きを引き取って言った。「確かに」

「それでも」ラティマー夫人は続けた。「オールコットは断言しているじゃない。自分が車を出発させたとき、ウィルバー伯父さんはトレーラーの寝台で関節炎に苦しんでいて機嫌が悪かったって。ウィルバー伯父さんじゃないのなら、あの死体は誰なの？　それにあなたは何してるの――？　アゼイ、あなたも仕事にかかって何かしたらどう？　殺人事件の専門家なんでしょう？」

「あっしは待っているんだよ」アゼイは優しく言った。「先生《ドク》が来るのを」アゼイはラティマー夫人がいるせいで自分の行動がかなり制限されていることは言わずにおいた。

「だけど、どうして手掛かりを探さないの？」ラティマー夫人は言い張った。「なぜなにもしないの？　どうしてそんなふうに笑っているの？」

「ちょっと思い出していたんだよ」アゼイは言った。「リジー・チャットフィールドのことをね。なぜだか思い浮かべてしまうんだ。さぞかしわくわくしているだろうな！　それに、彼女のお楽しみはまだまだ続くはずだ――すぐに戻るよ」アゼイは立ち上がりながら、付け足すように言った。「女中さんたちが椅子を運ぶのを手伝ってこよう」

ホテルのサンデッキではそのリジーが双眼鏡で、野原を横切り、ガートルードからキャンプ用折りたたみ椅子を受け取るアゼイを見つめていた。なにもかもいつもと違っていてわくわくする――野原にはトレーラーが止まっていて、ノラは岩の上に腰かけているし、アゼイ・メイヨと女中たちはあたりを走りまわっている。それに見知らぬ娘がいる。リジーはこの状況をどう考えればいいのかわからなかった。しかしノラがこっちに戻らないのなら、ちょいと歩いてサウスポイントまで行ってみよう。もしかすると……そうだ、あの野原へ向かう車は、カミングス先生の古いセダンだ！　この様子じゃ靴を履きかえていますぐサウスポイントに行ったほうがいいのかもしれない。大切な友ノラに無理をしないよう注意しなければならないし、そのついでに何が起こっているのか突き止められるし、夜通しスイングのレコードをかける夫婦への苦情を言うこともできるかもしれない。

リジーは双眼鏡をケースにしまい、編みかけのタティングレースをまとめてホテルに戻った。そして自分の部屋に向かって急いで廊下を進んでいると女中とぶつかり、女中は腕いっぱいに抱えていた紙類や書類入れをバサバサと床に落としてしまった。

「まあ、チャットフィールド夫人！」女中は言った。「おけがはありませんか？　申し訳ありません――。い、い、い、見てください、ウォレンさんのスケッチをばらまいてしまいました！　ウォレンさんは部屋を移られるんです――。大変、こっちに来るわ！　こんなところを見られたらどんなに叱られるか――」

その女中は慌てて逃げ去ったが、リジーはジェレが来るのを待っていた。彼のスケッチ画に興味をそそられたのだ。

「ああ、チャットフィールド夫人」ジェレは疲れきっているようだった。「お元気ですか？　おっと！　これはどうしたんです？」

「ちょっとした事故よ」リジーが説明した。「あたしがエセルにぶつかってしまったの。本当にごめんなさいね。ここにある絵は本当にあなたが描いたの？　この素敵なスケッチ画を全部？」

「名残ですよ」ジェレはどこか苦々しげにリジーに告げた。「我が若かりし日々の」

「チッ、チッ」――リジーはたしなめるように舌打ちした――「そんなこと言うもんじゃないわ！　あなたはまだ二十六にもなってないじゃない！　ノラはこの素敵なスケッチ画を見たことがあるの？」

ジェレは深く息を吸いこんだ。「ノラは」彼は言った。「後期ウォレンの作風が好みなんですよ。だからあの人は後期の作品を収集なさるんです。ここにあるスケッチはお気に召しませんよ。だからわざわざ話題にしないほうがいい。そうだ――待ってください！　どなたかと昼食の約束はありますか？　ない？　では、いっしょにノラのところに行ってくれませんか？　これからすぐに」

「でもねえジェレ、あたしは招待されていないのよ！」

「チャットフィールド夫人」ジェレはかなり熱心に頼みこんだ。「ぼくはあなたのご主人の甥と同窓ですし、父はあなたのご兄弟と事業をしていた仲じゃないですか。どうかぼくとサウスポイントに行ってノラとの昼食会に加わってください。お願いします」

「そうねえ――」リジーはためらった。

「助かります！」ジェレはリジーの肩をぽんぽんとたたいた。「五分で支度《したく》してください。さあ早く！」

自分の部屋で身なりを整えるリジーが、なぜジェレがそんなにもノラ・ラティマーと昼食をともにする客を追加したがっているのか疑問に思うことはなかった。自分の当初の計画がこんなにも完璧な形で実現するだけで充分だったのだ。ステーションワゴンに乗ってサウスポイントへ向かうあいだリジーはずっとうきうきとしゃべり続け、ジェレのうかない顔つきや、ハンドルを握る指の関節が白くなっていることにもまるで気づかなかった。

「あらあら！」リジーがそう言ったのは、丘の頂に差しかかったときだった。「ノラったらまだ外にいるわ！　あそこまで車で下りて、何があったのか確かめましょうよ」

「ひどく揺れますよ」ジェレは言った。

「でも、あたしあのトレーラーが見たいの」リジーは正直にジェレに打ち明けた。「一度も見たことがないんだけど前から見てみたかったの――えっ、いま何て言った？」リジーがそう付け加えたのは、車が砂利敷きの私道を逸れたときだった。「死刑囚がなんですって？」

「ぼくはこう言ったんです」ジェレは短く笑った。「死刑囚がたっぷりの朝食を食べた、とね。古い歌の文句ですよ。ただの冗談です――しっかりつかまっていてください！」

ノラ・ラティマーはステーションワゴンが車体を激しく上下させながら野原に入ってくるのを見て微笑んだが、リジーの姿を認めるとその微笑みは消えた。アゼイはトレーラーから出てくるとノラの顔を見つめ、低く静かに口笛を吹いた。アゼイのすぐ後ろにいたカミングスは、リジーが車から出てくるのを見て呻《うめ》き声をあげた。

「誰から聞いた？」カミングスはたずねた。「リジー、殺人があったことを誰から聞いたんだ？」

「なんですって！」リジーがあまりに甲高く叫んだので、頭上にいたカモメたちが翼をはばたかせて海へと飛び去った。「なんですって？　なんですって！」

「なんだ、知らなかったのかね？　では本能が事件を嗅ぎつけたってわけか。そうとも、殺人事件があったんだ――リジー、気絶なんかしてる場合じゃないぞ！　やれやれ、それならお好きにどうぞ！」

「なんとかして！」ノラが命じた。

「リジーの気絶には慣れてるんだ」カミングスがうんざりしたように言った。「彼女のハンドバッグはどこだ？　ジェレ、取ってきてくれ……。そう、そこから気つけ薬を出すんだ……。そう、その小瓶だよ。その小瓶に見覚えがある――ほらリジー、目を覚ますんだ！」

「誰なの？」リジーは言った。「誰が殺されたの？」

「まだわからない」カミングスが答えた。「つまりだな、ありとあらゆるものがジョン・スミス氏（山田太郎のようにごく一般的とされる名前）だと示しているんだが、むろんそんなはずはない。ありえないだろう。実際にジョン・スミスという名前だなんて。J・ピアポント・スミスとかジョン・ヴァンダービルト・スミスとかジョン・スマイスとかならわかる。だが、ただのジョン・スミスなどありえん」

「どんな見た目の人？」

「いいかい、リジー」カミングスは判決を下すように言った。「彼の見た目は、重い木材でぶん殴られたら誰でもこうなるという状態だ。アゼイはオーク材だろうと言ってる。きみは絶対に見ないほうがいい――」

「どんな見た目の人なの？」リジーは繰り返した。

「中背だ」アゼイは言った。「色は浅黒い。年齢は四十五から五十ぐらい。黒髪で、いわゆるはっきりした顔立ちでオレンジ色の水泳パンツを履いている。ラティマー夫人、彼女にその椅子を貸してやってもらえるかい？　ありがとう……。そして口ひげがあった。おまえさんの知っている男かね？」

「知るはずないでしょう！」リジーは言った。「あたしの知っている誰にも似ていないわ！」

「それはよかった」カミングスは言った。「アゼイ、リジーが知らないのなら、彼はこれまでウィージットを訪れたことがないんだろう。さて、彼が何者か突き止めるのは任せるよ。わたしにはしなければならないことが――ジェレ、悪いがちょっと――あれ、ジェレはどこだ？　ジェレはどこに行ったんだ？　頼みたいことがあるのに――」

しかしジェレは屋敷に向かう小道を猛然と走っていた。無我夢中で走っているジェレを見ていたリジーは、いち早くその理由に気がついた。「まあ、あの子のもとへ走っているのね！」リジーは言った。「あの水着の女の子よ。あの二人は知り合いなんだわ！　彼が女の子にキスをしている！　ねえ、素敵じゃない？　彼がここに来てから、あんなに幸せそうで生き生きとしているのは初めて見るわ。先日も客室係の子に言ったのよ。彼にも誰か素敵な娘さんが見つかるといいのにねって――。可愛らしい子だこと！　あの子は誰なの、ノラ？」

「ただの観光客よ」ノラは氷のような声でそう言うと急に立ち上がった――不自然なくらい急に。カミングスは医師としてノラを見つめながら思った。ノラはまだ、あんなふうにいきなり立ち上がれるほど快復していないはずなのに。彼女がもっと冷静になったときに注意しておこう。聡明な女性であるはずのノラが、この騒動においては驚くほど感情的になっている。

「観光客ですって？　何者なの？」リジーは興味津々でたずねた。「あの子の名前は？　いったい――？」

「とんでもない騒ぎだわ」ノラは怒り冷めやらぬ様子だった。「これまで経験したこともないほどの。

リジー、誰かにホテルまで送っていってもらって。あなたたちをもてなす気力がないの。別にかまわないでしょうから昼食会はキャンセルするとジェレに伝えておいて。わたくしはこの騒ぎが収まるまで家に引きこもるわ。先生、どうぞ新聞記者たちを近づけないでくださいね。それからアゼイ、この状況は明日までには片付くわよね？　外部から圧力をかけざるを得なくなるのは、わたくしとしてもはなはだ不本意だから」

　カミングスは家へ戻るノラを見送りながら目を細めた。「急にどうしたんだ？」カミングスは言った。「神経がたかぶっているんだろうが、時おりあまりにも感じが悪くなるのに驚かされるよ」

「彼女が言いたかったのは」アゼイが言った。「自分には政治家の友人が大勢いるし、金ならうなるほどあるということさ。彼女は自分の土地に我々であろうと誰であろうと一切、足を踏み入れられたくないんだろう。だから明日までに我々がこれといった成果を上げられなかったら、彼女はきっと――とにかく、仕事にかかろう。もうじきハンソンも到着するだろう。先生《ドク》もそれまでここにいてくれ。ひと通り状況がわかっているからな……。ああジェレ、すまないがきみもここにいてくれ。あっしはチャットフィールド夫人を送っていくよ。ああ、オールコット嬢もいっしょに行こう。おまえさんのトレーラーと車と伯父さんを探さないと。先生《ドク》、ハンソンにあとで電話すると言っておいてくれ……。ちょいとお待ちを、チャットフィールド夫人。すぐに車を取ってくるよ」

　リジーはアゼイの流線型のポーター・シックスティーンを見て、顔を紅潮させた。そして無意識のうちに、あの若いボーイのことを思い浮かべていた。これで彼らが夜間になかなかホットミルクを持ってこないこともなくなるだろう。アゼイ・メイヨといっしょに彼の車でホテルに戻るのを見せつけてやれば！

リジーにはその豚のなめし革のシートに座るか座らないかのうちにホテル前に到着したように感じられ、わざとゆっくりとこれ見よがしに車から下りた。

「さてと、チャットフィールド夫人」アゼイは警告するように言った。「警察が来るまで誰にもなんにも話さないように。野次馬が集まるとラティマー夫人を刺激してしまうんでね。あとでここに来て一から十まで話すと約束する。だからそれまで秘密を守ってくれるかい？」

リジーはためらったが、やがてうなずいた。「それが気の毒なノラのためになるなら、あなたの言うとおりにするわ」

ポーター・シックスティーンは猛スピードで走り去った。

町からおよそ一マイルの所で道路端に車を止めると、アゼイはたずねるようにコーデリア・オールコットを見つめた。「大変な朝だったな？」アゼイは言った。

「コーディと呼んでください」コーデリアは深く息を吸いこんだ。「ウィルバー伯父さまが消えたこと以外でなによりつらいのは、これからみなさんに事情を説明しなければならないことです！　でもすべて本当のことなんです！　アゼイさん、警察がどんな方針を採るにしても、容疑者扱いされるのはわたしなんでしょう？」

「我々がいくつかの問題を解決しないかぎり」――アゼイは愛用のパイプを取り出した――「そうなるだろうな。あっしは州警察に深い敬意を抱いているが、おまえさんの話にはひどく胡乱《うろん》なところがある。それにラティマー姐さんが火花を散らし、炎を吐いているというのに――おまえさんを胸に抱くとはジェレ・ウォレンも間の悪いことをしたもんだ」

「それは感じました」コーディは言った。「だけどあの時点では知らなかったんです。ジェレとは二年ぶりでしたし」

「そうなのかい？」

「ええ」コーディは尖った声でそう言った。「そうなんです！　話のついでにジェレとのことを説明させてください。わたしたちは婚約していたんですが、広告会社で商業美術をやっていた彼が職を失ってささやかな収入が途絶え、そうしたら——その、彼ったら貧乏になればなるほど気難しくなってしまって。やがて喧嘩になり、それで終わりになりました。わたしが彼よりもっと貧乏なことは理解できなかったようです。それを言うなら、わたしはいまもそのとき以上に貧乏なんですけどね」

　アゼイは眉を吊り上げた。

「車とトレーラー一式は伯父のものなんです。そして本当に」コーディは笑みを浮かべながら言った。「あのトッツィ・ウィッツィの懸賞で手に入れたんです。でも伯父は運転をしないので、わたしに運転を頼んだというわけです。二カ月前に失業したわたしにとっては、トレーラーの中でシチューのように煮えたとしても、九週間分の下宿代を滞納したモリアーティ夫人に下宿にいるよりは天国だと思いました。そこで荷物を質に入れてモリアーティ夫人の下宿代を払い、いまここにいるというわけです。なので、もしウィルバー伯父さまが消えてしまっても——わたしは伯父さまの車やトレーラーで暑さに耐えるしかないんです」

「食いものの話で思い出したんだが」アゼイは言った。「持ってきた昼食が目の前のグローブボックスに入っている。それを食べるといい。あっしには魔法瓶のコーヒーを少しついでくれ。そして食べながらで悪いがもう一度、話を聞かせてもらいたい。おまえさんがどこで面倒に巻きこまれたのか確かめたいんだ。今朝、起きたところから始めてくれ」

「起きたのは七時でした。伯父はいびきをかくので、わたしたちのあいだはデニム地のカーテンで間仕切りしてあるんです。わたしは自分の寝台を整えるとさっきお話ししたスノーさんの農場へ家計用のお財布を持って出かけました。出かけるまぎわに伯父から呼び止められ、関節炎の調子が悪いし、頭痛もするし、胃の調子も最悪なのでいますぐにレモン入りのお湯が欲しいと言われたので、それを用意してあげてからいろいろ譲ってもらいにスノー家に行きました」

「いろいろって？」アゼイがたずねた。

「卵、牛乳、バター、焼き立てのパン、水差しに入った水です。スノー夫人はそれに貝と氷の塊、籠いっぱいの野菜やお花もサービスしてくれたのでかなりの大荷物になりました」

「まるで」アゼイが言った。「商品目録みたいだな」

コーディはにっこりした。「帰る途中に立ち止まって野菜と花はいったん下ろしましたが、残りはトレーラーまでひきずっていきました。でもドアを開けようとしたら、いま着替え中だから待てと伯父に怒鳴られたんです。氷が解けないうちに買ってきたものを運びこんでほしいと頼むと、腕が痛くて動かないから無理だし、氷を運べないなんておまえは怠け者で思いやりがないと言われました。わたしはそれに腹を立て、伯父と激しい口論になりました。最終的に伯父はすごく体調が悪いし腹も立つのでもうこのまま寝ると言いだして、こちらもかなりイライラしていたんです」

「伯父さんのことがあまり好きじゃなくなってきたよ」アゼイが言った。

「でも伯父はとても面白い人なんですよ！　お互いちょっと虫の居所が悪かっただけで。わたしはどうぞ寝てちょうだい、でも戻ってきたらすぐに移動するからねと言いました。泳ぎたい気分だったたし、泳ぎに行くと決めてたんです。わたしがトレーラーをあとにしたとき、伯父はまだブツブツ言ってましたけどね。こう言うと、二人ともとても性格が悪く聞こえると思いますが、このつまらない口喧嘩は三日前にわたしがランドール家に行きたいと言いだしたときから始まったんです」

「ホースシュー・ビーチのランドール家かね？」

「そうです。ランドール家のみなさんはわたしがここに立ち寄ることを知っていて、何日か泊まりにいらっしゃいと誘ってくれたので車を借りて行きたかったんですが、伯父に一人きりで残されるのは嫌だと断られてしまって。もちろん車もトレーラーも伯父のものですからわたしが腹を立てるのは筋違いなんですが、それでもそのときは腹が立ちました。雨続きだったからでしょう。アゼイさん、先週は本当に悲惨でした。それはそうとさっきの話を続けると、わたしは野菜と花を持って足音高くトレーラーに戻ってきて——」

「それを前の座席に引っかけたわけだ」アゼイは言った。

「そうです。わたしは暑いやら腹が立つやらで散々でしたが、荷物は伯父が運びこんでくれていました。それから車を走らせて村でビーチへの行き方をたずね、ラティマー家の土地へ向かったんです。そのあたりはもうご存知ですよね。でもアゼイさん、うちの車はどこにあるんでしょう？　トレーラーは？　それに伯父さまは？」

「十中八九」アゼイは言った。「伯父さんはトレーラーでぐっすり眠りこんでいて、氷は溶け、貝は暑さで駄目になっているだろう。そのうちわかるよ——」

「状況がのみこめてきました」コーディが口を挟んだ。「わたしが車を間違えたんですね。でもどうして？　どこで？」

「おまえさんは暑くて疲れていた」アゼイは言った。「それに雨と伯父さんにうんざりしていたし、ランドール家訪問に反対されてイライラしていた。スノー家のまわりにはマツ林があるだろう。だから二度目に野菜を取りに行ったとき、違う小道に入ってしまったんだ。自分たちの車に乗りこんだつもりで、そっくりな別の車に乗りこんだんだろう。しかたのない勘違いだよ。同じ種類の車で、同じワンダーバードのトレーラーなんだから。側面にロゴマークはないが、そんなのわざわざ見ないからな」

「そうですね、きっとそんなふうに取り違えてしまったんだわ。だけど野原に止まっているトレーラーの中の男性は誰なんでしょう？　誰があの人を殺したの？　それにいつ殺されたんですか？」

「先生《ドク》は昨夜だと言っている——」

「あの人は誰なんですか？」

　アゼイは肩をすくめた。「ジョン・スミスだよ、物的証拠を信じるならね。さあ、そろそろ伯父さんを探しに行こう。準備はいいかね？」

　コーディはうなずいた。「でもその前に、ジェレとラティマー夫人のことを教えてくれませんか？」日焼けしたコーディの顔が赤くなっている。「最後に会ったとき、ジェレとはもう二度と会わないと決めました。だけどジェレを思い出したり、何をしているんだろうと考えることもあったし、今日、会えてとても嬉しかったんです。彼も嬉しそうでしたし。だけど、彼はラティマー夫人に養われているみたいでした。アゼイさん、次にジェレに会う前にすべてを知っておきたいんです」

　アゼイはためらった。「あっしもよく知らないんだよ、コーディ。ジェレはうちの近所で絵を描いている。それで顔見知りになったんだ。彼はウィージット・インに住んでいるんだよ」

「それから？」

「そこの所有者がラティマー夫人だ」アゼイは言った。「亡くなった亭主はケープコッド人でいわゆる高等遊民だった。彼女はウィージットの大地主で、トッツィ・ウィッツィのようなトレーラーを半ダースは持っている――彼女から聞いたかね？　ちなみに、ジェレが乗っているステーションワゴンも彼女のものだ」

「だいたい」コーディがゆっくりと言った。「わかりました。それで世間の人たちはどう言ってるんですか――？」

「世間の連中は」アゼイは言った。「中年女性が若い男を顎で使っているときによく言うことを言っている。だがあっしには、ジェレがペット扱いされたり超現実主義者《シュールレアリスト》でいるのを喜んでいるとは思えない。うちのそばで描いているときはいい仕事をしているし、それに――」

「よくわかりました」

「そうかい、というわけでラティマー夫人の一方的な片思いなのさ。あっしならあまり厳しいことは――」

「あの人はジェレに夢中です」コーディは言った。「目をつぶっていてもわかります。声を聞いただけで……。ところでアゼイさん、今回の事件解決につながりそうな仮説や手掛かりはないんですか？」

「ジョン・スミスだか」アゼイは車のエンジンをかけながら言った。「誰だかは知らないが、彼は昨夜十二時から二時のあいだに背後から殴られたというのが先生《ドク》の見立てだ。寝台の端に座っていて、いきなり殴りつけられたんだろう。うなじの上あたりに、がつんとやると電気椅子より確実に命を奪えるツボがあるんだが、人を殺すのにこれ以上に手ごろな方法はちょっと思いつかないくらいだ。たとえばナイフや銃弾、毒などは足がつきやすい。だが、頭を強打した場合、使用された鈍器がどのようなものであるかはわからない。あっしは硬い木材じゃないかと思うんだが――それについては警察が調査するだろう。とにかく、どこでも拾えて、どこへでも捨てられる。とても巧妙な殺人方法だ。唯一大変なのは、殺す相手を自分が望む場所にいさせることだ。こっそり忍び寄ってがつんとやるか、まるで疑われていなくて、望みどおりに動いてもらえるかのいずれかだろうな。だから犯人は、被害者と仲の良かった女友だちかもしれないし、まったく見ず知らずの他人かもしれない」

「どうしてあなたもカミングス先生も、あの人がジョン・スミスではないと確信しているんですか?」

「不自然なほどすべてのものに、ジョン・スミスでございと記されているだろう」アゼイが言った。「やたらとイニシャルが入っているのが、かえって怪しいのさ。さてもう一度、話してくれ。おまえさんたちのトレーラーが止めてあったのはどんな場所だったんだね? それから伯父さんを見つけだして、この難局に光明を投じてくれるかどうか確かめよう」

「もしあの人が殺されたのが昨夜なら」コーディは言った。「伯父がわたしのアリバイを証明してくれるんですよね? 今朝、言われたんです。四時過ぎまでまんじりともできなかったし、おまえが寝台で寝返りを打つとすぐにわかるって。伯父はすごく耳がいいんです。本人曰く、野ネズミの声まで聞こえるとか」

「それなら伯父さんは、とてもいいアリバイ証明をしてくれるだろう」アゼイは言った。「さあ、ここがその道だな?」

「そうです。次を曲がったあたりです」コーディは言った。「小さな丘を過ぎて、この空き地です。

ここに——」

ことばに詰まって、そこをまじまじと見つめているコーディをよそに、アゼイは車を止めた。「伯父さまがいなくなってる！」コーディは言った。「トレーラーがないわ！」

アゼイは探るようにコーディを見つめた。「確かにここなのかい？」アゼイはたずねた。「空き地はたくさんあるし、ひょっとしてここじゃないとか」

「そんなことありません」コーディは言った。「一週間ずっと、このひょろ長いマツの木やヤマモモやイバラの茂みを見ていたんですよ！　車から下りてください。わたしたちが缶を埋めた場所を教えますから。こっちです——ついてきてください」

コーディはアゼイの手を取ると、マツ林をちょっと入った場所に導いた。「ほら、ね？　ここをゴミ捨て場にしていたんです……。アゼイさん、伯父はどこに行ったんでしょう？　車でどこかに行ったんだろうなんて言わないでくださいね。伯父は運転できないんですから！」

「運転できないというのは確かなのかい？」

「ええと」コーディは言った。「わたしが煙草に火をつけるあいだ、ハンドルを持つぐらいはできます。一度、伯父にハンドブレーキをかけてと頼んだことがあるんですけど、なんとチョーク（ガソリンエンジンの空気吸入調節弁）を引っ張ってしまったんですよ……。アゼイさん、伯父に何があったんでしょう？　もし伯父を見つけられなかったら——まさか迷える子羊に何かあったんじゃないですよね？」

アゼイは熱心にタイヤの跡を調べていた。「これが止めていたところで、これが出ていった跡だ。熟練者の運転じゃないな。ふむ。林の中でおまえさんの身に起こったことを整理してみよう」

「ここが」コーディは五分ほど歩いてからそう言った。「その——」

「いったん荷物を置いていった所だな。そこにリンゴがあるし、ヒャクニチソウもある。そしてここに古い小道の跡がある。おまえさんはここを入っていったんだな――」

「覚えてませんが、きっとそうだろうと思います。あっ、あそこにもう一個リンゴがある！」

「そしてここが」少ししてアゼイが言った。「もう一つの空き地だ。同じ道沿いだが少し奥にある。一見、同じ空き地のようだし……うん、ここにもタイヤの跡がある。そういうことか」

「伯父はどうなったんでしょう？」コーディが言った。

「伯父さんは見捨てられたと思ったんだろう」アゼイは言った。「そして、別の場所に連れていってくれる代わりの運転手を見つけたんだよ」

「もしかすると、ランドール家に行ったのかも」

「そうだとしたら」アゼイは言った。「まだ遠くには行っていないはずだ。ラティマー夫人の所から電話したときに、ハンソンにおまえさんたちの車とトレーラーのナンバーを連絡しておいた。万が一のためにね。いまごろ、そのナンバーはプロビンスタウンから本土への橋に至るまでテレタイプで伝わっているはずだ」

「万が一のため？　とても用意周到でいらっしゃるんですね。アゼイさん、伯父はいなくなっていると予想していたんですか？」

「そうさなあ、おまえさんと伯父さんがいたのは」アゼイは、二人でゆっくりとポーター・シックスティーンを止めた場所へ歩きながらそう言った。「トレーラーの中だった。そして、そこから少し行ったところにジョン・スミスがいた。さて、おまえさんのアリバイは伯父さんが証明するとして、おまえさんは伯父さんのアリバイを証明できるのかい？」

コーディはかぶりをふった。「わたし、とても眠りが深いんです」彼女はそう打ち明けた。「でもアゼイさんは知らないからそんなことをおっしゃいますけど、伯父は断じてそんな人じゃありません！」

「実際に会ったことはないかもしれんが」アゼイは言い返した。「ずっと前から知り合いのような気がしてきたよ。ラティマー邸へ戻るとしよう。ハンソンが現場指揮を執らせるためにハリガンというやつを送りこんでいても、毅然とした態度を貫くこと。いや、誰に対しても毅然としていることだ。ちゃんと事情を説明し、それを貫くんだよ」

「本当にご親切に」コーディは咳払いをし、鼻をかんだ。「どうしてそんなにもよくしてくださるのか――」

「おまえさんは、コートニー・オールコットの孫だろう？」アゼイがたずねた。「やっぱり。おばあさんにちなんで名づけられたんだな。あっしは一度、おまえさんの祖父母を乗せてサンフランシスコまで行ったことがあるんだ、ポーター家のヨットでね。おまえさんは、おばあさんによく似たしっかりとした顎をしていると今朝そう思ったんだよ。おまえさんがラティマー夫人への怒りをあらわにしたときにね。さあ、行こう――」

ラティマー家の敷地への入り口で、一人の州警察官が車のステップに飛び乗ってきた。「アゼイ、あなたが見つからないってんでハンソンが髪をかきむしっていますよ」

「ハリガンを送りこんだんじゃないのかい？」

「もちろんです。でももういません。あなたがいないあいだにいろんなことがあったんですよ！」

「何があった？　ハンソンはどこだ――トレーラーの止まっている所かい？」

「それを言うなら」州警察官が言った。「トレーラーが止まっていた所です」

「何があった?」アゼイはもう一度言った。

「見に行ってみるといいですよ」州警察官が言った。「本官はここで野次馬たちを近づけないようにしなくてはなりません。行って、ご自分の目で確かめてください!」

車が猛スピードで私道を進むあいだ、コーディはぎゅっとドアをつかんでいた。ラティマー邸の丘の下の野原のあちこちに車や人々の姿がある。しかし、トレーラーがない!

「アゼイさん、何があったんでしょう?」コーディがたずねた。

アゼイはカミングス医師を呼ぶのに忙しく、返事どころではなかった。「おーい、先生《ドク》! おーい、こっちだ!」

カミングス医師は丸々とした体を揺らしながら急いで車までやってきた。「最高のタイミングで登場だな」カミングスは言った。「アゼイ、誰かがあの忌々しいトレーラーに火をつけて全焼させた!」

「それじゃあ」アゼイはたずねた。「ジョン・スミスはどうなったんだ?」

「神のはからいで」――カミングスはハンカチで額をぬぐった――「救急車ですでに町に運ばれていた。それにしてもアゼイ、きみはハリガンを見るためだけにでもここにいるべきだったよ!」

「ならハリガンはそのときここにいたんだな?」

「屋敷でノラと話をしていた。そして彼の部下の一人がジェレ・ウォレンといっしょにこの野原にいたんだ。別の警官は屋敷の玄関へ向かう道を歩いていた。アゼイ、いまノラが何を言っているか聞いてみるといい。ひどくピリピリしているよ。彼女がもう少し冷静さを取り戻すまで……。何が残っているか見てみろ」

アゼイは考えこむようにその残骸を見つめていたが、おもむろに笑顔を浮かべた。「写真は撮ってあるんだろう」アゼイは言った。「スミスを運ぶ前に」

「ハリガンが撮っていた」カミングスはアゼイに言った。「だが、なんとそのカメラ、フィルム、その他道具一式をトレーラーの中に置きっぱなしにしていたんだ。だからすべて灰になったよ」

「よくわからないのですが」コーディが言った。「誰かがわざとトレーラーを燃やしたんですか？　どうしてそんなことを？」

「ウォレンが来た」カミングスがそう言ったので、アゼイはコーディの質問に答えそこねた。「ジェレ、こっちに来てくれ。きみが見たことをアゼイに話してやってくれないか」

「ゴーッ！」ジェレは言った。「それだけですよ。警察官とステーションワゴンに乗っていたんですけど、突然、煙のにおいがして全速力で駆けつけたら、そこはもう火の海でした。ガソリンタンクが火を吹いて——ぼくのズボンを見てください。ここに何か熱いものが飛んできたんです。トレーラーも車も助けられませんでした。このあたりの草原についた火を消すので精いっぱいだったんです」

「誰かあたりをうろついていなかったかね？」

「誰も見かけませんでした」

「あっしが去ってからここにいたのは？」アゼイがたずねた。

「ノラです」ジェレが言った。「それから女中がサンドイッチを持ってきました。あとは先生とぼくがいて、州警察官たちが来ました。それからリジーも。彼女は徒歩でハンドバッグと気つけ薬を取りに来たんです。ろくに話さないうちに帰ってしまいましたけど。あなたからいろいろ指示されているからと、また歩いてホテルに帰っていきましたよ。いまごろサンデッキの特等席で双眼鏡をのぞいているんじゃないかな」

　ハンソン警部補がやってきた。「アゼイ、こんなドジを踏むなんて、ハリガンの首をへし折ってやりたいぐらいだ！　なぜあんたはここから去ったんだ？　なぜすぐに戻らなかった？　これが例の娘なのか？　では、おれの車で質問に答えてもらうとしよう。洗いざらい話してもらうぞ」

　アゼイとコーデリアは言われたとおり、知っていることをすべてハンソンに話した。

　それが終わると、ハンソンは二人をまじまじと見つめた。

「疑問は解けたかい？」アゼイがたずねた。

「もちろんだ」ハンソンは皮肉をこめてそう言った。「よくわかったよ。オールコット嬢は自分のトレーラーで出発したはずが、じつはそれは自分のトレーラーではなかった。オールコット嬢はここで他人の車とトレーラーから下り、そこにはジョン・スミスの死体が乗っていた。オールコット嬢には伯父さんがいて、スミスのとよく似たトレーラーを所有しているが、目下それは行方不明になっている」

「あまり納得していなさそうだな」アゼイが言った。「だが、よく考えてみるといい。そうすれば、板ガラス越しみたいにはっきりと見えてくるから。さてと、あっしはちょいと行かなければならない所が――」

「ここにいろ！」ハンソンが怒鳴った。「おれを見捨てたら許さんぞ！　書類に何て書けばいいいんだよ？　ラティマーには何と言えばいい？　事態が解決しなければ最低でも騒乱罪で訴えると彼女に脅されてるんだ。アゼイ、ここにいて助けてくれ！」

「あっしは出かけるが、おまえさんのことも助けるよ」アゼイは言った。「とりあえず、この野原から野次馬連中を追い出すんだ。そうすれば、なによりラティマー夫人を落ち着かせられる。それからこの残骸をレッカー移動させるんだ。そして警察官にラティマー夫人宅の警備をさせれば彼女の心情がやわらぎ、安心感や守られているという気持ちになるはずだ。それからトレーラーについて調べるんだ。そうか、すでに取り掛かっているんだな？　なら、ジョン・スミスの身元を突き止めるんだ。そしてウィルバー伯父さんともう一台のトレーラーも探し出して――」

「書類にはどう書けばいい？」

「好きに書くといい、それらしく聞こえればなんでもいい。明日、驚愕の事実をお知らせしますとでも書いたらどうだ。どうせ読む者にはわかりゃしないし、実際そうなるかもしれない。さて、あっしはリジー・チャットフィールドに会ってくるよ。トレーラーが燃えたころリジーが双眼鏡を抱えていたのなら、何か手掛かりが得られるかもしれない。あっしは今夜ウィージット・インに泊まるから、ハンソン、あとで寄ってくれ」

「この娘はどうする？」

「この子もあそこに泊まればいい」アゼイは言った。「この子のことはあっしが責任を持つし、リジーがちゃんと見張っていてくれるさ。さあ、リジーに会いに行かせてくれ」

ウィージット・インに着くと、アゼイとコーデリアはリジーから大歓迎を受けた。「なんて刺激的な日でしょう！　おまけに火事まで！　来てくれて嬉しいわ、アゼイ。あの件について聞きたいと思っていたの。あれは自然発火だったの？」

「ほとんどの火事には」アゼイは言った。「自然発火の可能性がある。おまえさんが言っているのが、あれは放火なのかという意味なら――」

「あたしが言ったのはそういう意味よ」リジーが遮って言った。「だって、あれは誰かの仕業でしょう？　このホテルの図書室で借りて先週読んだ本とそっくり。ジェレ・ウォレンから勧められたの。殺人事件の本で、犯人は火をつけて殺人現場を燃やしてしまうのよ。ただしその本で燃えたのは馬小屋だったけど。もちろんトレーラーじゃなかったわ。その本の犯人の手口は信じられないほど巧妙で、指紋も足跡も、警察が手掛かりにできるようなものは何一つ残っていなかった。それって今回のケースと同じでしょう？」

コーディはアゼイを見つめた。「わかってきました」コーディは言った。「ようやくピンときました。本当にそれと同じですよね？　火事のせいで、ジョン・スミスが誰なのかを突き止める手掛かりがすべて消滅した。あの人について教えてくれるさまざまなものの詰まったトレーラーが灰になってしまったんですから」

「かろうじて車やトレーラーの番号だけはわかっているがね」アゼイは言った。「チャットフィールド夫人、火事が起きたころ、その双眼鏡で多少なりとも現場を見ていなかったかね？」

「あら、見てたわよ。あたし、双眼鏡でしょっちゅうあちこち眺めているんだから」リジーは言った。「あたしの考えを教えてあげる。きっと誰かが車でやってきて火をつけたのよ！　海岸沿いの小道はノラの敷地のすぐそばまで来ているでしょう。誰だって、ノラの敷地の塀ぐらい簡単に飛び越えられるわ。それに、あれだけ木が生えているんだもの、楽に野原まで来られるし、人目にもつかないわよ。ジェレとあの警察官は反対側に止めたステーションワゴンの中にいたんだけど、あの方角からじゃ見えなかったでしょうね。木立に邪魔されてあたしにも見えなかったし。とにかく、あたしはこう思うの。誰かが車で来てこっそりと――あっ、そうだ」――リジーはコーディを振り返った――「あなたの伯父さん、あなたの伯父さんは見つかったの？」

「いいえ、まだ」

「なんて奇妙なんでしょう！」リジーは言った。「ねえ、アゼイ、きっと誰かが車でやってきたのよ——」

「おまえさん、この午後はずっと双眼鏡を野原に向けていたのかね？」アゼイがたずねた。

リジーは残念そうにかぶりを振った。「午後早い時間にあそこへ行ったけど、帰ってきて友人たちと話しこんじゃって。ずっと見張っていればよかったけど、まさか殺人犯が戻ってきてあんなことをするとは夢にも思わないじゃない！　そもそも犯人が戻ってくるかもしれないと思っていたら、のこのこハンドバッグなんか取りに行かなかったわ！　殺人犯のことなんか考えもしなかったのよ——あらアゼイ、どこへ行くの？」

「電話を」アゼイの返答は短かった。アゼイはラティマー夫人の家にいるハンソンに電話をかけた。

「それと」アゼイは電話の最後に言った。「たとえ州兵を動員してでも、伯父さんを見つけだすんだ！」

電話を終えると、アゼイはコーディのために部屋を手配してやった。その後、ウィルバー伯父さんの姿を求めて裏道を探しまわったが空振りに終わり、アゼイとコーデリアはリジーといっしょにホテルで食事をとった。

「ジェレ・ウォレンだわ！」リジーが食事中にそう言った。「彼もこのテーブルに誘いましょうよ」

「申し訳ないんですが」コーディがすかさず言った。「それはやめていただけませんか。疲れてしまって、おしゃべりする気分じゃないんです。わたし——伯父のことが心配で。ジェレは誘わないでいただけますか？」

「まあ、もちろんいいわよ」とはいうものの、リジーは明らかに残念そうだった。「ただ、その、彼はあなたのことをとても気にかけているようよ。そんな顔をしているわ」

「どんな顔ですか？」コーディがたずねた。

「あら、うまく説明できないけど、でもわかるの」リジーは楽しそうに言った。「なにしろ五人も息子がいるんだから。全員、既婚者よ。あの子たちも以前はみんなそんな顔をしていたわ――あっ、ハンソンよ、アゼイ！」

　アゼイはハンソン警部補についてポーチに出た。

「聞いてくれ」ハンソンは言った。「警察官二十人を動員して伯父さんと例の忌々しいトレーラーを探しているが、手掛かりなしだ。これからどうする？」

「ホテルやキャンプ場をしらみつぶしに――」

「もうやってる。ボストン民放テレビの夕方のニュース番組ではナンバープレートを公開してもらった。それでも見つからん。埠頭や船着き場も片っ端からあたっている。だからケープコッドから出ていないはずなんだが」

「じゃあ彼はここにいる」アゼイは言った。「見つけ出すんだ。あっしだっておまえさんの力になれると思って、もちろん――」

「それはよくわかってる」ハンソンは言った。「そのうえで言うが、やたらと動きまわるのはやめてくれ。おれたちに任せろ」

「燃えたトレーラーについては何かつかんだかね？」アゼイがたずねた。「そっちの手掛かりはないのかい？」

ハンソンはかぶりを振った。「販売業者は確認した。じゃあまたあとで」

真夜中少し前にまたハンソンがやってきた。「これといって知らせることはない」ハンソンはアゼイに言った。「あんたもそろそろ寝たらどうだ。我々は捜索を続けるよ。ハイアニスに、トレイシー社のオープンカーと異様に古いワンダーバード・トレーラーを所持している男がいて、さっきそいつから電話があったよ。もしあと一度でも車を止められたら州を訴えるそうだ。トレーラーで来ている観光客たちが我々のことをどう思っているかは、とてもじゃないが記事にできない。我々は彼らの車を全部止めているからな……。なあアゼイ、くそったれの伯父さんはどこにいるんだ？」

アゼイも寝る支度《したく》をしながら、それを考えていた。行方不明の伯父さんとトレーラーのことが頭から離れない。ウィルバー伯父さんはどんな姿なのか。きっと明日の新聞に彼の写真が掲載されるだろう。アゼイは笑いだした。まったくおかしな状況だ。

アゼイはベッドに入るとすぐに眠りこんだ。八月によくある雷をともなう嵐の夜だったが、その半分くらいはぐっすりと眠った。しかし、誰かがドアをごそごそやっている音がして、とたんに目が覚めた。

アゼイは反射的に片手を枕の下に差し入れた。しかし銃はウェルフリートの自宅に置いてきていた。ハンソンに銃を借りておけばよかったが、銃が必要になるとは思いもしなかったのだ。しかし折よく室内を照らした稲光が、まだ誰も部屋に侵入していないという自らの感覚が正しかったことを裏付けてくれた。

アゼイはにやりと笑うとそっとベッドから抜け出し、窓辺へ忍んでいった。窓の一枚ががたがたするのを止めるために、晩の早いうちに木片を削って作っておいた小さな三角形のくさびが役に立ちそうだ。この部屋にはドアが二つある。外に出られるドアは換気を目的とする格子付きのスイングドアで、廊下に出るドアは内開きの普通のドアである。

窓からくさびを引き抜いたアゼイは足音を忍ばせて廊下へのドアまで行くと、用心深くそれをドアと戸口のあいだに挟みこんだ。それはぴったりとはまった。

さあ、入れるもんなら入ってみろ、とアゼイは思った。たとえカギを外すことに成功して、外からカギを回せたとしても、くさびのはまったドアを開けるのには苦労するはずだ。そのあいだに、ハンソンが電話交換台そばで見張りをさせている警察官に来てもらおう。ベッド横の電話の受話器を外すだけで駆けつけてくれるはずだが、万全を期すために電話の掛け金《フック》を軽く押して暗号を送るとしよう。あの男が暗号を知っているかどうかはわからないが、なんらかの行動を起こしてくれるだろう。

アゼイは電話の掛け金《フック》を押して、それから待った。何も起こらない。アゼイはまた掛け金《フック》を押した。やはり何も起こらない。

心の中でアゼイは、その警察官に対する見解をいくつかの乱暴な船乗りことばで表現した。

ドアに戻りかけたアゼイはテーブルランプのコードに肘を引っかけてしまい、それはけたたましい音をたてて床に落ちた。廊下から物音がした。部屋の前にいる人物は立ち去ろうとしている。

「くそっ!」アゼイは言った。彼は内ドアを解錠し、次に外に出るための格子ドアを押した。

だが、格子ドアはびくともしない。もう一度やってみたが、ドアは開かなかった。

アゼイは喉の奥で笑った。「なんと」アゼイは言った。「まったく同じ方法でやり返されるとは。相手は部屋に忍びこみたかったんじゃなくて、あっしを閉じこめたかったわけだ。それでスイングドアにくさびを挟んだんだな。頭のいいやつだ!」

アゼイは戻って電話の掛け金《フック》をガチャガチャやったが、回線は切れていた。二度、激しい稲光が室内を照らし、アゼイはベッドの照明を点けてみようと思いついた。思ったとおり照明は点かない。嵐のせいですべての電気機器が使えなくなって、電話も不通になっていたのだ。

アゼイはベッドに腰を下ろすと、雷の音に耳を傾けた。嵐に負けないほどの大声を出せば警察官は来てくれるかもしれないが、ホテルじゅうを起こしてしまう。おそらくドアの外側にくさびを挟んだ人物はもうはるか遠くまで行っており、アゼイ・メイヨが部屋に閉じこめられているという安心感に包まれて、やりたかったことを存分にやっているに違いない。だがいくら部屋に閉じこめられているとはいえ、窓は開くはずだ。

アゼイは立ち上がって窓から外を見た。シーツを結んでつなぎ、それで伝い下りることはできそうだ、昔の映画で見た逃げだす花嫁のように。

アゼイはシーツを一枚ぐいっと引っ張ると、急に笑いだしまたそれをベッドに戻した。あっしも老いぼれたようだ！

「あっしがそいつだとする」アゼイは言った。「メイヨを部屋に閉じこめ、相手が起きてしまったとわかっている場合、まずは窓から脱出を試みるだろうと考える。だとすれば部屋に閉じこめておくのは諦め、相手が窓から脱出するかどうか様子をみるだろう。嵐でこれだけ雷鳴やらなにやらの音がしていれば、穴だらけにしても誰にも気づかれずにすむからな」

アゼイはそこに立って、ウィージット・インの名高いバラ園を見下ろした。もし誰かが様子をうかがっているとすれば――あっ、やっぱり誰かいる、あの二つ目のあずまや《パーゴラ》の下だ！

アゼイの指先が愛用のオートマチック銃を求めて疼いた。何かその類の武器さえ持っていたら！

アゼイが椅子に座ると、その肘置きに無数のポケットが付いたキャンバスダック地の上着がかけてあった。ちゃんとした探偵なら、こういうときには――待てよ、あるぞ！　たいしたものではないが、先週のカレイ釣りからポケットに入れっぱなしの釣り用の鉛の重り二つを使えば、狙いどおりのことができるかもしれない。

洗面所の窓には網戸が付いていたはずだ、アゼイはそう思い出した。十分間の慎重な作業によって、あずまや《バーゴラ》にいる人物にはどうやら気づかれずに網戸を外すことに成功した。そして両方の手に鉛の重りを一個ずつ持ってじっと待った。庭にいる人物はいつまでもそこで待ち続けはしないだろう。せいぜいメイヨに窓から脱出を図らせるほど、驚かすことも、興奮させることもできなかったらしいと判断するまでのあいだだ。

それから数分後、稲光がどこかへ立ち去ろうとしているその人物の姿を浮かび上がらせ、アゼイは重りを両手同時に投げつけた。その後に続いた雷の轟音で、相手が叫び声をあげたかどうかはわからなかったが、左手で投げた重りが間違いなく的に命中した手応えがあった。そいつが頭に片手をやるのが見えたのだ。

「さてと」アゼイは満足げに言った。「あれがちゃんと命中したのなら、おまえさんにはその跡が残っているはずだ、こちとらイニシャルを彫りこんでやったようなものだ！」

五時ごろ電気が復旧し、その直後、アゼイは州警察官を電話口に呼び出すことに成功した。

アゼイはその警察官とともに、廊下に出るドアの下に差しこまれていた大きなゴムのくさびを詳しく調べた。

「ボーイたちは」その警察官は言った。「今夜これを何十個もさまざまな部屋へ持っていったそうです。いつも事務室に置いてある籠にしまってあるんだとか。これに指紋が残っていないか調べてもらいましょうか？」

アゼイはうなずいた。「そうしてくれ。昨夜このあたりを誰かうろついていなかったか？」

「遅い時間にぱらぱらと三つか四つの集団が戻ってきましたね、みんなヨットクラブからの帰りで、すごく酔っていました。あのウォレンという男もうろついてましたよ。なんでも三時過ぎまで絶対に寝つけないので、それより前に眠るのはやめたんだと言ってました。夜勤のフロント係を連れてきたほうがいいですか？　彼なら客たちの名前を知っているはずですから」

「ああ、頼む」アゼイは言った。「じゃあ、ジェレがこのあたりにいたんだな？　なるほど」

夜勤のフロント係はアゼイに質問されながらあくびをした。「すみません」彼は言った。「いつもなら多少仮眠をとれるんですが、この嵐で――ひどい夜でしたね！　そうです、大勢が雨のなかをバシャバシャ歩いてましたよ。ファーガソンさんのお子さんが腹痛を訴えて、ぼくが看護婦さんを呼びました。それから、少し前に飛びこんできた新しいお客さんがいたんですけど、その人は共鳴できるよう北向きに寝なければならない特異体質とかで、ベッドを移動しなければなりませんでした。あの最後の雷のときはさぞかしブルブル振動したんじゃないですかね！　それからリジー・チャットフィールドが二度、くさびを取りに下りてきました」

「続けてくれ」アゼイは言った。「とても興味深いよ」

「ええと、窓がガタガタいうとか、電話が通じないとか、停電とかでたくさん苦情を言われました」

「それじゃなくてリジーの話だよ。彼女が下りてきたのはいつだったのかね？」

「ベルチャー大佐のあとで、チャンピオン嬢の前でしたか……。ところで、お二人とも朝食はどうなさいますか？　これからぼくは朝食の時間なんです。いっしょにロビーに行きましょう」

「もう一つ聞かせてくれ」アゼイはみんなで階下へ向かいながら言った。「遅くに入ってくる者たちは必ずロビーを通るのかい？　それとも、正面入り口以外にも開いているドアがあるのかい？」

「フロント正面の入り口以外はすべて施錠されます」フロント係はそう言った。「ですから誰であろうと、つまり女中だとかそういう者も全員、十二時以降はここを通ります。施錠するのは支配人で、鍵も持っています。なので、あなたのドアに細工をしたのも客の一人か、客でないとしたら十二時以前に中にいた人物ということになります。もしそれが見知らぬ人だとしたら、正面玄関以外から出てゆけるはずありません。なにしろドアはすべて施錠されていて、鍵は支配人が持っているんですから」

彼らが簡単な朝食をとっていると、ジェレ・ウォレンが正面玄関から入ってきた。ウォレンのフランネルの服はずぶ濡れで、こちらに近づいてくる靴からはぐちょぐちょという音がしている。「どうも！」ウォレンは言った。「まだコーヒーはありますか？　アゼイさん、ぼくもいただいていいですか――？　えっ、どうしたんです？　どうしてそんなふうにぼくを見るんですか？」

「その頬のあざはどうしたんだね？」アゼイが穏やかにたずねた。

「これですか？　いや、なんでもありません。それより」ウォレンはポケットからスケッチブックを取り出した。「ぼくの作品を見てください。嵐のバラ園です。この小さな作品がいずれ、車が買えるほどの値段で売れるようになるはずです。いい絵だと思いませんか？」

アゼイはそれを見つめた。「とてもいいね。ほかにはないのかい？」

「上から三枚がそうです」ジェレは言った。「濡れてしまっていますが、いい出来です。懐中電灯が切れたり、傘がひっくり返ったりしなけりゃもっといい出来になったはずなんですけどね。いやあ、すごい嵐でした。あなたも一度、懐中電灯と傘とスケッチブックと鉛筆を持ってバランスを取ってみてください――」

「ウォレン」アゼイは言った。「きみはいったい何のゲームをしているんだ？　ノラのために奇妙な絵を描いていたと思ったら、空き時間にはこういうのを描いているのか？」

「ゲームなんかしてません」ジェレは強張った声でそう言った。「それにラティマー夫人のために作品を製作してはいません。そういう噂には心底うんざりしているんです。なあブルックス、ぼくは昨日、自分の分の宿泊代を支払ったよな？」

夜勤のフロント係はうなずいた。

「それに別棟のもっと安い部屋に移りました。それだけじゃない、ぼくは――いや、なんでこんなことを話さなくちゃならないんです？」ウォレンは忌々しそうに話を切り上げた。「あなたたちにはなんの関係もないことだ！」

アゼイはジェレ・ウォレンが足音高くロビーを横切り、階段を上っていくのを見送った。「マイク」アゼイは言った。「あの若者を見張っていてくれるかい？　しばらく目を離さないように。ハンソンには話しておくよ。ブルックス、ウォレンがさっき言っていたのはどういうことなんだね？」

ブルックスは眠そうなまま含みのある目つきになった。「毎年」彼は言った。「ラティマー夫人には――やれやれ！　失礼のないように言うなら、庇護者《プロウティジェイ》がいます。以前はバイオリン奏者だったこともありました。そのバイオリン奏者は長髪ではなかったけど、ぼくの恋人と同じ種類の香水を使っていましたっけ。芸術家だったこともあったし、作家も――あいつはほんとに嫌なやつだった！　みんな同じタイプでしたよ、どいつもこいつも。でもウォレンは違います。彼は昨日、支払いをしました、いからね。ほかの連中は女中へのチップさえ払いませんでした。それにウォレンは借りていたステーションワゴンをサウスポイントに返してきたんですよ」

「反乱を起こしたということかね？」

「そんな感じでしょうね。ぼくが思うに、無一文だった彼は、うちのホテルに泊まって、ときどき会いに来てくれないかしらという話に乗ったものの、それによってどんな状況に陥るか理解していなかったんじゃないですかね。彼はラティマー夫人に払ってもらっている金の分だけのことはしていましたよ。日中は魚の絵を描いて、残りの時間はラティマー夫人の運転手をつとめてました。三週間ほど前に、ラティマー夫人が仕事で西へ行き、具合が悪くなって手術を受けたので――」

「それについては」アゼイは言った。「なにからなにまで知っているよ」

「ええと、ラティマー夫人が帰ってきたのは先週ですが、夫人が不在のあいだ彼は本来の作風の絵を何枚か売りました。それから、自分はこのホテルにいったいいくら借りがあるのかたずねてきたとヘンリーが言ってました。ヘンリーは彼に、あなたはラティマー夫人のお客さまですと言ったそうです。当然ながら、ウォレンが本気で支払うつもりだとは思わなかったんですね。でもウォレンが怒り狂って請求書を寄越せと言って譲らないので、ヘンリーはラティマー夫人に確認しないと、と言ったそうなんですが、ウォレンがラティマー夫人なんか知るかと一蹴して、二人はほとんど喧嘩になるところだったそうです――」

「それで、ヘンリーはそのことをノラに知らせたのかね？」アゼイはたずねた。

ブルックスはにんまりした。「ヘンリーはその金をグリーニングに渡したそうです。グリーニングというのは支配人ですが、いま不在なので、そのことを書いたメモはいまも支配人の机に乗ったままです。それにしてもノラが彼に夢中なのは間違いありません！　今回の執着ぶりは目に余るものでした。これまではそれほどではなかったんですがね。彼を見つめている彼女を見てごらんなさい――それはもう、あの人いったいどうしちゃったのと思うくらいですよ」

　リジー・チャットフィールドのゆったりとした寝巻きを着たコーデリア・オールコットが、よろめきながら階段を下りてきた。「アゼイさん！」

　アゼイは急いで駆け寄ると、コーディの腕をつかんだ。「どうした？」

「アゼイさん、早く見に行って！」コーディは一番下の階段に座りこんだ。

「何を見ればいいんだ？」

「これを」ブルックスが水の入った紙コップをコーディに差し出した。「飲んで。いったいどうしたんです？」

「窓から外を見て、アゼイ・メイヨさん！」コーディはそう言いながら、指を差した。「いいえ、その反対側です。見て、そしてわたしに見えている野原にあるものが、あなたにも見えるかどうか確かめてみてください！　早く！　自分が正気かどうか知りたいんです」

　アゼイは窓のそばに行った。そして戻ってきたときの彼の顔は見ものだった。

「あなたにも見えますか？」コーディがたずねた。

「ああ」アゼイはコーディの隣に腰を下ろした。「見えるよ」

「黒のトレイシー社のロードスターと」コーディは言った。「特別仕上げのワンダーバード・デラックスがラティマー夫人のものである丘の下の野原にある。側面に見えているのはオートミール入りのボウルと例のあの小人ですよね。しかもわたしが昨日、止めたのとまったく同じ場所に。いったいこれは？」

「そうさなあ」アゼイは言った。「あれがクジラの歯とかそういうものから、ひょっこり生えてきたわけではないだろう。コーディ、部屋に戻って着替えておいで。おまえさんにもいっしょに来てほしい。ブルックス、彼女に何か食べるものを頼む」

「いったい何をするつもりですか？」コーディがたずねた。

「いまかね？　あっしはこれから」アゼイは言った。「いささか厳しい話をハンソンにするつもりだ。警察官たちが下草をたたいて探しまわり、ラジオニュースがひっきりなしに流れていながら、肝心の車とトレーラーがこんな近くにひょっこり現れるなんて、これが熊なら我々は間違いなく食べられているところだ。ハンソンにはたっぷり文句を言ってやるぞ！」

ハンソンがそれを聞かずにすんだのは、彼がすでにウィージットに向かっていたからだった。

電話を終えて振り返ったアゼイのもとへ、ジェレが走り寄ってきた。「あの、あれはもう見ましたか――？」

「夜明けの薄明かりのなかで」アゼイは言った。「見たとも。ところでその頬のあざはどうしたんだ、ウォレンくん？」

「余計なお世話です！」ジェレは言い返した。「それと――あの警察官にぼくを見張らせるのはやめさせてください！　これ以上つきまとわれるのはご免だ――」

「それは恥ずべき態度だぞ」アゼイは言った。「自分に与えられた権利をそんなふうに軽んじるなんて。そうとも……。ああ、準備はできたかい、コーディ？」

「準備万端です」コーディはジェレを無視して言った。「行きましょう」

「コーディ」ジェレは言った。「行っちゃだめだ――待てよ、コーディ・オールコット、ぼくの話を聞いてくれ！　そんな態度を取るのはやめて、ぼくの話を聞くんだ！」

「女性に接する際になによりも気をつけなければならないことは」アゼイは言った。「決して相手に命令しないことだ。マイク、きみは彼の見張りを続けてくれ」

車庫に置いてあったロードスターをアゼイが点検しているあいだ、コーデリアはなにも言わなかった。「必ずこうするんだ」アゼイはコーデリアの質問にそう返答した。「あっしを嫌っている連中から小細工されることがあるんでね。おや、前タイヤの様子がおかしいぞ」

「前タイヤに細工されたんですか？」コーデリアは信じられないという顔でそうたずねた。

「ごらん、どこかの誰かさんが針を刺したようだ。釘にしては細すぎるからな……。おーい、そこのきみ、借りられる車はあるかい？」

「ぼくのをどうぞ」その自動車修理工は言った。「だけどあまり――――」

「助かるよ。それと、この前タイヤを二つともスペアタイヤと交換して、新しいタイヤチューブを手に入れてくれるかい？」

「あなたの車をぼくが修理するんですか？」修理工は昨夜、アゼイから絶対に車には手を触れないようにと言われたことを忘れていなかった。

「そうだ、きみがタイヤ交換してくれ。ところで夜のあいだここのドアはどうなってるんだい？　全部閉めて施錠されるのかい？」

「最後のお客さんが入ったあとで閉めてますけど、とくに鍵はかけてません。ぼくか誰かがいますから。そのタイヤは誰かに――？」

「これがきみの車かい？」アゼイは年代物のツーリングカー（窓のない四～六人乗りのオープンカー）を指差した。

「古い車なんです」修理工は言った。「だけど、少し待ってくれれば支配人の車を持ってきますよ――」

「いや、この車で充分だよ」アゼイは言った。「さあ乗って、コーディ。そしてポーター船長が作り上げた最高のエンジンに耳を傾けるんだ。これは十五年前すばらしいエンジンだったし、いまから五十年後もすばらしいエンジンであり続けるだろう。ところできみ、修理が終わったらこの車を運転してラティマー夫人の屋敷まで持ってきてほしいんだ。あっしの居場所は誰かに聞いてくれ」

修理工の少年は頭をかきながら、二人が車で走り去るのを見送った。彼の知るかぎり、これまでアゼイ・メイヨが自分の車を人に触らせたことはなかったはずだ。こんなのアゼイらしくない。どうも妙だ。

ラティマー夫人の屋敷前で、アゼイは速度を落として到着したばかりのハンソンを待った。その後ろの別の車にはカミングス医師が乗っていた。

「ずいぶん古い車に乗ってるじゃないか」ハンソンが車から下りて、近づいてくるとそう言った。「なあアゼイ、昨日の午後からケープコッド内をしらみつぶしに探しているが、オールコット嬢の車も、トレーラーも、伯父さんも見つからん。その痕跡さえもだ」

「それで？」アゼイは言った。「やあ、ずいぶん早起きだな、先生《ドク》」

「いいや」カミングスは疲れたように言った。「これから寝るところなんだ。この嵐のさなかに三つ子のお産があったんだよ。現場に着いておよそ三十分くらいは」カミングスは物足らなそうに付け加えた。「五つ子じゃないかと期待していたんだがね。とにかく、次から次へと大忙しだよ。ハンソン、まだ何も見つからないのかい？　例のジョン・スミスについて何もわからないのか？　本当に？」

「しかたないだろう」ハンソンは言った。「すでに登録ナンバーは連絡してあるんだから、あとは所有者が判明するのを待つしかないんだ。あのトレーラーはカリフォルニア州で登録されていた。というか少なくともカリフォルニアで販売されたものだ。それに、伯父さんはまだ見つからないのかなんて簡単に言わないでくれ！　アゼイ、伯父さんは我々が捜索を始める前にさっさと州外に出てしまったんだろうよ」ハンソンは片足を車のステップに乗せ、ドアに両肘をついた。「そいつがどこにいるか心当たりはないか？」

「あるとも」

「ほう、そうかい？」ハンソンは腹立たしげに言った。「心当たりがあるのか？　じゃあ、あんたがこの捜索を指揮していたら、いまごろはそいつを見つけ出していたんだろうな？」

「乗ってくれ」アゼイは言った。「後ろに乗ってくれ、ハンソン。先生《ドク》も。これから大奇術師《フーディーニ》のメイヨが長い旅へお連れしますよ。さあ見えた、と思ったらさあ消えた。よく見てくださいよ、紳士諸君。種も仕掛けもございません——それで思い出したよ、ハンソン。午前中のうちに忘れずに銃を一丁、貸してもらいたいんだ……。いいや、種も仕掛けもございません。ところがところがこの丘を登っていくと、さあ、何があるでしょう！　ハンソン、びっくり仰天だろう？　目にも止まらぬ早業ときたもんだ」

アゼイは車を止めると、ハンソンとカミングスに野原に止めてある車とトレーラーをじっくり眺めさせた。

最初に声を出したのはカミングス医師だった。「まさに」カミングスは言った。「こういうのが見えてしまうんだ。徹夜で三つ子を取り上げたりするとね。こういう幻が見えてしまう。だが、わたしは昨日、この目であの車とトレーラーが黒焦げになるのを見たんだ！　なんてこった、ことばもないよ！　アゼイ、あれは本物かい？　それともきみが考案した、鏡を使ったトリックなのかい？」

「あれは本物だ」ハンソンが吐き捨てるように言った。「ウィルバー伯父さんだろ？　アゼイ、近くまで行ってくれ。ウィルバー伯父さんに会いたいんだ。おれの部下たちの半分を出し抜いた男なんだからな。また消えてしまう前にあそこに行ってくれ！」

　アゼイはゆっくりと古いポーター社の車を操り、丘を下っていった。ハンソンは車から飛び下りると、門を開けた。

「間違いなく、あれはうちのだわ！」コーディが言った。「だけど、伯父さまはどうやってここまで運転してきたのかしら！　見て！　タイヤがパンクしてる！　ほら、スペアタイヤが外れてる」

　アゼイが車をトレーラーの隣に止めると、コーディは車から飛び下りた。

「ウィルバー伯父さま！　伯父さま！」コーディはドアをノックした。「鍵を開けて——？　あらっ、鍵がかかっていない！　なんて不用心なの！　伯父さま——ええっ、アゼイさん、見てください！床に横たわっている人を！」

「いったい全体、今度は何だ？」ハンソンがたずねた。

「見てくれ」アゼイがトレーラーの中をのぞきこんでからそう言った。「先生《ドク》も見てくれ。これは先生の領域だ。彼女は生きている」

　ハンソンとカミングスは目をむいて、縛り上げられてトレーラーの床に転がっているリジー・チャットフィールドを見つめた。それから同じタイミングで我先にと狭い入り口からトレーラーに乗りこんだ。ハンソンはリジーの手首を縛っていた絹のストッキングを器用に切り、カミングスはさるぐつわとして噛まされていたスカーフを外した。

カミングスはリジーがヒステリーを起こすことを予期していたが、彼女は見事に状況に対処してみせた。さるぐつわが取り去られると、とびきり冷静にこう言ったのだ。「ありがとう先生。それ、すごくきつかったわ」

「リジー！」カミングスは言った。「何があった？　誰がこんなことを？　気分は悪くないかね？」

「そうね」――リジーは両方の手首を撫でさすった――「お持ちなら、少し気つけ薬をくださいな。頭のこぶが――」

「こぶだって？」アゼイが戸口から声をかけた。「チャットフィールド夫人、いったいこれは――どういうことなんだね？」

「どういうこともなにも」リジーは言った。「ここにトレーラーがあるのが見えたのよ。今朝、最初に部屋の窓から外を眺めたときに。それはもう目を疑ったわ！　きっと蜃気楼ね、とつぶやいたくらい。それから適当に服を着て、大急ぎでここまでやってきたの」

「なぜあっしに言わなかったんだね？」アゼイは責めるように言った。「なぜコーディに言わなかった？　いや、いまそんなことは問題じゃないな。おまえさんはここに駆けつけた。それからどうしたんだい？　誰に殴られたんだ？」

リジーは肩をすくめた。

「わからないのかい？」カミングスがたずねた。

「あたしはそのドアを開けただけ」――リジーはドアを指差した――「もちろんノックしてからよ、そして中に足を踏み入れた。昔から、こういうトレーラーの内部を見てみたいと思っていたの。昨日ジェレにもそう言ったのよ。そして中に入ってから――ええと、覚えているのはそれだけ。で、少し前に気がついたってわけ。目を覚ましたらあたしはここにいて、ローストチキンみたいに縛り上げられてた。やれやれ、ひどい目に遭ったわ。運が悪かったら、もっとひどいけがをしていたかもしれないわよね？」

「確かに」アゼイは言った。「そうなっていたかもしれないな、チャットフィールド夫人。ところで、ホテルからはどうやって出たのかね？」

「ああ、誰にも迷惑をかけたくなくて」リジーは言った。「横の出入り口からこっそり出たの。あのサンデッキ横の出入り口よ。誰も起こしたくなかったから……。いま何時？　まあ、とにかくたった一時間かそれぐらい前のことよ。嫌だ、頭にこんな大きなこぶができてる！」

「気絶しちゃだめだ！」カミングスが言った。「ほら、この薬を飲んで……。アゼイ、これはいったいどういうことだと思う？」

アゼイはかぶりを振った。「あっしにわかるのは、チャットフィールド夫人はぶん殴られたということぐらいだ。そして、そいつはとどめを刺す代わりに、チャットフィールド夫人を縛り上げてさるぐつわを嚙ませた――」

「わたしの古いストッキングを使って」コーディが言った。「そしてわたしのスカーフも。夫人の横に転がっているのは伯父のズック靴です。チャットフィールド夫人、伯父を見ませんでしたか？　見てない？　アゼイさん、伯父はいったいどこにいるんでしょう？　あらっ、ドアの外に誰かいるわ

――ひょっとして――」

「ノラのところの女中さんが来ただけだよ」カミングスがため息をついてそう言った。「たぶんまたノラが腹痛を起こしたんだろう。昨夜はノラがうるさくてね――急性盲腸炎が再発したわけではないと、いくら言っても納得しないんだ。わかったよ、ガートルード！」カミングスは声を張り上げた。「すぐ行くと言っておいてくれ」

リジーは立ち上がった。「これだけは確かよ」リジーは言った。「ケープコッドでこんなことが起きるなんて聞いたことがないわ。アゼイ、あたしを殴った人物を見つけてくれたら、そいつに思うところをたっぷり聞かせてやるから」リジーはふと黙った。「アゼイ」リジーはおもむろに気弱な声になった。「あれが殺人犯だってことはないわよね？」

「そうさなあ」アゼイはゆっくりと言った。「あっしが思うに――」

「なんて恐ろしい！　先生、気つけ薬をお願いします！　まさか――だけど殺人犯というのは必ず犯行現場に戻ってくると言うものね――」

カミングス医師がリジーの一人語りを中断させた。「アゼイ」カミングスは言った。「わたしの頭がおかしくなる前に彼女をホテルに連れ帰ってくれ。リジー、あとで寄るよ、もしきみがそうしてほしければだが。ノラの様子を見に行ったあとで、できるだけ早く」

彼らのあとについてハンソンもポーター社のツーリングカーまでやってきた。「いったい――？」

「おまえさんが聞こうとしているのが、次に何をやるべきかということなら」アゼイは言った。「聞くまでもないよ。昨夜と同じだ――つまり、ウィルバー伯父さんを探し、ジョン・スミスについての手掛かりを探せばいい――車体番号はわかっているんだからな！」

「おい、おれは言ったよな。ボストンから電話があって、トレーラーの番号はハリウッドの業者が販売したものだと判明したって！」

「ハリウッドとは言わなかったよ。カリフォルニアと言ってたじゃないか！」アゼイはハンソンに言った。「ハリウッドだって？　それはまたどういう――とにかくハンソン、追跡を続けるんだ。チャットフィールド夫人はあっしが送っていくよ。送り届けたらまたここに戻ってくる――」

しかしリジーをホテルで降ろすと、アゼイはそのまま車を反対方向へ走らせた。「教えてくれ」アゼイはコーディに言った。「伯父さんはどうやってあのトレーラーを手に入れたんだね？」

「ええと、抒情詩かエッセーかそんなようなものを書いて、それをパッケージの上蓋といっしょに送ったんです」

「きみは旅のあいだに、懸賞で当てたほかのトレーラーを見かけたことはあるかね？」

「ありません。もちろん、あの変な小人のマークが消されたトレーラーを見かけた可能性はありますけど。わたしもあれを消したかったんですが、伯父がそうさせてくれなかったんです。消さないという同意書に署名したらしくて、伯父は約束したことは絶対に守る人ですから。もっとも、伯父はわたしと同じくらいあの小人を毛嫌いしていました。いいえ、わたし以上だわ。伯父は宣伝広告の類が大嫌いなんですよ」

「だけどトレーラーを獲得したときには、それなりに世間の注目を浴びたんじゃないのかい？」

「そのはずだったんですけど、伯父はその役目をわたしに押しつけたんです。わたしが代理で受け取り、写真を撮られました。わたしは写真で見るとほぼ別人なのでどうってことありませんでしたけどね。アゼイさん、トッツィ・ウィッツィのことなんかより、ノラについてはどうなんですか？」

「ハンソンも昨日、同じ事を考えていたよ」アゼイは言った。「だが、あっしにはピンと来なくてね。なにしろ彼女は手術を受けたばかりなんだから、最初に除外されるんだ。それに彼女の会社がトレーラーをばらまいているからといって、彼女がトレーラーに乗っているジョン・スミスを殺す理由がない」

「今回の件について何か心当たりはないんですか?」コーディがたずねた。「心の奥に秘めたかすかな手掛かりとか――? ところで、これからどこへ行くんですか?」

「岬の上のほうに。ハンソンの話を聞いて思いついたことがあるんだ。ひょっとしたら今回の事はすべて不慮の事故だったのかもしれない」

「ええっ? ジョン・スミスは殺されたわけではないと?」

「もちろん彼が生きていると思っているわけではない」アゼイはそう応じながら、大きくてだだっ広い白い家の前で車を止めた。「彼は完全に息の根を止められていたし、本人は気づいていないようだがリジーも同様に殺される寸前だった。だが、あっしはジョン・スミスが殺されたのも、リジーが頭を殴られたのもたまたまだったと思う。きっと犯人は焦っていたんだろう、いまのあっしのようにね。コーディ、カール・バートレットに会ってくるからここで待っていてくれ。もしかしたら彼が何かヒントをくれるかもしれない――ハンソンがもっと早くハリウッドのことを話してくれたらよかったんだが!」

三十分ほど経って、アゼイは夜勤のフロント係のようにあくびが止まらない長身禿頭の男といっしょに戻ってきた。

「オールコット嬢、こちらはカール・バートレットだ」アゼイが言った。「すごく眠そうなのは、わずか三時間ほど前に沖釣りから戻ったばかりのうえに、二日間船酔いに苦しんでいたからなんだ。彼は――」

「その殺人のことはまったく知らなかったよ」バートレットは言った。「船にはラジオがないんでね。それにしても、聞いたこともないほどひどい話だ！　可哀想なサンプソン！」

「サンプソン？」コーディが言った。「アゼイさん、この人は――あなたはジョン・スミスをご存知だったんですか？」

「彼はジョナサン・サンプソンと言って――」

「あの映画製作者の？」

「そのとおり」アゼイは言った。「バートレットは元監督でね、ハンソンからハリウッドと聞いたとき、ひょっとするとあれはお忍びの俳優だったのかもしれない、バートレットなら知っているんじゃないかと思ったんだ。ジョン・スミスはジョナサン・サンプソンだったんだよ」

「そうとも」バートレットは言った。「彼は先週、おれの家に泊まっていたんだ。ロケハンをしながら、ケープコッドをまわっていたんだよ。彼がジョン・スミスという偽名で旅をしていたのは、人々にもみくちゃにされないためだったんだ」

「彼はどんな経緯でトッツィ・ウィッツィとそっくりなトレーラーを所有することになったんですか？」コーディがたずねた。

「彼はその懸賞付きコンテストの審査員だったらしい」

「確かにそうだわ！」コーディが言った。「わたしったら、うかつにもほどがあるわ！　彼の名前に聞き覚えがあります」

「それでそのトレーラーがすっかり気に入ったサンプソンは、よく似たトレーラーを注文したんだよ。おれも前の席に乗せてもらえるかい？」

「詰めてくれ、コーディ」アゼイはそう言いながら、車に乗りこんだ。「カールに確認してもらうためにこれからウィージットへ戻る。ところで、サンプソンには敵がいなかったとなぜそんなに自信を持って言えるんだね？」

「いいかげんなことを言ってるように聞こえるかもしれないが」車が走りだすのと同時に、バートレットは言った。「本当にいなかったんだよ。彼は独身で、一人暮らしで、これといった親戚もいない。子どものころにみんな死んでしまったそうだ。二年前にサンプソンが破産しかけたことがあったんだが、そのとき彼の事務所に真珠だの自家用車だのをカンパしたいというスターや元スターが殺到したんだ。サンプソンは雨の日に通いのお掃除のおばさんをタクシーに乗せて家に帰らせるようなやつでね。そんな彼の身にこんなことが起きるなんてわけがわからないよ」

「さっき彼はただ、旅してまわっていたと言ったよな？」

バートレットはうなずいた。「年に一、二度休みをとって、国内をドライブ旅行していたんだよ。世間の実情を正確に把握するために」

ウィージットに戻ると、バートレットは地元の葬儀屋の奥の部屋に安置された遺体を見つめた。

「やっぱりそうだ」バートレットは言った。「サンプソンだ。あんたから話を聞いて、まず間違いないだろうとは思っていたが。アゼイ、彼が強盗に襲われたのではないというのは確かなのか？」

「昨日、トレーラーには大金の束があった」アゼイは言った。「銀のブラシだとかプラチナの腕時計も。なのに何も盗られていなかった。強盗の線は考えられないと思う」

「なら、動機は何なんだ?」バートレットはたずねた「おれが会ったとき、彼はニューポートから来たばかりだった。その前はしばらくコネチカットに滞在していた。そして、さまざまな場所を経由してハリウッドに帰るんだ。もしも誰かがサンプソンを殺そうとあとをつけていたのなら、もっと前にやればよかったはずだ。だってそうだろう、殺そうと思っているのに、なんでわざわざ国内を横断したりする? 動機が知りたいもんだ。そもそもどうして人は人を殺すんだ?」

「一般的には」アゼイが言った。「愛と金、そしてそれらから派生する事柄のためさ」

「なるほど、だがサンプソンの財産は彼の事業と結びついている。だから、金のために彼を殺すはずはない。さりとて恋愛のほうは、彼は女性とつきあうには多忙過ぎた。聖職者のような暮らしぶりだったんだ」

アゼイはため息をついた。「なあ、ハンソンが細々した手続きのためにおまえさんから話を聞きたがるはずだ。できるかぎりハンソンを助けてやってくれないか? そうしたら、誰かに頼んでおまえさんを寝床に送り届けさせるよ。さっきの兄ちゃんがあっしの車を持ってきてくれている。あっしは自分の車に乗り、彼にこのオンボロ車でおまえさんを送っていってもらおう。ありがとう、恩にきるよ」

ホテルの車庫にいた修理工の少年は、アゼイから古いツーリングカーをほめられて頬を紅潮させると、喜んでバートレットさんをご自宅までお送りしますと言った。「あなたのロードスターは」少年は言った。「すごい車ですね! 細心の注意を払って整備しました。そうだ、ぼくの判断で、交換した前タイヤに刺さっていた針を持ってきました。うちの母が詰め物をした鶏肉を縫い合わせるときに使うやつに似ています」

「それ」コーディが緊張した声で言った。「トレーラーの裁縫道具箱にしまってある、わたしのウール用の刺繍針と同じだわ」

アゼイはうなずいた。

「全然驚かないんですね！」コーディは言った。

「驚かないよ」アゼイは言った。「昨日、おまえさんのハンドバッグに白の刺繍糸の付いた針が入っているのを見たんだ。それで、あの水着にイニシャルを刺繍するのに使った針だろうと思ったのさ」

アゼイは受け取った針を煙草入れにしまった。「ありがとう、また会おう」

出発する前に、アゼイは再び葬儀屋に入っていった。しかし、戻ってきたときには満面の笑みを浮かべていたので、コーディはどうしたのかとたずねた。

「ちょっとバートレットのことを確かめておこうと思ったんだ」アゼイは言った。「じつは彼の船を操縦しているのはあっしのいとこなんだが、そのいとこが言うには、バートレットは確かにずっと船で海に出ていたとさ。彼がすばらしい漁場を前にして、どれほど張りきっていたか教えてくれたよ」

海岸沿いの道路でアゼイは車を止め、パイプを取り出した。「しばらく」アゼイは言った。「瞑想に耽《ふけ》りたいんでね。ウィルバー伯父さんの若いころの話や、伯父さんがバスタオルをきちんとたたむタイプだとか、そういう話を聞かせてほしい。もういいと言うまで話してくれ」

コーディは煙草に火を点けると、言われたとおりウィルバー伯父さんのこれまでの人生について語りはじめた。だが、アゼイはほとんど聞いていなかった。瞑想に耽っていたからである。

ジョン・スミスことジョナサン・サンプソンはおとといの晩、自らのトレーラーの中で殺された。純然たる勘違いによってコーディはサンプソンのトレーラーを自分たちのトレーラーだと思いこみ、翌朝その車を運転した。そして大通りにいた質《たち》の悪いやつにだまされて、トレーラーもろともノラの所有する野原に入ってしまった。これらはすべて明らかであり疑問の余地がない。もっとも、サンプソンを殺したのはコーディなのかもしれないし、違うかもしれない。しかし、昨夜ホテルでリジーがお目付け役をつとめていたことを考えると、コーディがこの車のタイヤに針を刺すチャンスはなかったはずだ。たとえよく似た針を持っていたとしても。それに、リジーを殴って気絶させた人物がコーディということはありえない。この件についてはこんなところか。

誰かがトレーラーに放火した。おそらく殺人犯は指紋や足跡を消し去るよりも、犯行現場を丸ごと燃やすほうが簡単だと思ったのだろう。そしてトレーラーが焼かれたことで、サンプソンの身元の割り出しには時間がかかった。じつに狡猾だ。

あっしの部屋のドアへの小細工についても考えてみるといろいろとわかってくる。犯人は自分の計画を絶対に邪魔されたくなかった。そこであっしを起こして、窓のそばで待ち伏せした。その後、追跡されないようにあの針をタイヤに刺した。

では、コーディのトレーラーをノラの野原に持ってきたのは誰なのか？　それはわからない。ウィルバーはまともな人物のようだが、いったいどこに行ったのか。それに運転の仕方を知らないのなら、トレーラー付きの車でどうやってこんな起伏のある野原に入ってこられたのだろう？

アゼイはため息をつくと、愛用のパイプの軸を噛んだ。いまのところ考察の対象はこれくらいだ——つまりトレーラーへの放火、くさびをドアに挟まれたこと、タイヤに針を刺され、タイヤ交換を余儀なくさせられたこと。そしてたぶん、投げつけた鉛の重りの一つがそいつに命中したことだ。

そして、どの点から考えても犯人像にぴたりとはまるのはジェレ・ウォレンだった。

「だけど、伯父さまはどこなの？」コーディがそう言うのはこれで三回目だった。

アゼイの意識が現実に戻った。「伯父さんはタイヤ交換できるのかい？」

「いまのは」コーディは言った。「最高に馬鹿げた質問です！　できるわけないじゃないですか。わたしが言い続けていることがまだわからないんですか？　伯父はかつて大金持ちでした。いつも人に運転してもらっていたので一度も運転したことがないんです。それがわたしの話の要点です！　伯父は吹雪のなかで迷子になった犬のペキニーズぐらいなにもできない人なんです。破産後、かろうじて得られたのは簿記係の仕事ぐらいでしたが、数カ月前に引退しました。伯父はいつもいろいろなことで頭がいっぱいで、事業が傾いたときには――」

「何の事業だね？」アゼイがたずねた。

コーディは深く息を吸いこむと思いきり吐き出した。「全然、聞いてないじゃないですか――もう、せっかく伯父の半生をこんなにすごい物語にしたのに！　伯父の会社は食料雑貨品販売業のW・W・オールコットで、会社が倒産したというのも覚えてないんですか？　倉庫が燃えて、財務担当者が逃げてしまって、悪いことが一度に重なったんです。だから伯父はトレーラーを手に入れたんですよ、わかりませんか？」

「まったく」アゼイは正直に言った。「わからないな」

「伯父がトレーラーを手に入れたのは、なにもあのムカつくトッツィ・ウィッツィを昔から食べてたからだけじゃないんです！　全盛期の伯父はあれを車何台分も売っていました！　オールコット家は販売業をしていたんです！　全部、ちゃんと聞いてください。そうすればあなただって――」

コーディが話し続ける前にカミングスが車でやってきた。「ハンソンによれば」カミングスはアゼイに言った。「例のトレーラーの半径一マイル内に指紋はないそうだ。ジャッキにもないし、タイヤにも、例のくさびにも指紋はない。それに、ノラの様子ときたら！」

「また癇癪を？」

「おまけに腹痛もだ。ノラには言ってやったよ。トマトのせいでこうなるのなら、トマトは一生食べないほうがいいとね。あの家は蜂の巣をつついたような騒ぎだ。電話は鳴りっぱなし、新聞記者たちは怒鳴っている。ノラの会社の者たちが広告がらみでわめいているし、弁護士が信託の件で叫んでいる。おまけに犬がペルシャ猫の子猫を追いかけまわしていて、わたしはもうくたくただよ」

「ノラは事業でずいぶん忙しいんだな」アゼイが言った。

「忙しいのは確かだ」カミングスが言った。「だが正直言って、ノラにそれほど仕事ができるとは思えない。ラティマー一族は信託マニアで、彼らの事業はすべて互いに密接に結びついているんだよ。だからノラは事業から手を引くことができないのさ。これは推測だが、彼らはノラを静かにさせておくために広告を任せているんじゃないかな。わたしには彼女は理解できんよ。いつだって何かにしがみつきたがっているようで、たとえば——たとえば——」

「ジェレとか」コーディが言った。

カミングスは肩をすくめた。「かもしれない。どうかな。アゼイ、まだ伯父さんの消息はつかめないのかい？　まだなのか？　そうか、今回の事件を解決できたら、きみは名探偵だよ」

「陽気な人だ」カミングスがいなくなると、アゼイは言った。

コーディはアゼイを見た。アゼイの口調に奇異な印象を受けたのだ。

アゼイはコーディに笑みを見せた。「ホテルに戻って、何か食べるものを見つけよう。それから伯父さんについてもっと知りたいし、ジェレにも会いたい。ジェレの顔にあざがあったが——なぜおまえさんが赤くなるんだね？」

「じつは」コーディは言い出した。「あのあざをつけたのはわたしなんです。わたしが昨夜、彼を叩いたんです」

アゼイはゆったりと座席にもたれかかった。「続けて」

「別にたいしたことじゃないんです。寝るためにリジーと二階へ上がったあとで彼に部屋のドアをノックされ、下で話をしないかと誘われたので応じました。それからわたしたちは——その、わたしたち、いまだに相手を心底、怒らせることができるみたいです。それだけです。わたしはあまりに腹が立ったので彼を平手打ちして、部屋に戻ってベッドに入りました」

「つまりおまえさんとジェレの二人は、ともにあたりをうろついていたってことだな？　ベッドに入ったのは何時だったのかね？」

「わかりません、腕時計はトレーラーに置きっぱなしですから。ところでリジーのことはどう思っていますか？」

「リジーにはちょいとたずねたいことがある」アゼイが言った。

だがリジーと話をする意味はあるのだろうか、アゼイはホテルへ向かいながらそう考えた。コーディの部屋のドアには鍵をかけておいてくれと頼んだのに、リジーはそうしなかった。だからジェレもコーディも昨夜あたりをうろついていたのだ。おまけに、今朝はリジーも外をうろついていた。

アゼイは車を車庫に入れた。タイヤに小細工されたことを考えると、車を見張ってもらったほうがいいかもしれない。アゼイは修理工の一人に声をかけた。「誰か目を皿のようにしてこの車を見張ってもらえるかな？」

「いいですよ、ぼくがやります。トラブルがあったそうで大変でしたね」

「あれは蜃気楼かい」アゼイが相手の話を遮って言った。「それともそこでドラム缶を端に押しやっているのはリジー・チャットフィールドかね？」

修理工はクスクス笑った。「そうです。あの人はすごいですよ。車をここに置いているときには、つねに完璧に整備するよう目を光らせているんです。お雇い運転手の自動車整備の知識はリジーの半分にも及ばないでしょうね。リジーは目下、ご友人が昨夜ここに来る途中で失くしたかもしれないものを捜索中だそうで。この私道の隅から隅まで血眼になって『親愛なるウィルバー』の財布探しを手伝っていますよ――」

アゼイはわずか二歩で車から下り、コーディもそのあとを追った。

「ごきげんよう」リジーが快活に言った。「カミングス先生って本当に名医よね？　頭のたんこぶもすっかり良くなったわ」

リジーがカミングス医師について話しているあいだ、アゼイの目は彼女の編み物バッグの中身にくぎ付けになった。大きな針の入った紙の包みが丸見えだったからだ。おかげでアゼイは私道をやってきて車庫への曲がり角に現れた男にも、コーディに腕をつかまれるまで気づかなかった。

「アゼイさん、この人が、ウィルバー伯父さまです！」

アゼイは木挽き台に腰を下ろすと、壁に寄りかかって涙が出るほど大笑いした。

ウィルバー伯父さんは、アゼイが想像していたような胃の弱い気難しい小男ではなかった。長身でがっしりとしており、白のフランネルズボンはしみ一つなくパリっとして、青い上着も仕立て屋の心を納得させるくらい手入れが行き届いていた。さらに、美しく刈り込まれた白い口ひげと黒い紐付きの鼻メガネが最後の仕上げを施していた。ウィルバー伯父さんはじつにエレガントだった。

「伯父さま」コーディが言った。「いままでどこにいたの?」

「おいおいコーデリア」ウィルバーは落ち着きはらって言い返した。「それはこっちのセリフだよ! こんな騒ぎに自ら飛びこむなんて! コーデリア、まずはおまえが事情を説明すべきだと思うね!」

「オールコットさん」アゼイが言った。「まずはじめに、かつ迅速に説明する名誉はあなたのものです」

「アゼイさんよ」リジーが説明した。「あ、あのアゼイ・メイヨ」

「これはすばらしい!」ウィルバーは片手を差し出した。「どれほど感激しているか、とても言い表せないくらいです。ご活躍はつねづね拝読していますよ。それにもちろん、ポーターはかつてあなたのことばかり話してましたし、いまじゃ——」

「さあ、昨日の朝から始めてください」アゼイは言った。「あなたがトレーラーの前で食料を見つけたところからです。貝を——」

「駄目になっていました」ウィルバーは悲しそうに言った。「全部捨てました」

「それから」アゼイが言った。「どうしたんですか?」

「もちろん、コーディを呼びました」ウィルバーは言った。「声をからして呼びました。その時点で出かけてから四時間ほど経っていましたから、普段、姪がどこかへ出かけるときより時間が経ちすぎていたのです。泳ぐのにうってつけの天気だということを考えても長すぎました。そこでわたしはスノーさんのお宅へ行ってみました。我々に食べ物を売ってくれる親切な方たちです。するとスノー夫人から昼食を召し上がっていってくださいと強く勧められました。とても優しい方なんです。そして消化にいいものを出してくれました。コーディから聞いているかどうかわかりませんが、最近ずっと胃腸が悪さをしていましてね」

　ウィルバーは自らの消化器官のことを庭木を荒らす近所の子のように言った。

「聞いていますよ」アゼイは言った。「それから？」

「スノー夫人の心遣いのおかげで」ウィルバーは言った。「体調はずいぶんましになりましたが、眠くなったので昼寝をしました。目を覚ますとスノー夫人から、主人がホンビノスガイ狩りから戻るまで待ってはどうかと勧められました。ホンビノスガイって何なんだろう？」

「ホンビノスガイは」アゼイが言った。「ニューヨーカーに好まれている二枚貝《クラム》で、スノーはその貝を採って生計を立てているんです」

「そうなんですか。ええと、夫人は主人が帰ってくるまで待ってくれれば、あなたを車に乗せてコーディを探しに行かせますよと言ってくれました。ご主人は家の車で出かけていて、スノー夫人もわたしもトレーラー付きの車を運転する技術は持ちあわせていなかったんです」

「電話をかけようとは思わなかったんですか？」アゼイがたずねた。

「誰に？」ウィルバーはただ、そう返した。「それに、スノー家に電話はありませんでした。電話があればスノー夫人もわたしも、スノー氏がええとその、ホンビノスガイ狩りから戻ってきたら車が故障していて、波止場で立ち往生していたことがわかったんでしょうが」

「こうは考えつかなかったんですか？」――アゼイはウィルバーの「ホンビノスガイ狩り」の発音を聞いてにんまりと笑いながら言った――「どこかへ出向いて、警察へ電話をして捜索願いを出そうとか」

「警察に何を頼むと言うんです？」ウィルバーがたずねた。「まさかこんなふうに言うわけにはいかないでしょう。『じつは、姪がいなくなりまして』だなんて。そうじゃありませんか？　わたしは最終的にこう考えました。朝、言い争いをしたときにコーディは心底わたしに愛想をつかし、怒ってさっさとランドールの所へ行ってしまったんだろうと。姪には前にも置き去りにされたことがあって――」

「伯父さま、あのときはガス欠になっただけだってば」

「それはもういいよ、コーディ……。そうそうメイヨさん、実際、警察も頭をよぎったんですが、あまりに大げさな気がしたんです。もし姪がランドール家にいたら、ばつが悪いじゃありませんか。事故に遭ったのなら、すぐに連絡があるはずだと思いましたし。悪い知らせはいつだってすぐに伝わりますから。それに世間体も考えました。わたしは他人から詮索されたり、質問されたり、写真を撮られたりするのが大嫌いなんです。たいていの場合、放っておけば物事は自然と解決しますから」

「伯父さま」コーディが言った。「殺された男の人のことは知っていた？　話はリジーから聞いたでしょう？　とにかく、その人はジョナサン・サンプソンと言って、伯父さまを優勝させてくれたコンテストの審査員だったのよ！」

「優勝させてもらってはいないよ」ウィルバーは言った。「わたしは一等の一万ドルが欲しかったんだ。何度も言っただろう、こんなトレーラーはもらわなければよかった。とにかくですね、メイヨさん、わたしは宣伝が大嫌いで、不実な姪のために騒ぎたてたくなかったんです――」

「伯父さま、ひどいわ！」

「実際のところ」ウィルバーは言った。「一時は、おまえがベル伯母さんの真似をしているんじゃないかと思ったよ。ほらあの――」

「すみませんが」アゼイが言った。「本題に戻ってもらえますか？　それからどうしたんです？」

「ああ、スノーさんのお宅でご主人が帰ってくるのを待っていました。夕食後にはラジオを聞いて――」

「ほう？　なのに、警察があなたを探している話は聞かなかったんですか？」アゼイが口を挟んだ。「殺人事件についてのニュース速報も？」

「我々は短波ラジオを聞いていたんです」ウィルバーが説明した。「スノー夫妻が通信販売で短波ラジオを購入したばかりとかで、はるばるブラジルの放送を聞いていたんです。そのうちに嵐がきて停電になり、夜遅くにようやくご主人が帰ってきました。我々はそのとき初めて、彼の車が故障していたことを知ったんです。なんと家まで歩いて帰ってきたんですよ。そのころにはな、コーディ、おまえのことが本当に心配で心配で、ご主人もおまえのことをものすごく案じてくれた。ご主人に気に入られているみたいだな。おまえをほめて、すぐに探さないと、と言ってくれたんだ。それで我々はトレーラーの所に行き――」

「ちょっと待ってください」アゼイが穏やかに言った。「コーディとあっしは昨日の午後、それこそ端から端まであなたのことを探しまわったし、そのトレーラーはコーディが止めたという空き地にはなかった。それについてご説明願えますか」

「あれ、話しませんでしたか？　昼食後すぐに、コーディがいないかあたりを車で探してみましょうとスノー夫人が言いだしたんです。それで、二人でトレーラーをキャンプ地から移動して――」

「さっき言ってたじゃないですか」アゼイが言った。「スノー夫人もあなたも運転できないと」

ウィルバーは微笑んだ。「むろんそれは」ウィルバーは言った。「根拠もなく申し上げたわけじゃありません。実際にやってみたからそう言ったんです。我々はキャンプ地にあったトレーラーをスノー家の納屋裏の小道に運びましたが、その時点でわたしもスノー夫人も運転は無理だという結論に達しました。車をガックンガックンさせるような初歩的なミスもしたし、タイヤもパンクさせてしまったんです。昨夜、帰ってきたご主人がパンクを直してくれて、それからみんなで車に乗って村まで行きました。ちなみに、連結部分が引っかかっていてトレーラーは外せなかったんです。ただそのときはザーザー降りで雷もひどかったので、ご主人は次第に自分の船のことが心配になりはじめました。稲妻が走ったときに湾全体が見えたんですが、スノー家の船がいつもの所になかったんです。ご主人がとても心配しているので、ホテルでわたしを降ろして、調べに行ってくださいと言いました」

アゼイが背筋を伸ばして座り直した。「あなたは――あなたは頭が北向きになるようにベッドを動かしましたか？　ブルックスが言っていた、夜遅くに到着した人はあなたなんですか？」

「アゼイさん！」コーディが言った。「今日の午後、わたしの話をろくに聞いていなかったからですよ！　そのよくわからない特異体質のせいで、これまでどれだけ駐車に苦労したか散々話したのに！伯父は方位磁針のように北向きに寝なくちゃならないんです。伯父さま、じゃあスノーさんに車とトレーラーを貸してこのホテルに来たの？」

「ほかにどこに行けばよかったんだ？」ウィルバーは訴えるように言い返した。「この町についてはおおまかにしか知らないし、こんな嵐のなか人探しなんかせずにスノーさんの家にいればよかったと思っていた。それでさまざまな選択肢を検討した結果、ホテルに行って清潔で暖かいベッドで眠るのが最善だと考えた。ご主人があれほど強く主張しなければそもそも出かけなかった。わたしは、ご主人の熱意の対象が船に移ったとき――ここへ来たんだ。そして今朝になってご主人がトレーラーを野原に置いていったことに気づいた」

「どうしてです?」アゼイがたずねた。「あなたがそうしてくれと頼んだんですか?」

「もちろん違います」ウィルバーは言った。「ご主人には、用が済んだらどこか都合のいい場所に置いておいてくださいと伝えたので、あそこが都合よかったんでしょう。いずれにしろ、トレーラーを見たときにそう思いました。まさかバラ園に置いておくわけにもいかないでしょうから、とてもいい場所に置いていってくれたと思ったんです。きっとご主人は誰かの車で自宅まで送ってもらったんでしょう。コーディ、そうこうするうちにリジーを見つけたんだ。リジーは大親友の奥さんで、わたしとリジーとのつきあいは――」

「あなた、教えてくれなかったじゃない」リジーが責めるようにコーディに言った。「W・W・オールコット一族の人間だったのね! おかげでコットンの寝巻を貸してしまったわ!」

アゼイはゴクリとつばを飲みこんだ。「チャットフィールド夫人」アゼイは言った。「そのバッグに入っているような針をほかにも持っているかい?」

「ええ、持っているわよ」リジーは言った。「しょっちゅう失くしちゃうの。あの窓用のくさびみたいに――あれも、あたしを困らせるために自動的にどこかに消えるみたいなのよ」

コーディが沈黙を破った。「伯父さま、わたしたちには、伯父さまのやわたしのホテル代を支払うだけの持ち合わせはあるの?」

ウィルバーは一瞬、困り果てた顔をした。「ああ、そのことなら」ウィルバーは言った。「きっとホテルは宿泊代として、喜んであのトレーラーを引き取ってくれるよ。もうあのトレーラーにはうんざりなんだ。少しも役に立つとは思えないからね」

コーディはアゼイを見て唇を噛んだ。

「ところでコーディ」ウィルバーは続けた。「今朝はトッツィ・ウイッツィを食べたかい？　昨日も食べてないのか？　ご存知ですか、メイヨさん、この子は貧血体質なんです。ならば、本人もそれをなんとかしたがっていると思うでしょう？　ところがそうじゃないんですよ！　わたしは朝食をとるよう姪に無理強いしなければならないんです。文字どおり、無理やり食べさせなければならないほどで……。そうだ、リジーから聞いたけど、ジェレ・ウォレンがここにいるそうだね。コーディ、今回はもう少し分別ある言動を頼むよ！」

「あの」コーディはアゼイにたずねた。「どこへ行くんですか？」

アゼイはにんまりした。「あっしかい」アゼイは言った。「大敗北を喫したときにはすぐにそうとわかる質《たち》でね。完敗部隊は退却するよ」

アゼイは車庫に入り、愛車の運転席に座った。コーディが追ってきたが、アゼイはそれを追いはらう手ぶりをした。しかしコーディは怯まなかった。

「伯父さまといるといつも思うんです」コーディは言った。「一人になりたいって。アゼイさん、こうなったのはトレーラーを間違えたわたしのせいなんでしょうか？　自分でも、神のご加護がなかったらもっとひどいことをしていたかもしれないと思います。それにしてもアゼイさん、本当に敗北したと思っているんですか？」

「あっしは思っていた」アゼイは言った。「ウィルバー、リジー、そしてリジーの針やくさびから、とうとう突き止めたんじゃないかとね。だが、信じないわけにはいかない、一見そんなはずはないと思うような話が出てきた。世の中には本当のことしか言わない人間ってのがいる。リジーがそうだ、社交辞令は言うかもしれないがね。おまえさんの伯父さんもそうだ、リジー同様、社交辞令は言うだろうがね。どれだけ多くの人々から作り話を聞かされても信じることはないが、ウィルバーの話は信じるよ。ウィルバーの語ったスノー夫妻との話を確認したら、すべて彼が言っていたとおりだろう。そして、あっしはリジーの話も信じている」

「わたしもです」コーディが言った。「これからどうするんですか?」コーディは車のエンジンをかけるアゼイにたずねた。

アゼイは肩をすくめた。「わからないな。ひょっとしたら親切な小鳥が耳元にやってきて、ヒントを囁いてくれるかもしれない。それに期待するよ。それまでウィルバーとリジーが悪さをしたり、トレーラーに近づかないよう見張っていてくれるかい?」

ホテル敷地内の私道を進みながら、アゼイはジェレ・ウォレンと州警察官のマイクが芝生でクローケー（木槌で木球をたたき逆U字型の鉄門をくぐらせる競技）をやっていることに気がついた。二人はすっかり意気投合したようだ。笑みを浮かべながら、アゼイは海岸沿いの道をラティマー邸へ向かった。大勢の人が例の野原をうろついており、新聞社の車二台とカメラマンの一団が目に留まった。

アゼイは海岸沿いの道路から草地に入ると、小川を渡り、砂丘を上り、屋敷の裏へと車を進めた。そればかりかカミングス医師以外の誰にも見られずにラティマー家の車庫に車を入れることに成功した。なお、カミングスは面白がっているような笑みを浮かべて一部始終を見守っていた。

「新聞記者たちに見つからないようにしてるんだな?」カミングスが言った。「アゼイ、犯人はなぜスミスことサンプソンを殺したんだ？　ハンソンは呆然としていたよ。いまハリウッド関係者に片っ端から電話をしているが、誰も動機の見当がつかないらしい」

「じゃあハンソンはサンプソンについて調べているんだな？」

「ハンソンが突き止めたありとあらゆることが、カール・バートレットの話どおりだそうだ。それにハンソンは、車がなぜニューヨークのナンバープレートを付けていたか、なぜ登録者がすぐに判明しなかったかについても突き止めた。どうやら車とトレーラーはニューヨークで再登録されていたらしい。バートレットによると、ニューヨークのナンバープレートのほうがカリフォルニアのよりも詮索されないからだとか……。アゼイ、彼はなぜ殺されたんだ？」

「おそらく」アゼイは言った。「事故だったんだろう」

カミングスはふんと鼻を鳴らした。「事故だって！　あれがたまたま殺されたなんてありえんよ。犯人が誰であれ、ちゃんと殺す気で殺したはずだ」

「それはそうだ」アゼイは言った。「だが、あっしが考えているのは、犯人が殺そうとしていたのは果たして——おや、あれがジェレ・ウォレンがノラに返したというステーションワゴンかね？　ところで先生《ドク》はジェレをどう思う？」

「別にどうとも。ノラの歴代の若い愛人に対して抱く感想と同じで、それ以上でも以下でもない。それで思い出したが、ノラがきみに会いたがってる。行ってノラの用を聞いてきていろいろ教えてくれ——。そうだ、ほかにも気になっていることがあるんだ。あのトレーラーは昨日、どうやって火をつけられたんだろう？」

「あっしの知るかぎり」アゼイはカミングスに言った。「犯人は二本の棒切れをこすり合わせて、それから――」

「真面目に聞いてるんだぞ！　たとえば発火しやすいものがトレーラーの中にあって、犯人がマッチを投げ入れたとしたら、我々は眉毛がない人物を探せば犯人を特定できることになる。トレーラーはどうやって放火されたんだ？」

「それはあっしも考えた」アゼイは言った。「一定の時間が経過してから発火するような仕掛けだったはずだ、先生《ドク》。たとえば、ハリガンのフィルムだとかそういったものの上に小さなアイロンを置いて、プラグを差しこむとか――」

「それだ！」カミングスが言った。「ハリガンはフィルムを二、三缶持っていて、テーブルの上に置きっぱなしにしていた。そこにアイロンも置いてあった。おまけに石油ストーブもすぐそばにあったし」

「やっぱり」アゼイは言った。「アイロンからフィルム、そしてストーブというのは考えうる最適解だろう。さてと、ちょいとラティマー夫人に会ってくるよ」

アゼイが行くと、ノラは居間のソファに横たわっていた。「気分はどうだい？」アゼイはたずねた。

「カミングス先生はトマトのせいだろうって」ノラは言った。「先生にはわかるんでしょうね。いずれにせよ体調は最悪よ。それに今度はまたこの騒ぎでしょう。どうしてさっさとあの娘を逮捕しないの？」

「コーディのことかね？　おまえさんは彼女だと――？　そうか、彼女が気に入らないんだな？」

「あなただって、彼女が動機を持つ人物であることは否定できないでしょう。売名のためよ。この件について調べてみたんだけど、あの娘、コンテストの賞品獲得者として写真に撮られているじゃないの。実際にトレーラーを獲得したのはあの子の伯父さんなのに。そのことがわたくしの主張の裏付けになるはずよ。よくいる野心的な娘なんだわ——だって、ここに来て十分も経たないうちにジェレに色目を使いだしたじゃない」

「なるほど」アゼイが言った。「おまえさんはご存知ないようだ。これを聞いたら面白くないかもしれないが、コーディとジェレは古くからの友人なんだよ。ジェレの顔のあざは、コーディが引き際を教えるべく一発くらわしたものなんだ。これでコーディに少しは優しくする気になったかね？」

ノラは肩をすくめた。「率直に言って、あの子にはまるで興味がないの」ノラはふと口をつぐむと、縫い物バッグの中の毛糸玉にじゃれついていたペルシャ種の子猫のからまった毛糸をほどいた。「あの子の伯父さんは見つかったの？」

「なんと、ホテルにいたよ」

「ウィージット・インに？」ノラがぽかんとして言った。

「信じられないかもしれないが、そこにいたんだ。大勢の人間が毒キノコの下まで探してたっていうのに。おまえさんもきっとウィルバーが気に入るよ。爽やかで快活な男だ」

「彼はこれまでどこにいたの？」

「あっちこっちさ」アゼイは言った。「あちらと思えばまたこちらというタイプなんだ。長身で優雅でいかにもビーコン通り（ボストン市の主要な大通り）にいそうなニューイングランド地方の伊達男さ」

ノラは笑い声をあげた。「わたくし、なんとなく赤ら顔の太った小男を想像していたわ」

「同じく。リジーがあのトレーラーを調べに行って一撃をくらった話は聞いたかい？」

「カミングス先生から聞いたわ。リジーはいろんなことに嘴を突っ込み過ぎじゃないかしら——あら、またあの弁護士からなの、ガートルード？　ごめんなさいアゼイ、わたくし持てる力を振り絞ってまた戦ってくるわ。あの弁護士がここにいたらただじゃおかないから。それがわかっていて、安全な場所から電話をかけてくるのよ」

ノラが行ってしまうと、アゼイは毛糸玉を床に転がして子猫と遊んでやった。

「あの人の遺言と信託ときたら！」戻ってくるとノラはそう言った。「ラティマー一族ってなんて先見の明があったんでしょう。そうそう交換手によれば、十分以内にシカゴから電話が来るらしいの。きっと宣伝部長が、これまでよりもさらにくだらないアイディアを思いついたのね――パフ、炉棚から下りなさい！」ノラは子猫を床に下ろした。

「ねえ」彼女は続けた。「猫って上質なものを察知する能力があると思わない？　パフったら、必ずその翡翠《ひすい》にパンチしないと気が済まないのよ――あら大変、マーサがスキッピーを部屋に入れたみたい！　アゼイ、スキッピーを捕まえて。じゃないとまたパフが追いかけられちゃう！」

一匹の若いエアデールテリアが楽しそうに部屋に飛びこんできた。しかし、アゼイが捕まえる前にラティマー夫人がその犬を抱えあげると、苦労してポーチに締め出した。一方、子猫はあかんべえをするかのように尾をひと振りすると、椅子の背によじ上り、上がりたそうに炉棚をじっと見つめた。

「猫というのは」アゼイが言った。「確かにいろいろな物事を察知する――おっと！　野原では何が起こっているんだ？　ほらあそこ！　見てごらん、ラティマー夫人。あれがウィルバー伯父さんだ。リジーの横にいる青い上着にフランネルズボンの人だよ」

「すぐに行って、何が起きてるのか見てきて！」ノラが言った。「あっ、警察官が一人、走ってやってきたわ！」

その警察官が息を切らしながら荒々しく部屋に入ってきた。「電話をお借りしたい――あれ、アゼイ！　ハンソンにあなたを呼ぶように言われたんです。あのウィルバー伯父さん――とかいう人が――」

「彼がどうした？」

「たったいま、あのトレーラーに火をつけようとしたんです！」

「どうやって？」アゼイがたずねた。

「煙草用ライターのオイルを床じゅうにまいたんです。本人はライターにオイルを補充したかっただけだと言ってますが、そのとき煙草を吸っていたんですよ。ハンソンは、火のついた煙草かマッチを落とそうとしていたんだと言って――」

「おやおや」アゼイは言った。「なんてこった！　じゃあウィルバー伯父さんは――きみ、ハンソンにこう伝えてくれ、ウィルバーを――ウィージット・インの彼の部屋に連れていくようにと。あっしはこれから出かけるが、帰ってきたらウィルバーに関する面白いものを見せると言っといてくれ。夜明けは訪れたと。いいね？」

「夜明けって何のことなの？」ノラがマリン帽を手にしたアゼイにたずねた。

「遅れてやってきたサマータイムの夜明けだよ」アゼイが言った。「ウィルバーを太陽にたとえているのさ。それじゃこれで」

アゼイが車庫からバックでロードスターを出して、来たときと同じ回り道を行こうとしたとき、カミングス医師の大声で叫ぶ声が聞こえた。「おーい！　アゼイ！　何を考えてるんだ！　よく首の骨を折らずにすんでるな」カミングスは車が水をはね飛ばして小川を渡り、牝牛をよけるのを見送りながらそう付け加えた。

カミングスは誰よりもよくわかっていたのだ。アゼイがあんなふうに疾走しはじめたら、何かが起こっているのだと。思索に耽りつつ葉巻に火をつけながら、カミングスは野原へとゆっくり歩いていった。そしてちょうど警察車両に乗せられて出発するウィルバーを見届けることができたのだった。

リジーとコーディがカミングスに駆け寄ってきた。「何かの間違いよ！」リジーが言った。「ウィルバーを逮捕するなんて！　彼はW・W・オールコットなのだと先生から説明してくれない？」

カミングスは辛抱強く、ライターオイルの話を聞きだした。「アゼイは知っているのかい？」カミングスはたずねた。「アゼイは――」

「アゼイはどこ？」リジーが言った。「なんとかしないと！　アゼイならどうすればいいか知ってるはずよ！　彼はどこ？」

ハンソンがそのことばを聞きつけて言った。「アゼイからの指示なんだよ」ハンソンは言った。「あんた方が言っているのが、ウィルバー退場のことなら」

「そうか、アゼイが」カミングスはにやりと笑った。

「こんな馬鹿なことがあるもんですか！」リジーが言った。「彼を逮捕するなんて意味がわからないわ！　気が遠くなりそう！」

「きみのバッグに気つけ薬が入っているだろう」カミングスが言った。「ほら、嗅いで！　さあ、ウィルバーのことなら心配ない。アゼイにはちゃんと理由があってそうしたのさ。ちなみにアゼイならさっき、ヴァンダービルド杯（米国の自動車レースにおいて最初に創設されたメジャータイトル）を獲得しそうな勢いで走り去ったよ」

コーディは目を細めた。アゼイはどこかに行ってしまった。わたしにも車があればあとを追えるのに！　もしも――コーディは野次馬の中にジェレがいるのに気づくと、一瞬ためらってから彼に歩み寄った。二度と話したくないと言ったのを撤回するつもりはなかったが、背に腹は代えられない。

「コーディ、お気の毒に。きっと何かの間違いだよ」ジェレはコーディが口を開く前にそう言った。

「ぼくにできることはない？　新聞記者たちがきみにつきまとってやろうと手ぐすね引いてるよ」

「もうつきまとわれているわ。ねえ、車を手に入れられる？　わたし、アゼイを見つけたいの」

「もちろんだよ」ジェレは警察官のほうを振り返った。「マイク、きみの車を持ってきてくれ。アゼイを探そう。早く、ハンソンに何か言われないうちに――こっちだ。野次馬たちのあいだを突っ走ってくれ」

「こんなことをしてどうなるんだ」マイクが言った。「それに、あの車に乗っているアゼイに追いつくなんて不可能だよ」

「やるだけやってみよう」

それから二時間というもの、一同はスノー夫妻の家で一度、電話局で二度、車庫、郵便局、公立図書館でそれぞれ一度ずつアゼイを捕まえそこなった。

コーディがげんなりした様子でため息をついた。「電話局に戻って」コーディはジェレに言った。「伯父さまについて詳しく知るつもりなら、とにかく電話をかけまくるはずだもの！」

マイクが目ざとく、電話局裏の格子《ラティス》の陰に駐車してあるアゼイの車を見つけた。「さあ」マイクが言った。「大人しく座って待ちましょう。あの人の邪魔をして、ぼくを困った立場にしないでくださいよ！　わかりましたか？」

アゼイが出てきたのはそれからおよそ三十分後のことだった。彼の噛みしめた口元と、覚悟を決めた厳しいまなざしを見て、コーディの背筋に冷たいものが走った。「伯父さんにあんな芝居を打ってすまなかった」アゼイはコーディにそう言った。「そうするしかなかったんだ。これからホテルに戻るから、向こうで説明させてもらえるかね？　一刻を争うんだ」

マイクに全速力で車を走らせるよう急き立て、ジェレがようやくウィージット・インに到着したときには、アゼイは大股で中に入ってゆきハンソンに話しかけていた。

「オールコットの身柄は確保してあるかい？」アゼイがたずねた。

「ああ」ハンソンが言った。「もっとも、当人はかなりご機嫌斜めだ。さっきラティマー夫人もやってきて、彼をここに置いておくなんてホテルの評判を落とし、悪名を立てる仕業だとすごい剣幕だったんだぞ」

「ラティマー夫人が？　彼女はどこだ？」アゼイがたずねた。

「さあね、十分前の話さ」

「早く」アゼイは短くそう言った。「行くぞ！」

ハンソンとその部下の警察官二名を従え、さらにそのあとを追うコーディとジェレとともに、アゼイは階段を四段抜かしでウィルバーの部屋へ向かった。そして格子戸を押し開けたアゼイは、部屋へ入るためのドアの取っ手をつかんで鍵をよこせと怒鳴った。

「びくともしない」ハンソンが言った。

「くさびを噛ませてあるんだ」アゼイはハンソンにそう言うと、身を乗り出してハンソンの銃をホルスターから抜き取った。「ドアを壊して入るぞ、早く！　急げ、みんな！　急ぐんだ！」

アゼイは二度発砲した。それはドアが大きな音を立てて倒壊したのとほとんど同時で、ほかの者たちは目の前に繰り広げられている光景がどういう状況なのかまだ理解していなかった。

　ウィルバーが流れる血で額と両頬を濡らしながらベッドから起き上がろうとしており、その頭上に立つノラ・ラティマーがギラギラした瞳で血の出ている自らの両手首を見つめていた。そしてノラの足元には短くて太い薪が転がっていた。奥の暖炉のかたわらの薪入れに入っていたオーク材だ。

「彼女を捕まえろ、ハンソン」アゼイが淡々と言った。

　ハンソンは目をぱちくりさせた。

「おい、急げ！」アゼイが言った。「彼女が我に返る前に……。それでいい……。今度はウィルバーに手当てを……。さあ、それからその手錠を誰かの手につないでおけ。それでいい」

「彼女の手からあの薪を撃ち落としたのか！」ハンソンが言った。「だけど、少し前には彼を捕まえておけと言ってたじゃないか！」

「むろん彼の安全を確保するためさ。その時点ではまだ彼女のことを話すわけにはいかなかったんだ」アゼイは言った。「わかっていたのは、彼女は手術なんか受けていないということだけだったんでね……。カミングス先生を呼んでくれ。二人とも医師の処置が必要だ。だが新聞記者は絶対に呼ぶなよ！　ああ、そこにいたのか、チャットフィールド夫人。この騒ぎなのにおまえさんの姿が見えないので不思議だったんだ」

　このときばかりはさすがのリジーも絶句していた。一方、この場でアゼイ同様に冷静だったのはウィルバーただ一人だった。

「アゼイさん、本当になんとお礼を言えばいいか」ウィルバーは言った。「あと少し遅かったら息の根を止められていたでしょう。じつにお見事です！　わたしはここですっかり眠りこんでいました

――昨夜はくたくたでしたからね！　誰かが近くにいる気配がして見上げたのがちょうど、彼女が木材を振りおろしたときだったんです。あなたたちが部屋に入ってきたとき、彼女はわたしを始末しようとしていたし、邪魔が入らなければやり遂げていたでしょう。わたしはぼうっとしていて動けませんでしたから……。うっ、頭が！」

「横になって」アゼイが言った。「ハンソン、ラティマー夫人をその椅子に座らせるんだ……。ラティマー夫人、話を聞かせてもらえるかね？　まあいい」アゼイはなにも聞こえていない様子のノラを見て、そう続けた。「時間を節約してあっしから話そう。おまえさんはジョン・スミスことジョナサン・サンプソンを殺した。なぜかというと相手をウィルバー・オールコットだと思っていたからだ――」

「なんだって！」ウィルバーが体を起こした。「ずいぶんうっかりした人だ！　リジーの話や新聞に掲載された彼の写真から判断するかぎり、わたしとは似ても似つかないのに」

「まさに」アゼイが言った。「そのとおり。この話の核心は写真にあるんです。あなたはこれまでに写真を撮られたことがありますか、オールコットさん？」

「一度、一度だけあります。卒業アルバム用に。黒い毛の猿みたいなぞっとする姿でした。それがわたしにとって人生唯一の写真です」

「それと」アゼイが言った。「過去や事業について調べさせてもらいましたが、あなたはいわゆる神秘のベールに包まれた人物だったんですね？　写真を撮られたりニュースになったりすることを避け、派手な行動は慎んだ。並の人間はあなたの第三秘書よりそばに近づくことはできなかった」

「わたしは人から注目されるのが大嫌いだと言ったでしょう」ウィルバーはあっさりとそう言った。

「そのとおり。そしてあなたはトレーラーを持っていた。トッツィ・ウィッツィのロゴマークの付いた特徴的なトレーラーです。ラティマー夫人はそのことを知っていた。そしてあなたが乗っているそのトレーラーがどこに止めてあるか知っていた。あなたがそこを私的に訪れていることも知っていました」

「どうやって？」ウィルバーがたずねた。「雨と関節炎のせいで、この町にやってきたその夜から昨日、太陽が顔を出すまでほとんど寝床から出ることさえできなかったんですよ。アゼイさん、どうやってわかったんです？」

「彼女は郵便と郵便局経由でそれを突き止めたんです」アゼイは言った。「まずはじめに、あなたたちがトレーラーで旅していることを知っていたし、ランドール夫妻からあなたたちがランドール家に立ち寄る予定だと聞いた。彼女はコーディを追いはらいたかったので、ランドール夫妻にコーディに泊まりにくるよう誘ったらどうかと勧めた。何気ないふうを装いつつ、それを言いだしたのはラティマー夫人だったんです。おまえさんが招待されるよう手をまわしたんだよ、コーディ。おとといの晩、彼女はランドール夫妻に電話をし、おまえさんが来る予定だと聞いた。夫妻が行けなくなったというおまえさんからの手紙を受け取ったのは昨日だったんだ。ここまではわかりましたか？」

「いいえ」ウィルバーは言った。

「いいですか、彼女はあなたのトレーラーをよく知っていた。どんなトレーラーなのかわかっていたし、あなたのこともどんな見た目であるかもよく知っていました。彼女は先週、車であちこちまわって、あなたたちが行きそうなキャンプ地を下調べしていたんです」

「それがノラの行き先だったのね！」リジーが言った。「いったいどこへ行ったんだろうと思っていたの。突き止めようとしたんだけど」

「彼女はあなたたちがスノー家の空き地にいるのを見つけた」アゼイが言った。「そして彼女はコーディが別の場所に招かれるよう仕向けた。これでわかりましたか？　彼女はスノー家の空き地に止まっているトレーラーのところに行き、そこで黒っぽい印象の男を見つけた。卒業アルバムに掲載されている唯一の写真のあなたによく似た男を……。もちろん彼女はあなたのことを調べてもいて、あっしが今日、電話した人のうち二人にたずねていました。しかしあなたの髪が白くなったのはここ五年ほどのことですし、古くからのご友人たちはこの間のあなたの髪を見ていないわけです。なので彼らが語るあなたの風貌は、あの黒髪の写真と、くだんの黒髪の男性と一致していました。そこで彼女はスノー家の空き地に止まっていたトレーラーにいた黒髪の男を殺し、その場を立ち去ったんです」

リジーは眼窩から飛び出そうなくらい目を見開いていた。「じゃあ彼女が――彼女があたしを殴ったの？」

「それについてもおいおい説明する」アゼイが言った。「ノラ・ラティマーはその晩、同じ小道に入って駐車していた別のトレーラーに乗りこんでしまったことに気づいていなかった。なにしろ、オールコット家の二人さえ、もう一台のトレーラーのことは知らなかったんだから！　ノラがサンプソンのトレーラーに乗りこんだのは、翌朝コーディがそれに乗って出かけてしまったのと同じくらい無理もない間違いだったんだ。いや、それ以上か。いずれにせよ考えてみてください。翌朝、入り江にいたノラが自分の犯行現場がガタガタと近づいてくるのを見てどんな気持ちだったかを。傍目《はため》には単なる不法侵入者なのに、あれほど神経質な対応だったのも当然でしょう！　あっしなら気絶しているところだ。とまあ、これがサンプソン殺しの真相です。そして今朝このトレーラーが野原に止まっているのを見たノラは、急いでここに駆けつけました。そしてウィルバーを待ち伏せしていたんですが、代わりにチャットフィールド夫人を――」

「アゼイさん」ウィルバーが遮って言った。「彼女はなぜそんなにわたしを殺したかったんですか？　知り合いでもなんでもないのに。グレッグとは友だちでしたがね。動機は何なんです？　動機があるとしてですが」

「彼女にはれっきとした二つの動機がありました――愛と金です。ノラはジェレに夢中で、金が欲しかったんです」

「だったら、わたしを狙うのはお門違いだ」ウィルバーは言った。「お金目当てに殺すなんて！　わたしは一ドルしか持っていないし、それだってベルチャー大佐から借りた金だ。持っていた財布は昨夜なくしてしまったし、いずれにせよ中は空っぽだったんですよ！」

「なるほど」アゼイが言った。「しかしラティマー家の信託基金のなかに、一つとても興味深いのがありましてね。さっき電話で知ったばかりなんですが、それは毎年、彼女に途方もない大金をもたらしているんですが、再婚するとその権利すべてと、ラティマー家の財産との結びつきが失われてしまうそうです。グレッグはあらゆる状況を想定していて、ノラが好きに使えるまとまった現金は皆無のうえ、再婚したら収入は絶たれてしまうのです。これは大事なことなので覚えておいてください。さて、ノラが死んでウィルバー・W・オールコットが生きていれば、彼に譲られる大金がありましたが、彼が先に死んだらその金はノラが好きなように使えます。それが今回、ノラが大金を手に入れられる唯一の方策だったんです」

「いやあ、グレッグの遺言状のことなどすっかり忘れていたよ」ウィルバーが言った。「わたしに関する条項があったんだったかな？」

「忘れていたんですか」アゼイが言った。「五十万ドルのことを？」

それに対するウィルバーの無造作な手ぶりを見たアゼイも、彼が会社の債権者たちに引き渡した個人資産のおおよその額を知らなかった一時間前だったらわざとらしいと感じていたかもしれなかった。

「そんなのグレッグの社交辞令だったのさ」ウィルバーが言った。「彼は社交辞令の達人だったからね。当然、わたしがラティマー夫人より長生きする可能性は当時もいまもごくわずかなんだし。いやはや、そんなにお金が欲しかったとは。だがなぜ？　彼女は再婚を望んでいたんですか？」

「ジェレさ」アゼイが言った。

ノラがゆっくりとうなずいた。

「ぼくを金で買えると思っていたんですか！」信じられない様子のジェレは、制止するようにコーディが腕に手を置いたことにも注意を向けようとはしなかった。「いいや、コーディ、ぼくは黙らないぞ。事の真相を突き止めるまでは！　ノラ、どうしてそう思ったんだ――？　どうして、そんな――そんな妄想を！」

「この前の冬にあなたに会ったとき」ノラが言った。「あなた言ってたじゃない。芸術家には助成金が支給されるべきだ、援助されるべきだって、そうすれば――」

「そうすれば」ジェレが遮るように言った。「芸術家たちの創造力は家賃を稼ぐといった物質的な事柄に妨げられずに済む。確かに、以前はよくそう言っていた。この夏きみから金銭的、物質的な支援を受ける前はね。だが悟ったんだ。創造的活動には自尊心も不可欠だと！　それにぼくは一度もきみと結婚したいなどと言ったことはない！　一度も――いいや、コーディ、黙らないぞ！　ぼくは真実を知りたいんだ。世間に今回のことは全部ぼくのせいだとか、ぼくが彼女と結婚すると言ったからだとか、ぼくが彼女と結婚したがっていたと思わせておくつもりはないし、通りすがりにそんなことをほのめかされるだけでも我慢ならない！　だって、そんなことはしていないんだから！」

「あなた言ったじゃない」ノラが言った。「サウスポイントで何度も何度も。ここで暮らしたい、そうすることができるお金があればいいのにって！」

「ぼくはケープコッドで暮らしたいと言ったんだ！　きみの家でという意味じゃない！　確かに金が欲しいとは願ったが、きみの金が欲しかったんじゃない！」

「言ったじゃない、旅行に行きたいと」ノラが言った。「わたくしといっしょに見たい場所のことを。いっしょにあれもしたい、これもしたいって言ったじゃない！　お金さえあればいっしょにいろんなことをやれるのにっていつも言ってたじゃない！」

ジェレは困った顔でアゼイを見つめた。「確かにぼくは彼女にどこそこに行きたいとか、あれやこれやしたら楽しいだろうと言いました！　それに『ぼくたち』とも言ったのでしょう。だけど、彼女といっしょにという意味ではありません。たとえ彼女がそう確信したのだとしても。ぼくは――アゼイさん、彼女は願望のまま勝手に解釈したのです！　彼女は――彼女はぼくがお金目当てで結婚したがっていると思いこんだのです！」

「恋する女性は思いこみが激しいものさ」アゼイは言った。「みんなそうなるんだよ。ほら、一輪のバラが豪華な花束に見えるんだ。それに金持ちというのは金の力を過信するところがある。ノラが援助していた若者たちは全員、金を欲しがったし、金のためならなんでもやったんだよ。ノラはそのことを知っていた。だからジェレ、おまえさんも同じだと思ったんだ。なにしろ、四六時中『ぼくら』

と言ってたんだからな！　しかしおまえさんと結婚するためには金が必要で、結婚するのはすべてを失うことを意味していた、ウィルバーが死なないかぎりはね。こんな単純なことだったんだよ……。さてとラティマー夫人、アイロンとフィルムを使ってトレーラーに火をつけたんだろう？」

「わたくしはトレーラーの中を見てくると言ったのよ」ノラは言った。「彼らはわたくしがトレーラーに向かうのを見ていた。ちなみにアイロンをコンセントに差して、フィルムを引っ張りだすのにかかった時間は三十秒くらいだったわ」

「でもどうして？」リジーがたずねた。「あなたもあの本を読んだの？　だからトレーラーに火をつけたの？」

「本って？」ノラはそう応じた。「火をつけたのは、アゼイがわたくしの足元をじっと見つめていたからよ。昨日の朝、野原にいるときにね。指紋のことは頭にあったから手袋をはめていたし、リノリウムの床は立ち去る前に拭いたわ。だけどアゼイがあまりに足元を見るから、足跡のことが心配になりだしたの、あんなに気をつけたのに泥まみれの足跡を一つ見逃してしまったんじゃないかと。あの晩は雨が降っていたでしょう。アゼイにサンダルを見つめられればられるほど不安になった。そのときアイロンのことを思い出して――」

　アゼイはノラと目を合わせなかった。あのときは意識的にノラの足元を見ていたわけでも、サンダルを見ていたわけでもなかったが、ノラの紫色に塗られた足の爪のことは覚えていた。考えようとするたびに、その紫色の爪先が妙に気になって集中できなかったのである。

「それに」ノラが続けた。「トレーラーが燃えてしまえば、あの男が誰なのかわからずじまいになるんじゃないかと思ったの」

「それについては頭を悩ませたよ」アゼイが正直に言った。「ところで、昨夜はあっしの部屋のドアにくさびを使って細工してくれたな。おまえさんなら合鍵で裏からホテルに出入りすることは簡単だ。タイヤに刺してあった針は、お宅で今日あの子猫がじゃれていた縫い物バッグが出どころだろう。それに――」

「それに、この人ったらあたしを殴ったのよ！」リジーが言った。

「だが幸いなことに」アゼイが言った。「ノラは相手がおまえさんだと気づいた。これ以上間違いを重ねたくはなかったので手加減をして、縛り上げただけで立ち去ったんだ。ラティマー夫人、昨夜はどこでウィルバーを探してたんだね？　ふむ、答える気がないならまあいい。たぶん、そこらじゅうを探しまわったんだろう。ちなみに出かける前と、戻ってすぐ、おまえさんは気分が悪いと先生《ドク》に電話をかけた。そうとも。だがステーションワゴンの泥は洗い流しておくべきだったな。あっしはあれに気づいたし、ジェレがあの車を使っていないことも知っていた。それともう一つ――あの重りはどこに当たったんだね？」

「肩よ」ノラは抑揚のない声で言った。「おかげで片腕が上がらないわ。さっきオールコットを殺しそこなったのもそのせいだし、頭蓋底じゃなく頭皮の裂傷だけなのもそのせい。だけどあなたさえ来なければ、次こそは仕留められたのに」

「そうしておいて」アゼイは言った。「息を切らしながら走ってきて、変わり果てた彼を発見したとでも言うつもりだったんだろう。あるいはこっそりと立ち去るか。いずれにせよ、そうすればきみは安全だからな」

「アゼイ」リジーが言った。「彼女が盲腸炎じゃなかったってどうしてわかったの？」

アゼイはにやりと笑うと、ベッドにいるウィルバーの横に腰を下ろした。「ああ、そのことがはっきりわかったのは、彼女が炉棚ではしゃぐ子猫を持ち上げて絨毯に下ろしたかと思ったら、今度は抵抗する犬を抱き上げて、力づくで二十五フィート離れたドアまで連れていったときさ。あっしには顔もしかめずにあんなことは到底できなかったし、タイヤ交換もできなかった。今朝、自分でやってみようとさえ思わなかったんだ。昨日、車であちこち走りまわったり、いまこの階段を駆け上がっただけでヨレヨレだよ――」

「どういう意味？」リジーがたずねた。

「じつはあっしも一週間前に退院したばかりなんだ」アゼイが言った。「小さくて厄介な盲腸の問題でね、これといって周囲に知らせたりはしなかったが。ラティマー夫人は手術についてとてもよく知っていたし、大部分においてちょうどいいタイミングで顔をしかめていたんだが、犬猫相手のときは演技することを忘れてしまったようだな」

「でもなぜ彼女は盲腸炎のふりなんかしなきゃならなかったの？」リジーがたずねた。「なぜ盲腸炎なの？」

「身体的な不自由さは」アゼイが言った。「人が手に入れられるもっとも使い勝手のいいアリバイと言える。それにもっとも簡単なアリバイでもある。健康で元気な人間ならたいてい人を殺すことが可能だ。しかし、病人やら盲腸を患って快復しきっていない人は疑われない。だから彼女は盲腸の手術を受けて、まだ快復していないふりをすることにしたんだ。なぜあえて盲腸炎なのかは知らないが、ごく一般的な病気だから病状などについて詳しく知るのは容易だし、答えられないような質問をされることもまずない。おまけに、盲腸炎なら絶対安静にしていなければならないほど重篤というわけでもない。あっしもまんまとだまされたよ。初めのころ、彼女のことは容疑者から除外していたんだ、まだ体調がすぐれず健康体とは言えない状態なのだから、あちこち駆けまわって今回の殺人犯がやってのけたようなことをできるはずはないと思っていた。それに――」

「どうして誰も彼女の姿を見なかったの？」リジーがたずねた。

「いや、彼女がトレーラーに火をつけるところは大勢の人間が見ていた」アゼイが指摘した。「みんな彼女が中に入ったことは知っていた。だが、誰も彼女とあの火災を結びつけなかったんだよ。そりゃそうだ。何度も言うが、彼女は病み上がりだ。初めから疑いの対象外だったんだよ。それに彼女は人目をひくことなくウィージット・インの周囲をうろついていた。それはなぜか。彼女がこのホテルのオーナーだからだ。彼女はそれを承知しているし、このあたりの道にも詳しい。それに人はこれから人を殺そうというときに、応援団を連れていったりはしないからな！」

「だけど家には女中たちがいるじゃない！」リジーが食い下がった。

「女中たちの部屋は屋敷のかなり奥にある」アゼイは言った。「夜に車の音が聞こえても、女中たちはそれがノラの運転する車の音だとは思わない。なにしろノラは体調が悪いはずなんだから。昨夜の車の音はどれも警察官の運転する車だと思ったはずだ。そして警察官たちはそれをほかの警察官の運転する車だと思っただろう。誰であれノラの姿を見かけた者は、それが彼女のはずはないと考える。それに、あれは彼女だと確信したとしても、今回の件と結びつけることはない」

「彼女はどうやってわたしの居所を突き止めたんです？」ウィルバーがたずねた。「例の――その――破産以後、わたしはずっと人目を避けてきたというのに」

「彼女はそのことを知っていました。しばらく前に、トッツィ・ウィッツィ獲得者としてあなたの名前を目にしてからずっとあなたを探していたんです。やがて彼女はランドール夫妻から、あなたがケープコッドを訪れる予定だと聞いた。そこで彼女はどこかへ出かけた。おそらくは仕事で西へ行っていたんでしょう。そして帰ってくると、盲腸炎で入院していたという話をでっちあげた。誰だって受けたと言っている手術の裏を取ろうなんて思いませんからね。これで彼女は万能なアリバイを手に入れました。あとは車で行ける距離まで、あなたがやってくるのを待つだけです。ランドール夫妻は彼女の親戚で――」

「あの人たちはこの件とは無関係よ」ノラは言った。「わたくしはただあの人たちに、その子に泊まりにおいでと誘うよう勧めただけ。その子が現場に居合わせないようにする必要があったから。だってそうしないと――うっ、ううっ！」ノラが奇妙な短い叫び声をあげ、ふいに前かがみになったところをハンソンがさっとつかまえた。

ノラはいきなりハンソンの腕を振りはらうと、背筋を伸ばしてまっすぐに座り直した。「いったい」――ノラは普段どおりのきびきびした口調で言った――「何があったの？　わたくしの手首はどうしたの？　血まみれじゃない！　血が出ているわ！」

アゼイは不思議そうに彼女を見つめた。

「思い出せない――リジー、なぜそんなふうにわたくしを見つめているの？　手首が――早くなんとかして、アゼイ！　痛いわ！　なんとかして！　わたくしはどうして――いったい何があったの？」

アゼイは唇を噛み、リジーが差し出したハンカチを受け取ってノラの傷に巻きつけ始めた。

「わたくし、どうしてここに？」ノラがたずねた。「何があったの？　誰が――」

「おいおい！」ハンソンが言った。「あんたいったいどうしちまったんだ？」

アゼイがにやりと笑った。「一時的な精神異常だよ」アゼイは言った。「そしてラティマー一族の巨万の富を思えば、あっしの仕事がここまでで本当に良かったよ」

「彼女は――なあおい、さっきまではまともだったのに！　さっきはちゃんとわかっていたじゃないか――」

「なんとまあ！」カミングスが勢いよく入ってきた。「なんと！　今度はどうした？」

「ラティマー夫人の治療をしてやってくれ」アゼイが言った。「先生《ドク》とラティマー夫人とで力を合わせれば良くなるかもしれない。ウィルバー、あっしの部屋で額の手当てをしましょう。あとで先生《ドク》に続きをやってもらえばいい」

　廊下を歩くアゼイとウィルバーのあとをリジーがついてきた。「なんてことなの！」リジーは言った。「まさかノラが！　だけど、あたしよく言ってたのよ。彼女はずいぶんときついところがあるって。癇癪持ちだし、いつも――その――若い男の人たちにすごく感情的だったし。あの人、本当に一時的な精神異常なの？」

「それを判断するのは」アゼイが言った。「遠慮させてもらうよ。そうじゃなかったにせよ、今後はますますそうなるだろうな」

「まあ、わかったわ。ともあれ――」リジーはアゼイの部屋の肘掛椅子にどさっと腰を下ろした。

「ともあれ、いつだって物事にはいい面があるわよね？　ほら、あの二人」

「あの二人？」アゼイがたずねた。

「もちろんコーディとジェレのことよ。あの廊下のところ。ね？　仲直りしたんだわ。だけど二人がうまくいくのはわかってたわ。ジェレの目を見てわかったの、最初からね……。アゼイ、その洗面用タオルを貸して。ウィルバーの顔を拭くならそんなんじゃだめよ！」

リジーが慣れた手つきでウィルバーの顔をきれいにするあいだ、アゼイはパイプを取り出して火をつけた。

「アゼイさん」ふいにウィルバーが言った。「さっきから気になっていたんです。あなたの探偵としてのキャリアにおいて、今回の事件はいったい何と呼ばれるんだろうって。きっと――」

「トレーラー事件かな」アゼイが言った。「そのことはあっしも考えてましたよ」

「トレーラー？」リジーがたずねた。「どうして？」

アゼイとウィルバーは顔を見合わせてにっこりした。

「トレー・ラー」ウィルバーが言った。「すなわち彼女を追《トレイル・ハー》え。フランス語で言うなら、リジー、『あの女を探せ《シェルシェ・ラ・ファム》』さ」

白鳥ボート事件

この燃えるような朝日の輝きからいって、ボストンは今日で三日連続の猛暑だな、アゼイ・メイヨはそう思いながらボイルストン通りの道端に大きな黒のポーター・シックスティーンを止めると、家政婦をしているいとこのジェニーのふっくらとした人影を探してパブリックガーデン（ボストン市中央部の公園）のほうを見た。

時刻は午前五時半ちょうどで、ジェニーはチャニング像（十九世紀米国の説教者で神学者ウィリアム・エラリー・チャニング）裏手にある地下鉄入り口そばで、車に飛び乗って急ぎケープコッドの自宅へ送ってもらうために、スーツケースを持って待ちかまえているはずだった。というのも本日六月一日はジェニーの毎年恒例の大掃除シーズン初日であり、たとえシカゴで執り行われた身内の葬式から帰宅するのが大変だろうとも、彼女は絶対にその予定を変更するつもりがなかったからである。

アゼイはにんまりしながら、ジェニーがしかるべきタイミングで自宅のカーテンを外して洗い桶に浸けられるように、彼女を大急ぎで送っていく役目を仰せつかった親戚たちの連携プレーに思いをはせた。しかし、いっこうに車に近づく人影が現れないことに気づくと、アゼイは顔から笑みを消した。

「なんてこった！」アゼイはつぶやいた。「ジェニーのやつ、まだ着いていないのか？」

アゼイはボストンをぶらつく気分ではなかった。今日はこれから予定がある——まずはケープコッド湾へトートグ（北米大西洋沿岸のベラ科の食用魚）釣りに向かい、それからノースビーチでスズキ釣りをするのだ。そのためにすでにデニムズボンに青いシャツ、そして一番古いマリン帽をかぶってきていた。車内の床には、釣糸と漁具の入ったバケツ、その横には長靴も置いてある。

「ひょっとしたら、あっしの思い違いかな」ジェニーの手紙をポケットから取り出すと、アゼイは便箋の最後の一枚に目を走らせた。

「日曜夜七時にコーラ家にリシャが迎えに来てくれます」アゼイは読んだ。「ケープコッド産塩漬けダラのシャーロック（あんたのこと）ならたぶん五時間もあればボストンに着くけど、リシャだと八時間かそこらはかかるんだって。あらゆることを想定してもあたしは五時半までには着くはずだから五時半に迎えに来てね。いろんな人から、あんたが最近も殺人事件の捜査をしているのかと聞かれます。こっちの連中はあんたがポーター社の工場で戦車作りに忙しく、ろくに家にも帰ってないとわかってないのよ！　それどころかコーラなんて、あんたがポーター自動車の役員だということも知らなかったんだから。昔みたいにいまもポーター船長の使用人兼ヨットの船長だと思っていたのよ。コーラったら、どうしてアゼイは粋な田舎探偵《ヘイシード》なんて呼ばれてるの、乾草の種《ヘイシード》には全然似てないのにですって！　というわけで、車を飛ばして来てもらえる？　チャニング像の裏に月曜朝五時半だから。遅れないでよ。あたしは掃除を始めないといけないんだから」

アゼイは手紙を元の所にしまうと、三十分だけ待ってやると心の中でつぶやいた。もし六時までに現れなかったら、ジェニーには列車で家に帰ってもらおう。

車の運転席から出ると、アゼイはパブリックガーデンに入っていった。もしかするとジェニーはもう到着していて、あたりをぶらぶらしているのかもしれない。この公園はボストンでのジェニーのお気に入りの場所だった。そこにある銅像や手入れの行き届いた花壇、とくに白鳥ボートが気に入っているのだ。これほど早朝じゃなければ、小さな人工池には白鳥ボートが何艘も行き交い、ジェニーもボートの前の席に腰かけて、アヒルたちにピーナッツをやりながらはしゃいでいただろう。だからこんな早朝でも、ジェニーはぶらぶらと橋のそばのボート乗り場まで足を伸ばしているのかもしれない。

アゼイはかぶりを振りながら砂利道を歩きはじめた。たぶんジェニーの言うように、白鳥ボートは子どものころの記憶を蘇らせ、童心に帰らせてくれるのだろう。だがそれでも、金属製の白鳥に隠された船尾のプロペラを足漕ぎで回転させる、最高速度が時速二マイルというあんな平底ボートにそんなにもワクワクするなんてジェニーらしくないような気がした。

「なんだこりゃ！」

アゼイは遊歩道の曲がり角でハッとして立ち止まると、茶の縞模様と赤のイニシャル入りのジェニーの新しい黄褐色のスーツケースが、前方の道の真ん中にぽつんと置いてあるのを呆然と見つめた。その先には、アゼイがクリスマスに贈った茶色のハンドバッグまである！

しかしジェニーの姿はどこにも見当たらなかった。

「ジェニー！」アゼイは口を開けると、甲板にいるときのようなよく通る声で叫んだ。「ジェニー・メイヨー！」

その声は池を越えて反響し、二匹のみすぼらしい灰色リスたちが跳ねまわるのをやめてアゼイを見つめた。

しかし、ジェニーは現れない。

アゼイはハンドバッグを拾い上げて中をのぞき、雑多な中身がこぼれ落ちそうになって慌てて閉めた。お金を入れるところには小銭が多少入っているだけだったが、それ自体に不審な点はない。ジェニーが旅をするときは、たとえ秘密警察《ゲシュタポ》だろうと彼女の金の隠し場所を探し当てることはできないのだ。

「おーい、ジェニー！　おーい、ジェニー・メイヨー！」

アゼイは怪訝な顔でそのハンドバッグとスーツケースを抱えると、ゆっくりとボート乗り場のほうへ歩いていった。ジェニーが大切な持ち物を置いて、慌てて立ち去る状況など想像できない。誰かにだまされてどこかに行くはずもない。自宅から一歩外に出たとたん、ジェニーは他人を疑いの目で見る癖があるのだ。それに誰かがジェニーから金品を奪い取ろうとしたのなら、スーツケースとハンドバッグ両方を道に放置しておくはずがない。

池のまわりを半周ほど行き、ジェニーの一番上等な茶色の麦わら帽子が木立ちそばの芝生に落ちているのを見て、アゼイはますますうろたえた。「ジェニーのやつ、やっぱりここにいたんだ！」アゼイはつぶやいた。「いまどこにいるんだろう？」

抱えていた鞄二つをベンチに引っかけると、アゼイは近くのカエデの木によじ登り、気を引き締めて公園内をじっくりと見渡した。しかし、池のまわりでちょこまかしているアヒルや木の下で遊ぶリス、人道橋の手すりに沿ってよたよたと歩くハトの群れのほかはがらんとしていた。

アゼイはなんとなく手すりに沿って視線を移動させ、次に白鳥ボート乗り場に続く階段を下りるように見ていった。そしてあるものを目にしてさっと木から下りると、遊歩道を大急ぎで駆けだした。

「なんてこった！」アゼイはすり減った板張りのボート乗り場の端で立ち止まり、前方を見て顔をしかめた。

灰色のスラックス姿のひょろりとした若者の死体がベンチの後ろに横たわっているというのは、いい眺めではないからだ。どう考えても。

卓越した射撃の腕を誰かが発揮したと見える。銃弾によって若者の額に穿たれた穴はきちんと測ったかのように中央にあり、かすかに傾いている頭の後ろの状態は、かなり強力な銃が使われたことを示していた。この若者は何が起きたのかさえわからないまま即死したに違いない。

死体の周囲には小さなダンボール箱がいくつかと革製のケースが散らばっていて、水際ギリギリに三脚があり、その上のカメラはボート乗り場の数フィート先につながれている数艘の白鳥ボートに向けられていた。

そのボートを見たアゼイは、目を大きく見開いた。

アゼイは木の上で発見した倒れている人影がいとこでないことを確認するのに急いでいたので、ボートのことはそれまで眼中になかったのだ。しかしいま気づいたのだが、一番近くにあるボートの金属製の白鳥の後ろに枠の付いた青いベルベットの背景が立ててある。そしてその白鳥の首に両腕をまわしてポーズを取っているのがぎょっとするほど生身の人間そっくりの女の子のマネキンで、しかも赤と白のストライプのショーツに星を散りばめたブラジャーというあられもない格好なのだ！　まっすぐな金髪は肩のあたりまであり、店のショーウィンドーに飾られる人形ならではの、見る者を不安にさせるような尊大で無頓着な表情でこちらを凝視していた。

どうやら殺された男はそのマネキンと白鳥の写真を撮っていたようだが、そもそも彼はなぜこんな早朝にそんなものを撮っていたのだろう。

「ええと」アゼイはそう言いながら考えた。「この若者はカメラから目を離して振り返った――そうに違いない。手にプレートホルダー（感光性写真版を保持し、スライドを取り外すことによって露光できる光密閉容器）を握りしめているからな。背後から物音がしたか、何かを見たのだろう。いずれにしても若者は振り向き、犯人はそれを待ちかまえていてバーンとやったわけだ！　それにしてもこの若者はいったい何者なんだ——」

　アゼイは屈みこむと革のケースの持ち手に付けられた金属製タグに印字されている文字を読んだ。

『ルディ・ブラント、マサチューセッツ州ボストン市アーリントン通り芸術ビル第五スタジオ』

　シャツの胸ポケットに刺繍されたイニシャルが〈R・B〉なので、この若者がルディ・ブラントと考えていいだろう。

　アゼイは考えこむように顎をさすりながらあたりを見まわした。ブラント殺しの犯人が慌てて捨てたと思しき凶器は見当たらない。口紅のついた煙草の吸殻だとか、ハリスツイード（スコットランドのハリス発祥の手紡ぎ、手織り、手染めのツイード）の切れ端といった、映画に出てくる探偵が有力な手掛かりとして飛びつく類は皆無だ。ボート乗り場に唯一あった小さくて異質なものといえば、前日に白鳥ボートを利用した客たちが残したピーナッツの殻だけだ。そしてあいかわらず、ここパブリックガーデンにはアゼイとアヒルとハトとリスしかいなかった。

　発砲にともなうかなり大きな銃声がしたはずなのに、ボストンの警察官たちはなぜ現場に駆けつけていないのだろう。銃声を聞いた者がいるはずだ。それも大勢、と考えたところで、アゼイは急いでその考えを打ち消した。これだから都会の連中は困る。彼らは大きな物音を聞くと、みんな車のバックファイアー音だと思いこむのだ。

　アゼイはかぶっていたマリン帽をひょいと後ろに傾けた。ジェニーに何があったのか、だんだんわかってきた。思ったより早く到着したジェニーはボート乗り場へ行こうとしていた。そのとき——たぶん銃声がきっかけで——大急ぎで駆けつけるにふさわしいものを目の当たりにして、この凄惨な事件に巻きこまれた。となると、ジェニーがいまどこにいるかはわかりようがない。アゼイは祈った。

人間相手にこんなにも正確に銃弾を撃ちこめる殺人犯を追いかけようとか捕まえようとか考えて、ジェニーが無茶していないといいが。しかしながら、並の女性なら怖がって関わろうとはしない状況に、この頑固ないとこが自ら突入するのはこれが初めてではなかった！

アゼイは帽子をかぶりなおした。落ち着かなければ。こんなふうにうろうろして、考えこんでいる場合ではない。ここは自分の縄張りではないし、これは自分の事件じゃない。警察に通報して、ジェニーは荷物を置いたままのこの公園にじき戻ってくると信じるべきだ。ブラントの射殺犯ほど有能なやつが、いつまでもジェニーなんかに関わりあうはずがない。

アゼイは一番近くの電話はどこだろうと考えながら、ジェニーの帽子とスーツケースとハンドバッグを取りに戻った。ボイルストン通りで開いている店は一軒も思い出すことができなかった。ビーコン通りとチャールズ通りの角にある雑貨店が一番見込みがありそうだ。

その数分後に荷物を抱えたアゼイがビーコン通りにやってきたとき、ひざ丈の赤いコートを着た娘が向かいの角を猛スピードで曲がったかと思うと、横道を駆けていった。なんとなく見覚えのある娘だ。アゼイは眉間にしわを寄せたが、おもむろに片手で太ももを打った。

「あのマネキンだ！」アゼイは言った。「そうだ、あれだ！　同じ金髪で、同じ髪型で、同じ赤いハイヒールだ――あれ――あっ！――ややっ！」

その娘がやってきた角に一人の警官が現れた。そしてその警官にがっちりと片腕をつかまれているのはジェニーではないか！

次の瞬間、アゼイはビーコン通りを走って渡っていた。

「やれやれ助かった、ようやく来てくれた！」ジェニーの口調は、普通じゃないことが起こっているとしたら、それはアゼイがもっと早く来なかったせいだと言わんばかりだった。「アゼイ、この警察官にあたしが誰なのか、あんたが誰なのか言ってやってよ——ほら」ジェニーは警察官の腕をゆすった。「この人が誰かわかるでしょう?　アゼイ・メイヨなのよ。で、あたしはこの人のいとこ。だから放して、ちょっと!」

「いいですか、本官はあなたがあのお嬢さんのハンドバッグをひったくるところを見たんです!」

「そんなことするもんですか!」ジェニーがむきになって言った。「あたしは——」

「おいおい」アゼイが言った。「二人ともそんなにカッカしないで、話を聞いてくれ。ガーデンの向こうに——」

「この人はね、ポーター自動車の重役でもあるのよ!」ジェニーはそう言って、また警察官の腕を振りほどこうとした。

「だから?」その警察官は背後にある家の地下室への階段の手すりに寄りかかると、アゼイの釣り用の服装を冷たく見つめた。「だから?　彼は大金持ちなんだとばかり思ってましたよ。とにかく、あなたがハンドバッグをひったくるのを見た以上——」

「そんなことしてません!　あたしはあの子を捕まえようとしたけど、ハンドバッグしかつかめなかったのよ!　アゼイ、赤いコートを着た金髪の女の子が走っていくのを見た?　いつ?　あの子どこへ行った?」

「そこの角を曲がったよ、ほんのちょっと前に」アゼイが横道を指差したのに合わせて、警察官も何気なくそちらへ顔を向けた。

その瞬間、ジェニーはすばやい身のこなしで警察官が抱えていた赤いハンドバッグをつかむと、彼のおなかを思いきり押した。次にジェニーはアゼイのベルトをつかんで駆けだした。「急いで！」

ジェニーに引っ張られながらアゼイが肩越しに振り返ると、警察官はバランスを崩してごろごろと派手に地下室への階段を落ちていった。

「早く！」ジェニーはアゼイをひきずるようにして横道へ入る角を曲がり、ちらりと先のほうに目をやってかぶりを振った。「まったく、またあの子を見失ってしまったわ！　でもまあ、なんとかなるでしょう。あんたに手伝ってもらってあの子を捕まえればいいんだし。さあ早く来て、あの馬鹿な警察官に見つからないうちに！」

このあたりの住人であるかのように何気なく手を伸ばして狭い裏通りに入る木の扉をぐいと開けたジェニーは、アゼイを中に押し入れ、自分もあとに続くと扉を閉めた。「これでよし！　あいつが行ってしまうまでここでじっとしていましょう。アゼイ、ほんとにとんでもない目に遭ったわ！　あんなところ初めて見た！」

「それはこっちのセリフだよ！」アゼイがとがめるようにそう言った。「おまえさん、たったいま何をしでかしたかわかっているのか？　警察官に暴行するなんて！　ボストン市警にあんなことをしたらただじゃすまないぞ！」

「暴行なんてしてないわよ！」ジェニーが言い返した。「あたしはたまたまあの人を押してしまっただけで、あの人はたまたま足を滑らせただけ。それより、あの金髪の女の子を見つけないと。だって、あの子はさっき白鳥ボート乗り場で男の人を撃ち殺したのよ！　あたしは銃声を聞いたし、あの子やそれ以外のあれこれをこの目で見たんだから！」

「あの子を見ただって？　じゃあどうして、頭を切り落とされためんどりみたいにあの子を追いかけてないで、警察官にそう言わなかったんだ？」

「あなたも見たでしょ！」ジェニーが言い返した。「まったく聞いてもらえなかったのよ。アゼイ、あの子は男を撃って逃げだした。だからあたしは自分のバッグをその場に置いて、あの子を追いかけたの。さあ、今度はどうして警察官を呼ばなかったのか、その理由を聞きなさいよ！」

「誰もいなかったのかい？」

「人っ子一人いなかったわよ。だったら誰かがあの子を捕まえるしかないでしょう！　それに、もう少しで捕まえられそうだった。だからこの裏通りのことを知ってるのよ」ジェニーはついでという感じでそう言った。「あの子、一度ここに隠れててね、だけどあたしはそれに気がついて、あの子を追いかけてここの裏庭まで入ってきたの。そしてすぐ近くまで追いついて、あの子を捕まえようとして手を伸ばしたら、ちょうどそのときチャールズ通りの角を曲がってきたあの警察官がこっちを見たのよ。警察官を呼ぼうと振り返ったら、女の子はさっさと逃げていってしまって、あたしはあの子のハンドバッグを手に入れたってわけ。そうしたら、あの馬鹿な警察官はそれを盗んだと言って、あたしを捕まえたのよ！　アゼイ、こんなとこでのんびり突っ立っている場合じゃないわ！　あの子を捕まえないと！」

「どうやらそのようだな」アゼイも同意した。「やれやれ、おまえさんがあの警察官と面倒なことになっていなければよかったのに！」

「あんなやつどうでもいいわ！　それよりも――あの――」ジェニーの声が震えているのに気づいて、アゼイは突然、ジェニーがいまにも泣きだしそうなことに気がついた。「もう一人のほうが恐ろしくて！」

「もう一人とは？」

「警察官がガーデンのビーコン通り口のそばに立っていたの」ジェニーは言った。「あたしがあの子を追いかけていたときに。その警察官にも銃声が聞こえたに違いないわ、アゼイ。それに、あたしが女の子を捕まえようとしているのを見ていたはずなのに、女の子のことはまるで気に留めていなかった！　きっとあたしがあの若者を殺したと思ってるんだわ！　だってあたしを止まらせるために、こっちに向かって発砲したのよ！」ジェニーは言った。

「警察官が」アゼイはゆっくりと言った。「おまえさんに向かって撃っただって？　ガーデンから逃げてゆく女の子を追いかけていたのに？　警察官がそんなことを？」

「そうよ、銃声を聞いて恐ろしくて死にそうだったわ！　たとえあの子を追いかけていなくても、あたし、あの警察官から逃げてたと思う！」

「その話、最初から詳しく聞かせてくれ」アゼイが言った。

「そんな暇はないわ！　あの子を捕まえないと！　アゼイ、なんでそんなに驚いてるの？　そうは言っても銃弾が当たったわけじゃないんだし！」

「その警察官はどんなやつだった？」

「もちろん、ごく普通の警察官よ！」ジェニーはいらいらした口調でそう言った。「濃紺の帽子《キャップ》に白いシャツ、黒っぽいズボンを履いて車のそばに立っていたわ。警察官を見て、あたしがそれとわからないとでも思ってるの？　さあ、女の子を追いかけましょう。いま捕まえなければ、二度と捕まえられなくなるわ！」

「そこまで致命的なことにはなるまい」アゼイは言った。「すぐに見失ってしまうような平凡な容姿ではないし、我々はあの子の風貌を事こまかに説明できるじゃないか。あの子のバッグをのぞいて、名前が書いてあるものがないか見てみよう」

「持ってることをすっかり忘れてた」ジェニーはハンドバッグをぱちんと開けた。「まあ、おしろいや口紅がこんなに！　あたしがこれまで持ってた全部より多いくらい――だけど、名刺はないわ」

「問題ない。ここに入っているものから考えて」アゼイは言った。「おそらくあの子はプロのモデルだろうし、居所も突き止められるだろう。とりあえず、もう一人の警察官の問題を明らかにしよう」

「真の問題は」ジェニーが言った。「時間よ」

アゼイがため息をついた。「だから、十分ぐらいあの娘の追跡には影響ないって！」

「そのことを言ってるんじゃないの。時間が難解ってこと。西部時間とごっちゃになっちゃうのよ、アゼイ。あたしの計算違いだったの。リシャの車から下ろしてもらうのは五時半だと思っていたんだけど、実際は三時半だったのよ！」

「じゃあそれからずっとガーデンをうろうろしていたのかい？」

「そんなはずないでしょう！」ジェニーは言った。「パークスクエアにあるバス停に行って座ってたわよ。それから朝食をとってもうしばらく座ってたんだけど、夜が明けたらただじっと待っているのに耐えられなくなってガーデンに行って、それから――」

一見、熱心に話を聞いているようだったが考え事に没頭していたアゼイには、夜明けのパブリックガーデンの風景描写はあまり耳に入らなかった。ジェニーに発砲した人物は警察官なんかじゃない。本物の警察官がブラントを殺した銃声を耳にしていて、それが殺人に関係するものだと考えたなら、突っ立ってジェニーに威嚇射撃などしているはずがない。本物の警察官ならジェニーとあの娘のあとを全速力で追いかけて捕まえているはずだし、あっしが来るはるか前にブラントの遺体を発見しているだろう。

「ちょっと、聞いてる？」ジェニーがとげのある口調でたずねた。「それとも謎解き《ディテクト》でもしているの？」

「あっしは」アゼイは言った。「ものすごくうさんくささを感じ《ディテクト》ているところだ。その警察官をよく見たのか？」

「さあ、立ち止まってまじまじと見たわけじゃないから！　あの子を追いかけるのに必死だったし！」ジェニーは言った。「その警官もあの子を追いかけるもんだと思っていたんだもの！　人の話をちゃんと聞いてないからそんな馬鹿なことを聞くんだわ！　あたしは花壇を眺めながら、あんたが現れるんじゃないかと気をつけてた——まだ五時十分だったけど、あんたはいつも早めに来るから——そのときボイルストンとアーリントンの角から男女の二人連れがパブリックガーデンに入ってくるのが見えた。それが金髪の女の子と撃たれた男だったわけ」

「男の名はルディ・ブラントだ」アゼイは彼を発見し、カメラのタグで確認したことをジェニーに教えた。

「とにかく、ブラントとあの子はほとんど駆け足だったし、ものすごく急いでた。男のほうは両手にいっぱい箱やらカメラやらを持っていて、女の子はあのマネキンを抱えてた。そしたら今度は白ズボンに青いシャツの若者が追いかけてきて、二人を呼び止めたの」

「おまえさんはどこにいたんだね？」アゼイがたずねた。「彼らには気づかれなかったのかい？」

「ええ、あたしは池のほとりで、朝食のときに少し取っておいたロールパンをアヒルたちにやっていたの。こっちには向こうの声が聞こえたし、姿も見えたけど、茂みが目隠しになってあたしの姿は見えなかったはず。とにかく、この若者が——髪は薄茶色で梳かしてないみたいにくしゃくしゃで、つり目に見えるおかしな三角形のメガネをかけてた——それはもう必死でね！　女の子を振り向かせて連れていこうとしたんだけど、女の子は断固拒否して、放っておいてと言って彼の顔を叩いたわ。そしたら今度は、その若者がブラントの鼻先で拳骨を振りまわして」

「それで？　ブラントはどうした？」アゼイがたずねた。

「ただ肩をすくめて、何か言ってたけどあたしには聞こえなかった。すると、若者は頭から湯気が出そうなほどカンカンになって去っていった。それからブラントと女の子はボート乗り場へ突進した。あたしは最初に男がカメラを持っているのを見たときから、これから写真を撮るんだなと思ってたのよ」ジェニーは続けた。「だけど、それは何のためだったと思う？」

「何のため？　それはあっしも気になってたんだ」

「雑誌『ファッション・アルーア』の表紙用だったのよ。女の子がメガネの若者にそう言ってたの。あたし、昔からあれを毎月買ってるのよ。いまこの瞬間も自宅の裁縫用テーブルの上に一冊あるわ」

「ああ、ちらっと見た覚えがある」アゼイは言った。「ふうむ、白鳥ボートとマネキンの写真もあの表紙にくらべたらそれほどキテレツじゃないんだろうな。あの紫色のライオン二頭とレタス一玉という——あれはいったいどういう意味だったんだろう？」

「あれがモダンアートってものなのよ、たぶん」ジェニーが言った。「あの雑誌の表紙はいつもそんな感じだもの。とにかく、二人はボート乗り場へ駆けつけると、ブラントがカメラを据え付けて、マネキンを白鳥に抱きつかせた。それから女の子がボートに乗るのを手伝って運転席に座らせ、ものすごい勢いで写真を撮りはじめた」

「その娘を？　女の子も撮られていたのかい？」

「そりゃそうよ。あの子、マネキンとまったく同じ格好をしてたんだから。気づかなかったの？」

「髪しか目に入らなかったんだ」アゼイは言った。「走り去るあの娘を見たときには。服はコートに隠れてたし。なんだそうか！　じゃあブラントの写真を見れば、あの娘がその場にいたことも、何者であるかも、みんなはっきりするわけだ。あっしとしたことが、あの娘もマネキンといっしょに撮られていたとは考えもしなかった。ジェニー、これでブラントが朝っぱらからものすごく急いでいたわけがわかったよ。そんな撮影を日中に、野次馬がうじゃうじゃいるなかでするわけにはいかないからな。ようやくのみこめてきた。続きを話してくれ。それから何があった？」

「ええと、ブラントはあの子がボートからボート乗り場へ飛び移るのを手伝って、あの子の髪を違うふうにセットしたんだけど、あの子はその仕上がりが気に入らなかったの！　ブラントの顔をひっぱたいて、コートを羽織ると踵《きびす》を返して去っていったわ。ブラントは大声で呼んで、女の子を追いかけようとしたところでバキューンよ！　彼が倒れて、あたしはあの子のあとを追いかけはじめ、走ってガーデンから出たところで例の警察官がこっちに発砲してきたのよ――」

「なるほど」アゼイがそう言うのと同時に、ジェニーはひと息ついた。「だが、そいつは本物の警察官じゃないよ。その時点で発砲したっておまえさんもその娘も立ち止まるはずがない。いずれかに弾が当たれば別だが。発砲によって起こったことは一つだけ――おまえさんとその娘の両方を怖がらせ、ますます必死で走らせた。やっぱり警察官じゃない。きっとそいつがブラント殺しの犯人だ！」

　ジェニーはたっぷりとしたお尻に手をやると、納得できないというようにアゼイを見つめた。「へえ、そう思うんだ？　じゃあ言わせてもらうけど、あの子はセットされた髪型に腹を立てて帰りがけに、あとを追ってくるブラントを撃ったのよ！　この目で見たんだから！」

「セットされた髪型が気に入らないというのが、人殺しの動機にはなるとは思えん」

「そんなの知るもんですか！　あの子がブラントを撃ったの！」

「だが、その娘はどこで銃を手に入れた？　それまでどこにしまってあったんだい？」アゼイも譲らなかった。「あの娘の赤いハンドバッグに銃は入らない。それにもしあのマネキンのような服装だったなら――別の言い方をすれば下着姿だったなら――銃を隠しておける場所がない。おまえさん本当に、その娘がそいつを撃つところを見たのかい？」

「そんなこと言ったって、こちらに背を向けていたら、何がどうなっているかなんて見えるはずないでしょう！　だけどあたしはそれに次ぐ決定的瞬間を見たのよ。その後あの子が銃を投げ捨てるところをね！」ジェニーは勝ち誇ったようにそう締めくくった。

「なぜ」アゼイは穏やかに言った。「それをもっと早く言わなかった？」

「あんたが次から次へと馬鹿な質問ばかりするから、言えなかったのよ！」ジェニーが言い返した。「いいこと、ブラントを撃ったあと、あの子は一瞬そこに立ちすくんで見つめていたの。それからおもむろに手を伸ばして、芝生から銃を拾い上げた。つまり、あの子は銃を撃ったあと、それを落としたのよ、わかった？　地元の婦人国防隊の射撃練習のときには、あたしもいつも同じことをしてる。とにかく、あたしはあの子が銃を拾って池に投げこむところを見たの。それは池の中には落ちなかったけどね。あたしはあの子のほうに向かって遊歩道を走ってたんだけど、白鳥ボートの木のところに銃の当たる音が聞こえたわ。あの子はそれに気づいていなかった。というのも、とっくに走り去っていたからよ。あたしはそのあとを追った。そしたら例の警察官がこっちに向かって撃ってきたの。アゼイ、いったいあの警察官はこの事件にどう関わっているの？　その警察官は銃を持っていた――そしてあたしはその前に、凶器の銃が投げ捨てられるところを見たのよ！」

「銃二丁の携帯を禁じる法律はないぞ」アゼイが言った。

「なに言ってるの、アゼイ・メイヨ！　西部劇じゃあるまいし、これはボストンのパブリックガーデンでの話なのよ！」ジェニーはおかんむりだった。「いいこと、その男はまぎれもなく警察官だったし、まるで殺人犯らしくなかったんだから！」

　アゼイはにやりと笑った。「おまえさんの修正後の話に照らして」アゼイは言った。「その男が殺人犯ではないというのは認めよう。だが、それでもそいつが警察官だとは思えない。警察官が何が起こっているのかきちんと把握しないまま、おまえさんに発砲することなどありえないからな！」

「警察官が何をするかなんてわかるもんですか」ジェニーが言った。「あたしの帽子をちょうだい、アゼイ。さっきの馬鹿な警察官ももう行ってしまったでしょう。さあ、追いかけるわよ。あの子に関する証拠はもう充分手に入れたでしょう？」

「そうだな。おまえさんの目撃したあれこれ以外に」アゼイは言った。「その娘が現場にいたことを証明するブラントの写真、それからさまざまなことに決着をつける銃がある。ただし、まずは会いたくない相手が近くにいないか確かめないと」

　アゼイは裏庭へ続くその裏通りを歩いてゆき、ちょっと見えなくなったかと思うと、デニムの上着を羽織り金属製の灰入れを手に戻ってきた。

「そんなものどこで手に入れたの？」ジェニーがとがめるように言った。

「灰小屋《アッシュハウス》（石けんの材料にするため灰を貯めておく小屋）からさ。偵察してくるから、このマリン帽をかぶっていてくれ」

アゼイがその灰入れの缶を通りへ引きずっていくと、それを縁石の横に置いて腰を伸ばしたところで、警察官二人がレンガの歩道を大股で近づいてきた。

「おーい！」背の高いほうがアゼイを呼んだ。「ここらで白髪交じりの黒髪で、茶の柄入りワンピースを着た太った女を見なかったか？　それとマリン帽をかぶった背の高い男は？」

「たったいまここに来たところなんですが」アゼイはまったくの真実を口にした。「何かあったんで？」

「またひったくりが出たんだ。ときどき、この地区のバッグはもう全部かっさらわれたんじゃないかと思えてくるよ！　やつらはきっと丘を横切っていったんだよ、マイク。ところでライリーは、階段を転がり落ちたときに足首を捻挫したんだって？」

「ああ、しかも痛めているほうの足首だそうだ。あの女、これまでいつも単独犯だったのに、ライリーによると連れの男が今朝方までに手に入れたカバンやらハンドバッグやらを持ってたって話だ。女のくせにたいした度胸だよ！　我々を手すりごしに突き落とすなんてふざけた真似をしやがって、目にもの見せてやる！」

「同感だ。絶対に捕まえようぜ。丘のほうを探してみよう」

アゼイは眉根を寄せて、二人の警察官が歩き去るのを見送った。どう考えても、ジェニーはかなりまずい状況だ。あの警察官たちはジェニーを探している——足首を捻挫した同僚の復讐だけでなく、ひったくり犯だと思われているのだ。ジェニーに向かって威嚇射撃をした警察官がもしも本物だったなら、ブラント殺しが発覚したとたんジェニーを捕まえるだろう。だが偽物だったとしたら——「さて！」アゼイは言った。「そいつが金髪の娘と共犯ということはあるだろうか？」

なんといっても、車のそばに男が立っていたとすれば、すばやく逃げられるよう計画されていたことがうかがえる。警察官になりすまして仲間の犯行を助けるというのは古い手口だが、いまも有効だ。その娘が追ってくるジェニーをすばやく見て、目と鼻の先を逃げるより相手をまいたほうが賢明だと判断したとしたら？　もしそういう状況だったら、いまこのあたりでジェニーが見つかれば、次は威嚇射撃では済まないかもしれない！

喫緊の問題はジェニーを移動させ、このこんがらがった状態が多少なりとも落ち着くまでここに近づけずにおくことだ。とはいえ、誰かの家に行き、呼ばれるまでそこで大人しくしていろなんて言ってもジェニーが耳を貸すはずがない。あの娘を追いかけ、捕まえることはいまやジェニーにとって最重要事項であり、毎年恒例の大掃除のことさえ忘れているほどなのだ。いま必要なのは、ジェニーをここから立ち去らせる、有無を言わせぬ口実だ。

アゼイはふいににやりとすると、ジェニーのもとに戻った。「ジェニー」アゼイは重々しく言った。「困ったことになった。警察はおまえさんだけじゃなく、あっしのことも探している――まあ、最後まで聞いてくれ。マリン帽なしでこの上着を着ていればまだしばらくは安全だろう。だが、ほかの服も手に入れなきゃならない。それを手伝ってほしいんだ。まず、これからおまえさんをタクシーに乗せる。それでサウス駅の婦人用トイレに行ったら服を着替えて九時までそこに隠れていて、それからブランディンの店へ行ってくれ」

「あんたがスーツを作ってもらっている、ポーター家御用達《ごようたし》の仕立て屋のこと？」

「そうだ。おまえさんはそこで彼らを脅して、あっしの新しいスーツを大至急で仕立てさせてほしい」

「あんたが新しいスーツを頼んでいたなんて初耳だわ！　どんなの？」

アゼイはとっさに思い描いた架空の新しいパームビーチスーツ（サマースーツ用平織地を使ったスーツ）について説明した。

「だからそのスーツを受け取って、車まで持ってきてくれ」アゼイはそう話を結んだ。「車はチャニング像のそばだ。あそこで待ってるよ。靴や靴下やその他一式も忘れずに頼む。紙と鉛筆はあるかい？　ブランディンに手紙を書くよ」

簡潔な六行の手紙に、アゼイは現状を要約し、古い友人であるブランディンになんでもいいから口実を設けて、ジェニーを正午まで引き止めておいてくれと頼みこんだ。

「さてと」――アゼイはジェニーにその手紙を渡した――「タクシーを見つけてくる――そうだ、ガーデンやその周辺でほかに誰か見なかったかい？」

「犬の散歩をしている老人が一人いたけど、ブラントとあの女の子がやってくるずっと前に立ち去ったわ。その前にはイブニングドレスを着た女の人が速足で公園を通っていった――それより、あんたは本当に大丈夫なの？」

十分後、アゼイはタクシーで走り去るジェニーを見送りながらこう考えていた。こっちとしては、いつまでもここでぐずぐずされたほうが気が休まらないんだよ。だがいなくなってくれたいま、ようやく仕事に取りかかれる。この場にふさわしい上着のポケットにマリン帽を突っこむと、アゼイは再びパブリックガーデンを目指した。

人通りが増えはじめていた。もうすぐ七時になることに、アゼイはビーコン通りに来たときに気がついた。女中がぼんやりと、ライリーが転がり落ちた地下室への階段を掃き掃除しており、歩道では少年がだるそうに食料品店のカートをゴロゴロと押し、半ダースほどの犬たちが眠そうな飼い主に連れられて散歩をしていた。そのなかで唯一ぱっちり目を覚ましていたのが、二匹のチャウチャウのこんがらがった革紐をほどこうとしている白い麻のスーツを着た顎ひげの男だった。

アゼイが速度を緩めたのは、白髪とたなびく白い顎ひげに見覚えがあったからだが、その持ち主であるサッチャー・サドベリー判事の姿を見るのは、彼がノースビーチに所有していた狩猟小屋を売ってケープコッドを去ってから十年ぶりだった。これほど切迫した状況でなかったら喜んで足を止めて立ち話をしていたところだったが、アゼイはサドベリーも急いでいる様子なのを見てむしろほっとした。サドベリーは口笛を吹いて犬たちを呼ぶと、犬とともに褐色砂岩《ブラウンストーン》の家の前階段を駆け上がっていったのである。

アゼイは思った。少なくとも、必要とあらば力を貸してくれそうな名声と誠実さを兼ね備えた人物が近くに住んでいるのがわかって心強い。

また公園に戻り、アゼイは白鳥ボート置き場に向かって芝生を突っ切った。警察官の姿がないことと、喧騒が聞こえてこないことから、まだ誰もブラントを発見していないという予想は裏付けられた。

アゼイは大股で歩きながらすばやく計画を練った。ボート乗り場周辺をもう一度見たら、ブラントのスタジオに行ってみよう。中に入る方法はあるだろう。どこかにあの娘の名前と住所につながる手掛かりがあるはずだ。

そうすることで浮上するかもしれない問題について思い悩んでいてもしょうがないし、州警察官の友人たちを呼んでも無駄だ。ボストンに助けに来てもらうことはできないだろう。今回は己の幸運と工夫の才を頼むしかない。

思わず口笛を吹いたのは、白鳥ボート乗り場のすぐそばで足を止めたのと同時だった。まだ誰も正式な遺体発見者になっていないにせよ、誰かがここに来たのは間違いない！　というのも、ブラントのプレートホルダーの革のケースが開いてひっくり返り、プレートも使用済みのものと未使用のものが板張りの上に散らばって直射日光にさらされ、使いものにならなくなっていたからである。

見たところ、それ以外に動かされたり触れられたりしたものはないようだ。しかし、これら駄目になったプレートを見ただけで、あの娘が空っぽ頭のマネキンではないとわかる。いくらマネキンそっくりな格好をさせられていたとしてもだ。ジェニーから逃げおおせたあと、あの娘はぐるりと回ってここに戻ってくると、ボート乗り場にいた究極の証拠を手早く消し去ったのだろう。こうなるとあの娘がここにいたという証拠はジェニーの証言だけになり、目下のところ警察にとってそんなものは二セントの価値さえないのだ。

水際に置かれたベンチを通り過ぎながら、アゼイは銃の痕跡はないかとつながれている白鳥ボートに目をこらした。

ようやく、巻き上げてある日よけの影になった後部座席にそれらしきものがあるのに気づくと、アゼイはまた口笛を吹いた。

凶器はかなり強力な武器だろうという予想は当たっていた！　あれはまぎれもなく、世界でもっとも強力なリボルバーカートリッジで知られるスミス&ウエッソン三五七マグナムだ。だからブラントの頭部はあんな状態だったのかと思いながら、アゼイはゆっくりとボート乗り場から遊歩道へと歩いていった。

「あの娘がこんな銃を携帯するなんて！」アゼイはつぶやいた。「なるほど、そりゃあ持ち去るより捨てるほうが簡単だ――」

突然、聞こえてきたカツカツという靴音に押されるように低い茂みの陰に隠れるため遊歩道を急ぐと、その一瞬あと、アゼイは自らのとっさの行動に感謝した。ボート乗り場に駆けつけてきたのは、裏通りから出て缶を持っていたときに出会った二人の警察官だったからだ。

彼らの後ろには、白のフランネルズボンと青いシャツ姿の若者が息を切らして歩いていた。そのくしゃくしゃの明るい茶色の髪を見てアゼイは思った。これがジェニーの言っていた、ブラントと娘がこの公園に入ろうとしたときに阻止しようとしていた青年ではなかろうか。その若者が三角レンズのメガネをかけたとき、アゼイは自分の推測が正しかったことを確信した。若者は二十代前半ぐらいで、フランネルズボンはしわしわでサドルシューズも汚れていたが、それらが高価な品なのは一目瞭然だった。

若者は遊歩道の先にあるこんもりした芝生に腰を下ろし、ボート乗り場を右往左往している二人の警察官を無関心な様子で眺めていた。背の高いほうの警察官が若者に対し何事か聞いていたが、アゼイには聞こえなかった。しかし若者が肩をすくめているのは見えたし、彼の返事も聞こえた。

「だから、ぼくはたまたまここを通りかかって、彼を見つけただけなんです！」まるでナイフで切り分けられそうな生粋のボストン訛りで若者はそう言った。

「ではなぜきみはこの男を知っているんだ？　このあたりで誰か見なかったか？」

「ルディを知らないやつなんていませんよ。誰も見ていません。ぼくは彼を見つけただけです」若者はそう応じた。「その――この件に関して何かできそうですか？　たとえば、探偵を呼ぶとか」

アゼイは警察官二人の表情を見てにやりとすると、新たな興味とともにその若者を見つめた。本物の開いた〈a〉音の持ち主であるのはともかく、それを使って警察官たちを黙らせるとは。身なりには気を使っていないし、無関心そうで退屈した様子のわりに、この若者は自分のしていることをよくわかっている。それにブラントと金髪の娘がいっしょにいるのを見たと言わなかったということは、娘のことは黙っているつもりなのだろう。そして何か質問されたときには、とびきり無関心そうに開いた〈a〉音をお見舞いするのだ。

無造作な身なりのボストンの若者が、こんなふうに受け身の抵抗で相手を途方に暮れさせるところは以前にも見たことがあった。ポーター船長の息子ビルもかつて同様の後衛選手《バックフィールド》っぽい体格と少年っぽい雰囲気の持ち主だったのだ——しかしいまや厳格な陸軍元帥のようにポーター社の工場を切り盛りしている。あとでこの若者を探し出して、ちょいとおしゃべりしてみようとアゼイは思った。一時間もすれば、ボストン市内の新聞社のどこかに電話して、ブラントの遺体発見者の名前や住所を聞き出せるだろう。それはそうむずかしくはないはずだ。ブラントのスタジオで成果がなかったときにはあの若者に当たってみよう。

だがとりあえず、ここが警察官だらけになる前にスタジオに行ってみなくては。茂みの陰から静かに退却しながらアゼイはそう考えた。このままここでぶらぶらしていても得られるものはない。自分がすでに見つけた以上のものを警察官たちが見つけられるとは思えないし、あの銃にすぐに気づくかどうかも怪しいものだった。

それから十分後、アゼイが芸術ビル三階にある第五スタジオのドアノブをまわし、鍵がかかっていないと知って小さな待合室に足を踏み入れると、その壁は大部分が『ファッション・アルーア』の表紙とそっくりな額入り写真の数々で埋め尽くされていた。

アゼイはそれらの写真をちらりと見てから、待合室の深紫色の絨毯を横切って奥のドアを押し開けた。そこが本物のスタジオ、つまり雑多なものが詰まった物置きのような部屋だった。ついたて状の背景、バラバラになった腕や脚、石膏の頭像、白鳥ボートに乗せられていたマネキンの複製《ダミー》、緑色のシルクハットをかぶった太った男のマネキンなどがある。それに、雑多な椅子やテーブル、骨董品のあれこれ、布の束、そして一ダースは下らない奇妙な装飾のついたてもあった。

アゼイはそんなついたての一つの裏をのぞいて、写真の山を見つけた。一番上の写真があの金髪のマネキンと金髪の娘の試し撮りだと思ったら、残りの写真もすべてそうだ！　それらは洗濯だらいや枯れ木などのありとあらゆるものとともに屋外で撮影されていた。そうした写真を見つめれば見つめるほどアゼイはその娘のことが嫌いになり、どんどんマネキンと見分けがつかなくなっていった。「もしもあの娘が、あの衣装に着替えるためにまずここへ来たのだとしたら」アゼイはそう独りごとを言った。「あの娘の服がどこかにあるはずだ。その服からひょっとしたら――おっ！」

アゼイはついたての向こうの床の開いた雑誌を見て、ほとんど叫ぶように喜びの声をあげた。その雑誌からこちらをじっと見上げていたのは、ページいっぱいに掲載されているイブニングドレス姿のあの娘の写真だったのだ。ひったくるようにその雑誌を取り上げると、アゼイは逸る心で写真のキャプションを読んだ。

『衝動的でしなやかなリス』これがタイトルである。「デビュー時はまったく注目されなかったリス・ラスロップは、写真界の奇才ルディ・ブラントによって全米にその名を知られる存在となり、現在は雑誌の表紙、煙草の広告を飾り、ミンクのコート、ビールを華麗にたしなんでいる。ボストン有数の名家の出であるリスはこのたび、若き大立て者ジャクソン・プアーと婚約した。

事情通たちはこのロマンスがブロードウェイやハリウッドにつながるはずだったキャリアを突然、終わらせてしまうのではないかと危ぶむが、リスはそれを否定している。さて、続くページではもっと若かりし日のリス、魅力的な古い館でのリスをご覧に入れよう」（撮影：ブラント）

ページをめくったアゼイは『狩猟クラブの少女《サブデブ》』（サブデブ＝社交界デビュー前の娘のこと）と題された写真にいっしょに写っているメガネをかけたくしゃくしゃの髪の少年が、リスの異母兄クレイグ・ラスロップだと知った。

「そうだったのか！」アゼイは言った。

アゼイは『タータンチェックを着る七歳のリス』、『すらりと脚の長い十一歳のリス、母とともに』と題されたスナップ写真をちらりと見ると、ブラントの写真によってリスの住まいであることが判明した家の住所を記憶した。一連の写真を見ると、リスはいつも不機嫌な子どもが少しばかりすねているような表情を保っていた。

アゼイは考えに耽《ふけ》りながら無造作な髪の兄の写真を見返していたが、さっと顔を上げ、待合室から外へ通じるドアがキーッと開く音に耳をすました。警察官ならこんなに静かに入ってくるはずはないし、朝の七時半に顧客が来たわけでもないだろう。アゼイは静かな足音がスタジオに近づくのを聞きつけて、さっとついたての陰に隠れた。

可愛らしい黒髪の娘が入ってきて、スタジオ内の乱雑さのせいでアゼイが完全に見落としていたテーブルデスクに向かい、勝手知ったる態度で一番上の引き出しをぐいと引いた。

ついたての端からアゼイは、その娘が小切手帳を取り出し、小切手を書くのを観察した。娘の頰が緊張で紅潮していることや、呼吸が速くなっていることがわかる。娘はこの場所を知っていてどこに何があるかわかっているが、最初に書いた小切手をしくじって書き直さなければならないほど緊張しているらしい。娘は次に下の引き出しを引き小さな赤い革装のノートを取り出すと、小切手とともにハンドバッグに突っこんで安堵のため息をついた。

アゼイは娘が机から振り返るのを待って、声をかけようと口を開いた。しかし、いまの行動について説明を求めようとして思いとどまったのは、待合室の外ドアがまたキーッと開く音がして、娘が驚いて小さく叫びながらアゼイが隠れているついたての陰に駆けこんできたからだった！

そこに先客がいるのを知った娘の瞳ほど大きく見開かれた瞳をアゼイは見たことがなかった。そしてその表情は、往年の映画のヒロインが強い感情の起伏を見せるクローズアップ場面を連想させずにはいられなかった。

アゼイはまじまじと娘を見つめた。娘が悲鳴をあげたら、とたんに自分も古い映画の真似をするしかないと思っていた。つまり、父親のほうのダグラス・フェアバンクス（父と息子同名で、ともに米国の俳優）ばりにスタジオの窓から外に出て、古びた非常階段から未知なる階下へ脱出するという展開になるはずだった。

だが驚いたことに、娘はディナーパーティでばったり会ったかのようにアゼイの存在をあっさり受け入れた。ごく自然に娘はふっくらとした赤い唇に指を一本当てると、次にドアを指差して、あなたも目を凝らして誰がいるのか確かめたほうがいいと思うと示した。

アゼイは細心の注意を払って体を低くすると、ついたての端からのぞいた。

長身で肩幅の広い若い男が所在なさげにスタジオの戸口に立っていた。身なりが良く、このスタジオの散らかり具合を好ましく思っていないことがはっきりわかった。

「誰？」娘がアゼイをつついた。

アゼイは肩をすくめると、娘によく見るように身ぶりで示した。

「ジャクソン・プアーだわ！」娘はアゼイの耳元でそう囁きながら、体を起こした。

「まるで豚小屋だな！」プアーは初めてここを見たかのように、そうつぶやいた。

「偉そうな男！」娘は腹立たしそうにアゼイの耳元でそう囁いた。「辣腕の大立て者がいったい何の用かしら？」

「シーッ！」アゼイはたしなめるようにかぶりを振ると、ついたての枠の隙間から目を凝らし、ちょうどプアーが壊れた肘掛け椅子の下の床を調べるところを目撃した。

それから十五分間、プアーがスタジオ内のその一角にあるすべての家具の下の床を調べ続けているのを娘とアゼイは交替で見守った。一度、顔の汗を拭うために立ち止まったプアーは、イライラした様子で上着のポケットからハンカチを引っ張りだす際に、ポケットの中身がいっしょに飛び出してしまい、怒りが最高潮に達しているようだった。何かつぶやきながらプアーは床をはいまわり、何本かの巻きたばこ、ほどほどの長さの紐、チビた鉛筆数本を回収した。

「頭がおかしいんじゃないかしら！　あいつ、いったい何を探しているの？」娘は持っていたハンドバックから取り出した封筒に何かを書きつけた。「ジャック・プアーがここに入るのは初めてのはずよ！　ルディのことを毛嫌いしていたんだから。あのうぬぼれ屋がここにいったい何の用なの？　どうして――」

娘の文句は、アゼイが鉛筆の上に手を置いたことで中断された。「気をつけろ！」アゼイは急いでそう書いた。

プアーは二人が隠れているついたてをまっすぐ見つめていた。そして突然、二人の後方の隅にあるチェストへ向かってつかつかと歩いていくと、その上に無造作に置いてあった白い絹のドレスをつかみ、丸めて上着のポケットに突っこんだ。そして振り返ったプアーが二人を発見するのは避けられないことだった。

「いったい――」プアーはことばに詰まった。「なんだ、ペグ・ワイティングじゃないか。これはいったい何の真似だ?」プアーは横柄にそうたずねた。

「それは」娘は歯切れよく言い返した。「こっちのセリフよ! あなたがたったいま手に取ったのがリスのドレスだとしたら、警察はどう思うかしら!」

「何を言っているんだ?」プアーが言った。「警察がリスのドレスに何の用があるんだよ? ぼくは彼女から電話でドレスを取ってきてほしいと頼まれて取りに来ただけだ」プアーはアゼイのデニムの上着とズボンに冷ややかな視線を向けた。「そいつは誰だ?」

「わたしにとって」ペグはプアーに告げた。「この人は天からの贈りものよ。たぶん、リスを警察から救い出せる唯一の人だわ。そうですよね、メイヨさん?」ペグはそう付け加えた。

アゼイはおやというようにペグを見つめた。「ああ、だからさっきは悲鳴をあげなかったのか!」アゼイは言った。「あっしのことを知っているんだね?」

「あなたのお宅の道沿いにあるミウィージット・ガールズキャンプで二度、夏を過ごしましたから」ペグは言った。「あなたがクロムメッキのポーター車で弾丸のように走り過ぎるのを見るたびに、憧れに身を焦がしてました。いまもあのピカピカの素敵な車に乗っているんですか?」

「国防上の理由から」アゼイは言った。「現行モデルは黒の霊柩車風だよ。ところでワイティング嬢、おまえさんは何を知って――?」

「おい、いいか」プアーが割って入った。「これはどういうことだ、おまえたちはどうしてついたての陰に隠れていた？　ぼくが来たときからここにいたのなら、なんでそう言わなかった？」

「こう言っちゃなんだが」アゼイが穏やかに言った。「おまえさんの話を聞いた者は、我々よりもここにいるあんたのことを子細ありげだと思うんじゃないかね。さあ、その服を元の場所に戻したらどうだ！」

「断る！　ペグ、こいつは何者だ？」

「この人はアゼイ・メイヨ、ケープコッドの名探偵よ」ペグは言った。「ちなみに、彼がどういういきさつでこの問題に関わることになったのかは知らない。わたしには彼がここにいるだけで充分だわ。メイヨさん――ああ〈さん〉付けじゃしっくりこない！　キャンプでは誰もそんなふうに呼んでなかったもの。アゼイ、ルディ・ブラントのことは知っているんでしょう？」

　アゼイはうなずいた。「ああ、だがワイティング嬢、おまえさんのことは知らない。それに、プアーさんのことも。リス・ラスロップから服を取ってきてほしいと頼まれたのはいつだったんだね？　彼女はどこから電話してきたんだ？」

「いったいなんだよ？　なんでこんなことになってるんだ！」プアーは自ら激高しようとしているとアゼイは思った。「リスに頼まれて、彼女がここに置きっぱなしにしてあるという白いドレスを、朝食も抜きで急いで取りに来たんだ。彼女が生きるか死ぬかの問題だと言うから！」

「それを言うなら死のほうに関わる問題よ」ペグが言った。「ルディが殺されたの」ペグはなんともそっけなく、強張った声でそう言った。まるで取り乱さない訓練をしていたかのように。

「そうか、交通事故でか？」

「撃たれたの」ペグが言った。「殺されたのよ」

「なんだって！　それは気の毒に」プアーはおざなりにそう言った。「ひどい話だ。だが正直そんなに意外でもないよ。あいつは敵を作るのが趣味みたいな男だったからな。誰があいつを撃ったんだ？」

　アゼイはそれに答えるペグの顔を観察した。ペグはプアーに腹を立てているようだが、口調は冷静だった。「知らない。リスがいっしょだったのよ」

「リスが？　その場に？　ふん、彼女は関係ないに決まってる！」プアーはむきになってそう言った。「リスはあいつを気に入ってたんだから――率直に言って、ぼくにはどこがいいのかさっぱりわからなかったけどね！　いつもあいつの肩ばかり持って。本当にいつもいつも。ともあれ彼女が事件に関係しているはずはない！」

「わたしもそう願ってるわ」ペグは言った。「だけどチャブが――リスの異母兄のクレイグのことです」ペグはアゼイに向かってそう説明した。「チャブが言うには、リスは今朝ルディといっしょにガーデンに撮影に出かけてたのよ。リスがいまどこにいるのかは知らないけど、チャブがルディの遺体を見つけて、警察に通報したわ」

「じゃあ、チャブが第一発見者だったのか？」プアーが言った。「どういう状況だったんだ？」

「聞かれたから言うけど」――ペグは必死に冷静さを保とうとしていた――「チャブは、リスがモデルになるのをやめさせようとしてたのよ。赤と白のストライプのショーツと青地に星を散りばめたブラジャー姿で、パブリックガーデンの白鳥ボートの上でブレンダといっしょの雑誌の表紙写真なんか撮らせまいとして！」

「あの忌々しいマネキンと？　白鳥ボートの上でだと？」プアーの首の血管が盛り上がり、アゼイは彼のカラーボタンがいまにもはじけ飛ぶんじゃないかと危ぶんだ。「嘘だ！　そんな話、信じないぞ！　リスはもう二度とああいう仕事はやらないと約束したんだからな！　心をこめて説いて聞かせて、彼女と瓜二つのマネキンを使ったブラントの手法はやり過ぎだとわからせたんだ――なにしろ、くそっ、あいつリスをますます――ルディが呼ぶところのマネキンの――ブレンダそっくりにしやがって。いいか、リスはぼくに約束したんだ。あのマネキンを使った下衆な表紙はもう終わりにすると！」

「それは知ってるわ」ペグが応じた。「チャブも知ってたし。それにチャブは、前にリスがブレンダとともにモデルになったとき、あなたがどれだけカンカンだったかも知っていた。だからこの騒動に駆けつけたのよ！　チャブは船でマーブルヘッドに行くつもりで早起きして、玄関ホールのテーブルでルディからのメッセージを見つけたの。昨夜マギーが電話を受けて、リスが目にするようにそのメモを置いておいたらしいわ。それでルディの目論見《もくろみ》を知ったチャブは、このスタジオまで大急ぎでやってきて、白鳥ボートに向かおうとしているリスとルディに追いついて二人を引き止め、そんなことはやめて家に帰ろうと必死でリスを説得したのよ。だけど、彼女は耳を貸そうとしなかった」

「どうしてなんだ！」プアーが言った。「リスはぼくに約束したんだ！　ぼくに誓ったんだぞ！　リスはどんな理由で撮影するとチャブに言ったんだ？」

「リスが理由を言ったとしても、わたしは聞いてないわ」ペグが言った。「知っているのは、彼女が放っておいてと言って、チャブを平手打ちしてルディと行ってしまったということだけ」

「すべてブラントのせいだ！」プアーが言った。「あいつが撮った何枚かのリスの写真が注目されたから、彼女になんでもやらせられると思っていたんだ！　つい先週もあのあられもない下着の広告のモデルをしてくれとうるさくせがみ、リスは根負けしてモデルになったんだ。だからもう二度と、あいつに脅されて従わないようにって言ったのに。それにぼくのことも考えてくれないと！　未来の妻に下着の広告なんかに出られては困るんだよ！　チャブもやめるよう妹にちゃんと言って聞かせるべきだ。そんなにあっさり諦めるなんて！」

「チャブはリスと口論しても無駄だとよくわかってるのよ！」ペグは言った。「それに、彼はあっさり諦めたんじゃないわ。わざわざ電話してきて、ルディを説得してほしいとわたしを呼び出したんだから。それで――」

「ちょっと待った」アゼイが口を挟んだ。「どうしてチャブに呼ばれたんだね？　ワイティング嬢、おまえさんはこの件とどんな関係が？」

「わたしはルディに雇われてるんです」ペグが言った。「秘書兼受付嬢兼現像係兼仕上げ係兼揉め事の仲裁役でしょうか。以前は彼のモデルをしていました。とにかくチャブは、ルディを説得してほしくてうちに電話を寄こしたんです。でもいまだに不思議なのは」ペグは眉根を寄せて、そう付け加えた。「なぜそのときに電話が通じなかったのかってこと！　だってわたしはベッドにいて、電話はすぐ横のテーブルの上にあったのに一度も鳴らなかったんです！　きっと彼が番号を間違えたんでしょうけど、絶対に間違えてないと言い張るんですよ。何度も何度も呼び出し音を鳴らしたって！」

「じゃあどうやっておまえさんと話せたんだね？」アゼイがたずねた。

「わたしのアパートに来たんです――うちはビーコン通りの数ブロック先なので。ちなみに、アパートの外ドアはもちろん施錠されていたので玄関ホールに入ってうちの呼び鈴を鳴らすことはできず、管理人さんを呼び出したけど管理人さんは起きなかったそうです。それでチャブはしかたなくいったんアパートから立ち去り、雑貨店から電話してきました。このときは無事に話せたんです。それでわたしは服を着て下で彼と落ち合うと、二人でここへ来ました」

「なぜここなんだ?」プアーがたずねた。「ルディがガーデンで写真を撮っているなら、なぜそっちへ行って止めなかった?」

「チャブがわたしと話すまでにすでに一時間は経っていたし、ルディは六時半には撮影を終えてここに戻っているはずだと思ったからよ!」ペグが言った。「わたしはルディが夜明けと同時に大急ぎで撮影を済ますのを知っていたから、それで——」

「きみは以前から、あいつがこんな写真を撮ろうとしていたのを知っていたのか?」プアーが怒って遮った。「ならどうして、やつがリスを使うのをやめさせなかったんだ?」

「ルディが彼女を使うつもりだと言わなかったからよ!」ペグが言い返した。「昨夜、大急ぎで衣装を仕立てるのを手伝ったときは、これはブレンダともう一体の新しいマネキン、ベラ用の衣装だと言ってたんだもの! とにかくチャブがわたしのアパートに来た時点で唯一の賢明な手立ては、このスタジオに来て、なんとかルディに急いでもう一度ガーデンに行って二体のマネキンの写真を撮るよう説得し、すでに撮影したリスとブレンダの写真を破棄させることだった。とにかく、時間がなかったのよ!」

「それで、あいつを説得できたのか?」プアーがたずねた。

ペグは小さく肩をすくめた。「そのチャンスはなかったわ! チャブといっしょに来てみたら、リスもルディも戻ってなかったの。しばらく待ってからわたしたちは二人を探しに行くことにした。なにしろ時間がなかったから！　そこでチャブがまだ二人がいるか確かめるためにガーデンに行き、わたしは二人が軽食堂《ダイナー》でコーヒーを飲んでいないか見に行った。そうしたら戻ってきたチャブが、ルディがボート乗り場で射殺されて、リスの姿は見えないと言うじゃない！　警察は呼んでいないと言うので、わたしがチャブに呼ぶように言ったわ。だけど――」

「だけど、なんだね？」アゼイは言いよどむペグにたたみかけた。

「その、チャブはわざわざ第一発見者になって、警察と関わりたくはないと言ったんです」

「家名を汚しちゃいけないと思ったんだろう！」プアーが言った。

「彼はリスのことを考えていたんです！」ペグが言った。「自分が警察を呼べば、警察に名前を聞かれ、ルディのことを聞かれて知っていると答えざるを得ないし、さらにあれこれ聞かれて最終的にリスの名前を出さずには済まなくなるだろうって。だけどわたしは警察を呼ぶようにチャブを説得したあとで、軽食堂《ダイナー》でふと給料のことを思い出して――あっ！」ペグは急に話すのをやめた。

「今度は何事だ？」プアーがたずねた。

「たったいま気がついたんです――アゼイ、わたしが小切手を書いているのを見てあなたはどう思っただろうって。だけど、本当にやましいことはないんです。ルディの小切手はいつもわたしが書いていて、ルディの請求書や口座もすべてわたしが管理しているんです。昨日、給料をもらい忘れていたことに気づいて、食堂《ダイナー》で急に思ったんです。このままじゃルディの弁護士か誰かが給料を支払ってくれるまで待たされることになってしまう――たぶん何カ月もかかるかもしれない――でもわたしは本当にお金が必要で、それで――やっぱりあれはよくないことだったんでしょうけど、そんなによくないことだったんでしょうか、アゼイ？」

「リスはいまどこにいる?」プアーがそう言いだしたので、アゼイはペグの質問に答えそびれてしまった。

「おまえさんに電話をかけてきたとき、彼女はどこにいたんだね?」アゼイはそう聞き返した。

「家だと思うけど、実際のところ——」プアーはふいに黙りこんだ。「警察は誰があいつを撃ったと思っているんだ?」

「わたしはまだ警察官に会っていないわ」ペグが言った。「警察が、ルディといっしょだったという理由でリスを犯人扱いしないといいけど、そうなるんじゃないかと心配だわ」

「あんたは二人に会ったのか?」プアーがアゼイにたずねた。「事件について何か知っているのか?」

「あっしは警察が何を考えているのか、推測する立場にはないんでね」アゼイは言った。「だが、今回の一部始終を目撃した人物によれば、リスはブラントに髪型を直されたものの気に入らず、彼を撃ちかねないぐらいカンカンだったそうだ。そうなると——」

待合室の先の廊下から聞こえてくる重い靴音に気づき、アゼイは話をやめた。笑みを浮かべるとアゼイはさっとスタジオを横切って待合室の外ドアをそっと閉め、鍵をかけ、その鍵をポケットにしまった。靴音だけでそれが警察だとわかったのだ。警察に追われる側になったことはこれまでに一度もなかったけれど。

「何を——」プアーが口を開いた。

「あれは警察だよ、プアーさん」アゼイは言った。「現時点で、あっしは彼らに会いたくないんでね——」

「なんてこった、ぼくだって会いたくない! こ、こ、こんな所で! い、い、いまは! どうやったら逃げられる?

その隅のドアはどこに通じてるんだ？」

「そっちは暗室よ」ペグが言った。「だけど、元々は窓のないクローゼットルームなの。アゼイ、わたしにやましいことはないけど、あなたたちがここから去ってしまって、一人残されて警察と対峙するのは嫌よ！　でもどうやって脱出するの？」

アゼイはペグの腕をつかむと、窓辺に連れていった。「非常階段だ」アゼイはそう言いながら、窓を持ち上げた。「彼女が階段を下りるのに手を貸してやってくれ、プアー。わかったか？」

「いっしょに行かないのか？」

「すぐ行くよ。忘れものさ」アゼイはさっと机まで駆けていくと、ペグのハンドバッグを取り上げ、待合室の騒ぎを聞いてにやりとした。

いまやスタジオのドアはガタガタと揺すられ、数人がケニーという人物に鍵を取ってこいと叫んでいる。そして、誰かがさっさとドアを蹴破ろうと主張していた。

アゼイにとっては、ここから脱出するためあとほんの少し時間が稼げるなら、警察がトランペットでドアを吹きとばそうと一向にかまわなかった。だがアゼイが片足を窓枠にかけると、小さなカタンという音とともに窓がひとりでに閉まった。

アゼイはもう一度、窓を開けようと手を伸ばしたが、びくともしないことがわかると、ペグのハンドバッグを脇に抱えて不安定ながら窓枠に膝をつき、両手のひらで勢いよく窓枠の上部を叩いた。それから窓をぐいと引っ張ったり押したりしているうちに、額から玉の汗が流れはじめた。アゼイは急に暑さを感じるとともに、何かよくわからないにおいに気がついた。

「ぶち壊せ！」ドアを壊そうとしている者のしびれを切らした声がはっきりと聞こえてきた。

こっちがそうできたらよかったのに、アゼイはそう思った。この窓ガラスがワイヤー入りでさえなかったら！　ドアに体当たりしている音を聞きながら、アゼイは全身の力をこめて窓ガラスをもう一度思いきり押した。しかし窓はびくともせず閉じたままだった。

　スタジオのドアが体当たりの威力でたわんでいるとき、プアーの帽子のてっぺんが窓からのぞき、その一瞬あとで彼の心配そうな顔が現れた。アゼイの必死の身ぶりを見て、プアーは手を伸ばすと造作なく窓を押し開けた。

　待合室に通じるドアが轟音とともに倒れる音を聞きながら、アゼイとプアーは非常階段の一番下の踊り場からレンガの通路《エリアウェイ》に飛び降りた。

「早く」プアーが言った。「彼らが窓から外を見るかもしれない。身を低くしてこっちの横道へ……。はあ、危なかった！　窓が閉まっていることに気づくまで、あなたが出られなくなってるとは思いもしませんでしたよ。いったいどうしたんです？　引っかかって開かなかったんですか？」

「一時はこう言いたいくらいだった」――アゼイはデニムジャケットの袖で額を拭った――「この窓は溶接されているのかと。そんなことを言う余裕は全然なかったがね！　何が起こったのかはわからんが、押しても引いてもびくともしなかったんだ！　ひょっとしたら側面を留めるタイプの古い金具のせいだったのかもしれないし、古いくさびが挟まっていたのかもしれない。あっしにもさっぱりわからんよ。ペグはどうした？」

「飛び降りるときにドレスが破けてしまって、着替えに家に帰りました。でも実際のところ」――プアーはかぶっていた帽子で自分をあおいだ――「ぼくらから離れたかったんでしょう。気持ち的にもう限界なんじゃないかな。ルディの死がこたえているんですよ。あいつのことが好きだったんでしょう――彼女もリスもあいつのどこが良かったんだか――まあそんなことはもうどうでもいい。それにしても、さっきはスリル満点でしたね？」

「ああ」ほかに何も成し遂げなかったにせよ、さっきの一件がプアーの態度を一変させることには成功したようだとアゼイは思った。

「なぜか」プアーは続けた。「非常階段を下りているときに、あなたがポーター自動車の一員だということを急に思い出したんです。そうですよね？　ぼくはビル・ポーターを少しだけ知っていまして」

「ああ」アゼイはまたそう言うと、その少しだけ知り合いであるという事実がプアーの態度を急変させたのだろうかと考えた。

「あいつはすばらしいやつです。そしてメイヨ、謝ります。スタジオでは、リスのドレスをいじくりまわしているところを見られてくさくさしていたんです。それでなくてもリスのことで気が動転していたので。今朝、電話で声を聞いたとたん、彼女がトラブルに巻きこまれたんだとわかりました。それなのに、彼女は何があったのか話してくれなかったんです。ただぼくに、あの忌々しいドレスを取ってくることを約束させただけで。信じてください。ぼくはルディがこんなことになったのになにも感じてないわけじゃないんです。これがどれだけ重大なことかはわかっています――どうしたんですか？」プアーがそう付け加えたのは、アゼイが急に立ち止まったからだった。

「ちょいと嫌な予感がしたんだ」アゼイがゆっくりと言った。「角の雑貨店に入っていった青い服の女性は知り合いかもしれない！　参ったな、見に行ったほうが良さそうだ！　このペグのハンドバッグを預かってくれるかい？」

あれがジェニーのはずはない、アゼイはそう自分に言い聞かせながら急いで角まで戻った。アゼイはジェニーがケープコッドを発つ前の晩、スーツケースの中身を十回以上も詰めたり、出したり、また入れたりするのを見守っていた。ジェニーは青のワンピースを持っていないはずだ。しかし、さっきの女性はあまりにもジェニーに似ていた！

「見えましたか？」プアーがのんびりとついてきた。

「いいや、ちょっと待っててくれ。中に入ってみる」

「急いで」プアーが言った。「ペグと次の角を曲がった所にある軽食堂《ダイナー》で落ち合うことになっているんです。それからぼくの顧問弁護士とチャブを呼んで全員でリスに会いに行き、事態を収拾して彼女をトラブルから救い出します――ぼくの話を聞いてますか？」

「ああ」アゼイは雑貨店の網戸を押し開けて店内に入った。

中は空っぽで、店員さえ見当たらなかった。

アゼイは二つある電話用ブースをのぞくと、店内を歩いて通用口も調べてみたが、そこは半ば塞がっていた。

たとえなんらかの不運なめぐりあわせによってさっきの女がジェニーで、この通用口から抜け出したのだとしても、アゼイがジェニーを追いかけるために脱線する必要はなかった。いまジェニーのことを心配している暇はない。プアーとペグ・ワイティングの話を聞くことに、すでに貴重な時間をずいぶんと無駄にしてしまったからだ。ラスロップ嬢に会う前に、アゼイが知りたかった事柄に関する手掛かりを聞けるんじゃないかと期待したばかりに。プアーとペグは多くの小さな隙間を塞いではくれたが、ラスロップ嬢がルディ・ブラントを殺害するために抱いたかもしれない動機につながる情報を提供してはくれなかった。

いまアゼイがやるべきは、警察やプアーやその仲間たちより先にリス・ラスロップを捕まえることだった。店の前でせかせかと行ったり来たりしているプアーが、なによりも己の尽力が優先されるべきと考えているなら、その独断はあいにく間違っている。

「悪いが」アゼイはつぶやいた。「ここでおまえさんとはお別れだ、これ以上、雑事に巻きこまれるのはごめんだ！」

そう決めるとアゼイはさっさと通用口から抜け出した。

スタジオでラスロップ家の住所を暗記していたアゼイは、再びビーコンヒルを目指した。

すると驚いたことに、リス・ラスロップの住まいは今朝アゼイとジェニーがかなりの時間を過ごした裏通りに隣接するレンガ造りの家だったのである。

ということは、裏通りでのアゼイとジェニーの会話と、ジェニーが「あの子を捕まえて」と言い張っているのをたまたま聞いていたリスが、電話でプアーにドレスを取ってきてと頼んだのかもしれない。いずれにしても、この状況ではリスに会おうと玄関に突撃するよりも、別の策を講じるほうが良さそうだった。

果物店のウィンドーが目に留まり、アゼイはにやりと笑って店内に入っていくとリボンで飾られた果物入りの籠を持って出てきた。

五分後、アゼイはラスロップ家裏手にある通用口の呼び鈴を鳴らしていた。「ラスロップさんにお届けものです」アゼイは戸口にやってきた心配そうな顔つきの女中にそう告げた。「受け取りにご本人のサインをお願いします」

そう言ってアゼイは女中の横を通り抜けようとしたが、女中の片足がすかさず戸口を塞いだ。

「ここで待ってて」女中は言った。「受け取りをちょうだい。あたしがサインをもらってくるから」

女中はその紙をつかんでドアを閉めた。しかしわざわざ鍵はかけなかったので、次の瞬間、アゼイは地階の玄関ホールに入りこんでいた。

あたりに目を走らせると、そこは都市住宅によくあるワンフロアに大きな二部屋という間取りだった。裏階段を目指してアゼイはそっと居間兼食事室のあるフロアへと駆け上がり、さっきの女中が息を切らしながら階段を下りてきたので仕切りのカーテンの陰に身を隠した。

その隠れ場所でアゼイは、女中がドタドタと地階の玄関ホールから通用口へと行く足音と、重い籠を引きずって中に入れる音を聞き、彼女がそれを上の階へ苦労して運ぶあいだじっと待った。

「リスお嬢さま、ドアを開けてくださいますか？」

アゼイは仕切りのカーテンの陰から静かに出ると、階段の一番下まで忍んでゆき、期待するように顔を上げた。リスのことばは聞き取れなかったが、高いというより甲高い横柄な声が聞こえた。

「リスお嬢さま、このままでは落っことしてしまいます――ほらね？　申し上げましたように、これはプアーさんがよく贈ってくださるただの贈りものの籠ですよ。さっき男が置いていきました。その男なら心配ないと言ったでしょう。受け取りをもらいにまた来ますよ。ギャリソンさんの配達を済ませたらね。待ち時間を省くためにいつもそうするんです！」

アゼイは急いで仕切りカーテンの陰へ戻ると、重い足取りでキッチンへゆく女中をやりすごした。そして女中がまた忙しく仕事にかかりきりになるであろう頃合いまで待ってから、上の階へと階段を上っていった。いまやリス・ラスロップがジェニーと自分の会話を聞いていたのは間違いないと思われた。だからリスは警戒しており、果物の籠さえ疑っているのだ。

アゼイは立ち止まると廊下に面した四つのドアのうち、一番手前のドアがもっとも見込みがありそうだと考えた。いまの自分にできるのは危険を恐れずに部屋に入り、リスにはったりをかますことだ。アゼイが勢いよくドアを開けて足を踏み入れた寝室の壁や天井や家具は、すべて同じシルバーグレーで統一されていた。果物の籠がふかふかのラグの真ん中に置かれている。リスの姿はなかったが、わずかにドアが開いている続き部屋から衣擦れの音が聞こえてきた。

アゼイは忍び足でそのドアに近づくと押し開けて中に入り、それからさっと後ろに飛び退いて逃れようとした。そして気を失う前に思ったのが、確かに自ら危険に飛びこんでこの結果を招いてしまったということだった。

しばらくして——どれくらい経ったかは知る由もなかった——アゼイはズキズキ痛む側頭部をさすりながらしょんぼりとこう考えた。これじゃあ、誰に、あるいは何に殴られたのかわからないと悦に入ることさえできない。振りかぶって乗馬用ブーツのかかとで殴ってきたのはリス・ラスロップ嬢だったし、こちらが身をかわそうと体を引かずにまともに殴られていたらどうなっていたかは考えたくもなかった。

アゼイは闇のなかで恐る恐る手探りした。そこはかなり大きなクローゼットだった——リス・ラスロップのクローゼットであることは間違いない。いささかふらつきながら立ち上がると、アゼイは天井灯を探して片手を頭上に伸ばした。それがたまたま功を奏して指先が紐をつかみ、ぐいと引いて突然の光にまばたきをしながらあたりを見まわした。

そこには小さな店の在庫ぐらいの量のドレス、何十台もの帽子置き、そして靴が生えているかのような凝ったシューズスタンドがあった。しかし、アゼイがもっとも注目したのはリスの衣装よりクローゼットの扉だった。それは分厚くがっしりとしたマツ材で、取っ手をひねる前から施錠されていることがわかった。

アゼイはその木の扉をコツコツと叩いてみた。これは体当たりで壊したり、ポケットナイフでこじ開けられるような代物《しろもの》ではない。

アゼイはまたしても思った。マネキンそっくりなのにリス・ラスロップは侮れない人物だ。なにしろ、リスは手際よくアゼイを捕まえて、ある場所としか言いようのないところに閉じこめたのだ。たとえ大声で叫び、誰か――例の女中とか――が声を聞きつけたとしても、このクローゼットの中にいる状況は簡単に説明できるものではない。そしてリスがアゼイの声を聞きつけ、ここから出すことに決めたら――アゼイはかぶりを振った。いったい何をされるかわかったものではなかった！

言うまでもなく、一撃を食らわされたことで、やり直したヘアセットに対する怒りがリスにとってブラントを射殺する動機となったというジェニーの話を疑う気持ちは吹き飛んでいた。乗馬用ブーツに込められた力から判断して、リスはさほど重大な動機がなくても暴力に訴えるタイプらしい。

頭上の天井灯が突然ちらちらして消え、その一瞬後、アゼイはシューズスタンドのほうを手探りした。照明が消えると、扉の隙間から細い日の光が見えるようになった。そこには掛け金があり、その十八インチほど上に幅一インチほどのかんぬきがあった。しかしラッチボルト（ドアが風などで開かないよう仮締めする先端が三角形のボルト）はない！

アゼイは靴を見つけると、高弾性メタルのシューキーパーを取り出して木製の爪先部分をもぎとった。運が良ければ、アゼイの自宅クローゼットと同様にかんぬきは薄い木の板で、戸口の柱に旧式の手作りのねじで取りつけられているはずだ。果たして、シューキーパーから作った金属片を使ってかんぬきはすぐに上げることができた！

三十秒後、アゼイはクローゼットから出て寝室にいた。

アゼイは部屋がクローゼットの中よりも暑いことに驚き、散らかった書き物机の上の銀色の時計の針が正午を指しているのを見て愕然とした。空腹なのも当然だと思い、アゼイは果物の籠に手を伸ばすと勝手に取って食べだした。

アゼイが銀のレターオープナーをナイフ代わりにグレープフルーツを夢中で食べていると、廊下に面したドアが突然開き、ピンクコットンの家着《ハウスコート》姿の小柄な金髪女性がぼんやりとこちらを見つめていた。

「まあ、驚いた！」甲高い女性の声は鳥のさえずりのようで、アゼイはスズメを連想した。「ここに人がいるとは思わなくて。リスったら何も言わないんですもの！　ちょっと待って――あなたの顔には確かに見覚えがあるわ。だけど、わたくし本当に名前が覚えられなくて、あなたは――ええと――」

「メイヨです」アゼイは言った。「アゼイ・メイヨです、奥さん。ええと――あなたは――？」

「まさか！」その女性は部屋に入ってくると椅子の肘置きに腰掛けて、感極まったように両手を握り合わせた。「あなただったなんて。嘘だと思うかもしれませんけど、たったいまサッチャー・サドベリー判事と話をしてたんです――相談したいことがあって。そしたら彼に言われましたの。わたくしを助けてくれる唯一の人物はケープコッドのアゼイ・メイヨだろうと。だけど彼は、どうやってあなたに連絡を取ればいいかわからないと言っていたんですよ。それなのに、リスったらどうやってあなたをここに？　もちろん、リスがお連れしたんですよね？」

「そうさなあ」――アゼイのケープコッド訛りはいつもより強くなっていた――「まあ、お嬢さんに連れられてきたという言い方もできるでしょう。すっかりやられましたよ！　ここにたんこぶがあるでしょう？」

「まあ、あの子ったらあなたにも乱暴を？　リスは本当に短気で――芸術家気質なものですから。わたくしに似てしまったんです」

「では――彼女のお母さんなんですね？」アゼイがたずねた。

「もちろんですわ！　娘が言ってませんでしたか？　あの子ったら興奮のあまり、わたくしが家にいることをまた忘れていたのね。メイヨさん、わたくし本当に心配で！　リスはあなたに何をお願いしたんでしょうか？」

「よくわからんのです」アゼイは言った。「お嬢さんの基本的な考えがどういうものなのか」

「もちろん、あの子は大きな危険にさらされているんです、たとえ本人がなんと言おうと！　ご存知でしょう、あの子の身が危ないということを！」

「ほう？」アゼイが言った。「どんな危険です？」

「もちろん、あの気味が悪い連中のことです！　あの子の写真が去年、全国誌に掲載されたとたん変な人たちから手紙が来たり、サインや髪を一房もらおうと待ちぶせされたりするようになりました！そのとき気づいたんです。遅かれ早かれうちの娘を誘拐したり、それと同じくらいひどいことをしようとするに違いないと。ルディが撃たれたとあの子から聞いたとき、わたくしにはすぐにピンときました。犯人はうちの娘を殺すつもりだったのに、偶然それが彼に命中したんだわ。ですけどもちろん、あの子はこのとんでもない出来事についてすべてお伝えしてますよね。あなたを探し出すなんて本当に賢い子だわ！」

「なるほど。実際のところリス自身はどう考えているんですか？」

「あの子は、犯人の狙いはルディだったと断言しています！」ラスロップ夫人はそう言った。「ですけど、わたくしを心配させまいとしてそう言ってるに違いないんです。ところで、銃のことはお聞きになっていらっしゃる？」

「じつを言うと」アゼイは言った。「お嬢さんは――その――説明に時間を割いてはくれなかったんです。銃がどうかしましたか？」

「それが、とてもややこしい話なんですの！」ラスロップ夫人はため息をついた。「あの子が言うには、ルディに腹を立てて、彼を置いてその場を立ち去ろうとしていたときに銃声がして、気がついたら拳銃を投げ捨てていたんですって！　いま何かおっしゃいました？」

「いえ」アゼイはことばを飲みこんだ。

ラスロップ夫人は話を続けた。「だけどリスは、誰が撃ったのか知っているようなんです――。あら、驚いていらっしゃるのね！　あの子、それもお伝えしなかったんですか？　なんてうっかりしてるのかしら！」

「その――お嬢さんは誰が彼を撃ったとお考えなんですか？」アゼイはたずねた。

「あの、これはリスの考えだってことをお忘れにならないでくださいね」ラスロップ夫人が言った。「わたくしの考えではありません。わたくしは昔から、ペグ・ワイティングはルディに関心がないと思っているんです。ペグはルディよりチャブに気があるんですよ。ですけどペグはルディのモデルをしていたときのほうがずっと稼いでいたんです！　だから、嫉妬とお金絡みだってリスは言うんですよ。やれやれ！」ラスロップ夫人はうんざりしたようにため息をついた。「お金はいつだって厄介の種ですものね？」

「これらを見るかぎり」――アゼイは室内のシルバーグレーのきらめきを手で示した――「お金に不自由しているようには見えませんが」

「まあアゼイさん、わたくしたち教会のネズミみたいに貧乏なんですよ！」ラスロップ夫人は言った。「ホートン――主人です――が亡くなったとき、あの人はこの家と、ビバリーの家と、メインの掘立て小屋と、ここボストン中心部にある野暮なレンガ建築をいくつか遺してくれました。だけど絶えず税金やら修繕費やらを支払わなければならないのに、言うまでもなくチャブはどれも売る気はないんです。ラスロップ家の人間はとにかく売ることをよしとしなくて、自分がどんな苦労をするのも厭わないんですよ。子孫がたとえわずかでも利益を得られるならね。リスがモデルの仕事を始めるまで、わたくしは四六時中お金のことで頭を悩ませていたんです……。そうだわ、ひょっとしてリスがルディを撃ち殺したと思っている人はいるんでしょうか？」

「そうさなあ」アゼイは言った。「まあそれは、もしかすると――」

「なんてことなの！」ラスロップ夫人は心底、動揺しているようだった。「リスが言っていたとおりだわ！　確かにあの子は射撃の名手ですけど、だからと言って――」

「ほう」アゼイが言った。「そうなんですか！」

「そうなんです！　隅の棚にあの子がスキート射撃（散弾銃を使い、地上の投射装置から空中に射出されたクレーを撃つ種目）で獲得したトロフィーがありますでしょう？」ラスロップ夫人は娘を誇りに思う気持ちをにじませて指を差した。「夫が射撃を教えたんです」

「おや！」アゼイはラスロップ夫人の手首のあざと、頬についた赤いひっかき傷のようなものに目を留めた。「それはリスにやられたんですか？」

「もちろん、そのう、リスは昔からカッとなりやすくて」ラスロップ夫人は言い訳するようにそう言った。「そういう子なんです。言うまでもなく、ルディがあんなことになってとても動揺していましたから。たぶん本人が一番よくわかっているでしょうけど、本当にルディのスタジオなんかに行くべきじゃなかったのに！　わたくしはペグをランチに誘うよう勧めたんですよ。そのほうがずっと簡単でいいやり方だと思ったので。でもその提案はリスをひどくいらだたせてしまって」

「ではお嬢さんはブラントのスタジオに行ったんですか？」アゼイが口調を強めてたずねた。「ペグに会いに？　お嬢さんはペグが犯人だと思っているんですか？」

「わたくしは行かせたくなかったんです」ラスロップ夫人は言った。「だけどあの子はまるで聞く耳を持たなくて——あら、玄関ホールで電話が鳴っているわ。下に行って電話に出なくては。マギーは出かけているんです。もしもまた怪しい人物がかけてきたんだったら」ラスロップ夫人は、自分のあとをついて階段を下りてくるアゼイにたずねた。「警察に通報したほうがいいんでしょうか？」

「怪しい人物とは？」アゼイが探るようにたずねた。

「いえ、もちろん新聞記者だと言ってはいるんですけど、全然そんな感じじゃなくて！　これまで聞いたことのない変な声なんです。はじめはペグかと思ったんですけど、そのうち男の声のようにも聞こえてきて。その人、わたくしが判事と話をする前に二度も電話してきたんです。リスに用があるって——ああ、うるさいったら。いま行きますよ！」

ラスロップ夫人は電話に出ると、もしもしと言い、送話口を手で覆った。「また例の男です！」ラスロップ夫人は芝居がかった小声でそう言った。「もしもし？　娘は出かけております。そちらはどなた？　なんですって？　娘なら出かけてると言ったでしょう！　それに、あなたのことは警察に通報いたしますから……。ですから娘は留守ですし、あなたのことはすべて警察に伝えますからね――」ラスロップ夫人はいきなり話をやめると嬉しそうに微笑み、異様なほど勢いこんでまた話しだした。「わかりました。では申し上げますが、娘はルディ・ブラントのスタジオにいるはずです！」叩きつけるように受話器を置くと、ラスロップ夫人はアゼイを振り返った。「本当に聞いたことのない変な声なんです！　口いっぱいにシリアルを頬張った男性かもしれないし、女性かもしれません。それにしてもあれは、すばらしい思いつきじゃありませんか？」

アゼイに返事する隙を与えず、ラスロップ夫人はまくしたてた。「急に閃いたんです！　これで――おわかりでしょう？　さっきの人物はリスを探しにスタジオへ行くはずです。そこであなたもスタジオへ行き、相手が何者でどういう事情なのか突き止めるというわけです。そして、もしもそれが狡猾な警察官だったら、あなたからその人に説明してください。リスが射撃の名手だからといって、あの子が何かしたということにはならない――」

そのことばの続きは次第に機嫌を損ねた小鳥のさえずりのようになり、ラスロップ夫人は十九番地一の二の玄関扉を閉めて出てゆくアゼイを見送っていた。

レンガ敷きの歩道に出るとアゼイは一瞬、足を止めた。一方通行の通りとその先の激しい車の往来を前にすると、徒歩でもタクシーと変わらぬ時間でブラントのスタジオに行けそうだった。カッとしやすいリスがいま何をしていようと、彼女が奇妙な声を持つ新聞記者やほかの誰か、とりわけペグ・

ワイティングと会う前に捕まえたかった。

「メイヨ！」

誰かに腕をつかまれ、犬が吠える声を聞いてアゼイが振り返ると、目の前でサッチャー・サドベリー判事が満面の笑みを浮かべていた。強い日差しなのに帽子もかぶらず、ぐったりするような暑さだというのにパリっとアイロンのかかった麻のスーツを着ている。アゼイは思った。法服姿でもないのに、この人はどうしてこんなにも判事らしい威厳を感じさせるのだろう。

「やあ、アゼイ！　さっきもビーコン通りで見かけた気がしていたんだよ！」判事はアゼイの手を握り、嬉しそうに上下させた。「いやあ、元気かね？　たったいまラスロップ家から出てこなかったかい？　やっぱり！　わたしの親戚を訪ねたのかい？」

「ええ、でも思いのほか時間がかかってしまって」アゼイが言った。「その――ええと――また戻ってきますので、そのときにお会いしましょう。いますごく急いでいるので申し訳ないんですが――」

「どうしてボストンに？」

「ジェニーの家の大掃除で」アゼイはまわりこむように判事の横を通り抜けた。「またあとで！」

アゼイはさっきから敵意を隠しきれない様子でこちらを見つめている二匹のチャウチャウからひらりと身をかわすと、スタジオへ急いだ。

パブリックガーデンを通り過ぎるとき、アゼイはいつものように白鳥ボートが何艘も池に浮かんでいることや、この暑さにもかかわらず見たこともないほど多くの人が園内にいることに気がついた。見える所にいる唯一の警察官はシャツ姿のたくましい男性で、女性運転手に違反切符を渡しているところだった。

アゼイは歩く速度を緩めて少年から新聞を買うと、見出しに目を走らせたとたん立ち止まり、強い日差しのせいで自分の目がどうかしてしまったのかと危ぶんだ。というのも『パブリッグガーデンの殺人』という煽情的な見出しの下に「悪名高き女ひったくり犯とその相棒をブラント射殺容疑で捜索中。警察が強盗目的と断定」という説明が小さな文字で書かれていたからだった。

アゼイはゆっくりとかぶりを振りながら、その下の記事に目を走らせた。

要するにその新聞記者の指摘によれば、ブラントは財布も金も所持しておらず、ポケットの中身も空だったことから、おそらく強盗の被害に遭ったのだということだった。警察ではすぐさま強盗と、その朝その付近で稼業にせいを出していたひったくり犯とを結びつけ、遠からずそのひったくり犯と仲間の男の双方が捜査網にかかるだろうと考えている。また遺体の発見者クレイグ・ラスロップ氏は怪しげな牛乳配達人を見たと語っており、警察はその人物の居所も突き止める意向だという。なお、リスや銃についてはなにも触れられていなかった。

アゼイはポケットに新聞を突っこむと、顔の汗を拭い、考えに耽りながら歩き続けた。

この事件にはどうもおかしなところがある。警察だってとっくにあのスミス&ウエッソンを見つけているはずだ。万が一、警察が見落としていたとしても、白鳥ボートの客が見つけて通報しているだろう。それに、あんな銃が登録されていないはずがない。銃さえ発見されれば、警察だって――。

「おい、そこのあんた！」

考えに耽っていて交通の邪魔になっていたことにハッと気づいたアゼイは、赤い顔で歩道に上がると、そのまま大股で芸術ビルへ向かった。そしてエントランスでためらい、あたりを見まわした。警察官の姿も警察車両も見当たらない。

「アゼイ!」ジェニーが隣のビルの玄関口から現れたかと思うと、つかつかと歩み寄ってきた。「どこにいたの? ここでずっと待っていたのよ!」

「じゃあやっぱりあっしが見かけたのはおまえさんだった、たんだな」アゼイがとがめるように言った。「青いワンピースであの雑貨店にいたのは! それは新しい服なのか?」

「あたしを見かけたのなら、大声で呼んでくれたらよかったじゃない!」ジェニーが言った。「ここで長いこと待ってたからもう暑いのなんの!」

「なに言ってんだ!」アゼイは言った。「ブランディンのところに行って、そこにいてくれと頼んだだろう?」

ジェニーはふんと鼻を鳴らした。「あんた、あんな適当な話であたしを追い払えると思ってるの? あたしはね、あんたがパームビーチスーツなんて買いっこないとわかってた! あんたはつねづね、あれが大嫌いだって言ってたじゃない。だからあたしはあの手紙を読んで、駅で服を着替えたってわけ——とりあえず身の安全のためにね——そしてまたここに戻ってきたのよ。やれやれ、スリル満点だった! 見たこともないほど大勢の警察官がひしめいていたんだから!」

「まさか、またのこのこガーデンに行ったのか? あのボート乗り場に? 連中の目と鼻の先に? ジェニー、連中がおまえさんとあっしを探していることを知ってるのか?」アゼイがたずねた。「新聞は見てないのか?」

「新聞なら読んだわ」ジェニーが言った。「だけど、そんなことはとっくにわかってたもの。ガーデンで警察官たちが話しているのが聞こえたし。本当にあの人たちなんにもわかってないのよ! それにねアゼイ、あの子がブラントと行こうとするのを止めてたくしゃくしゃ髪の若者、名前はクレイグ・

ラスロップと言うんだけど、ブラントといっしょにいたあの子のことを警察にひと言も伝えてないのよ！」

「ああ、彼はあの娘の腹違いの兄さんだ」アゼイが説明した。「あの娘の名前はリス・ラスロップと言うんだよ——どうしたんだね？」

「なんだお兄さんだったの！」ジェニーはがっかりしたように言った。「ひょっとしたらあの子の恋人じゃないかと思って、三角関係を想像してたのよ——まあそれはさておき、あたしは警察官たちの話に耳をすまして、それからあんたのことが心配でたまらなくなって、新聞でブラントの住所を知ってここに来たの。あんたもそのうちブラントが住んでた所にやってくるに違いないと思ってね。知ってる？　あの馬鹿な連中ときたら、いまだに銃を発見していないのよ」

アゼイはうなずいた。「どうしてなのか理解できんよ」

「あたしもよ。警察がボート乗り場周辺をうろうろしているのを見ていたけど、誰もそれを発見した様子がなかったから、当然、あたしがガーデンに戻ってくる前に発見されたと思っていたの。だけど新聞を見たら、銃は見つかっていないと書いてあるじゃない！　こんなおかしな話ってある、アゼイ！　あたしは銃が白鳥ボートの木製部分に当たる音をこの耳で聞いたんだから！」

「そうかい。あっしはこの目で見たよ」

「じゃあ、銃はいまどこにあるの？　警察は発見していないし、ボートに乗った人たちも見つけていない。あたしも見つけられなかった」ジェニーはそう続けた。「すごく探したのに！　あたしは全部のボートに乗って、座席を変えたり、ベンチの下をのぞきこんだりして、頭がおかしいと思われたのよ。だからいまあそこにあるボートのどこにも銃は落ちていないし、見るかぎり誰もそれを取ってはいない。あの子の兄さんが持ってったんだと思う？　兄さんはどこかにいなくなったかと思ったら、黒髪のきれいな子と別の大柄な若者といっしょに戻ってきたのよ」

アゼイは首を横に振って肩をすくめた。「そうかもな。ジェニー、ここにはずいぶん長いこといたのかい？　例のラスロップの娘は見なかったか？」

「ああ、そのことだけど」ジェニーは言った。「ここに来てすぐ、確かにあの子を見たと思ったのよ――。だいたい一時間前ぐらいの話よ。あの子によく似ていたけどきれいなまとめ髪だったわ。それと、あのお兄さんと黒髪の娘が入っていくのを見たわ……。アゼイ、あんたはいったいどこにいたの？　何をしていたの？」

「行こう」アゼイが言った。「歩きながら話すよ。ちょいと確かめたいことがあるんだ」

「あたしたちこんなことしてて大丈夫？」ジェニーがそう聞いたのは、二人がそのビルに足を踏み入れたときだった。

「これまでだって誰にも見とがめられていないんだ」アゼイは言った。「おそらく大丈夫だろうよ。おまえさんなんか、連中の目と鼻の先にいても平気だったんだからな！　ジェニー、この事件にはとんでもなくおかしなところがあるし、何かがこんがらがってる。我々に困ったことが起きたら、なんとか逃げてサドベリー判事に電話してくれるかい。さあ、目指す先は三階上だから、階段を上りながらでよければ今朝、何をしていたかを話して聞かせるよ」

アゼイの簡潔な説明は、ジェニーが息をのんだり、驚きの叫び声をあげたりするのを挟みながら続いた。「まさかそんな！　まさかそんなことが！　そんな話は聞いたことない。まさかそんな――ここがそうなの？」

ブラントの待合室のドアに鍵がかかっていないのを知ると、アゼイは肩をいからせて勢いよく中に入り、飛び上がって行く手を塞ごうとする警察官の登場を待ち受けた。しかし待合室は空っぽだった。

「たぶん」アゼイがそう言うあいだ、ジェニーは口をあんぐりと開けて壁に飾られている写真を見つめていた。「警察にこんなこと言うのは要らぬお節介だろうが、あっしならここを見張らせておくか、少なくとも鍵はかけておくけどな！　開けっ放し、ほったらかしで行ってしまうとはずいぶん不用心じゃないか！」

「きっと、もう写真を撮り終えてしまったんでしょうよ」ジェニーが言った。「あの人たち、ボート乗り場でもやたらと写真を撮っていたもの。私服警官の一人が定められた手順とか言っていたわ。それが終わるとそこらじゅう野次馬だらけになって、白鳥ボートの貸し出しも始まったの。そっちはスタジオ？」

ジェニーはもう一度その質問を繰り返しながら、戸口に黙って佇んでいるアゼイのもとにやってきて中をのぞきこんだ。「一度も掃除したことがなかったのかしらねえ？」ジェニーがそう言った。「あっ、あれ！」ジェニーは声をひそめると、ソファの上の人影を指差した。

アゼイはゆっくりとうなずいた。

「アゼイ、あの金髪の子だわ！　きっと眠っているのね。じゃあ、やっ、やっぱりここに入っていったのはあの子だったんだわ――。ああっ、アゼイ、頭を見て！　同じように撃たれてる！　それにその床の上を見て！　銃がある！　アゼイ、見える？」

「見えるよ」アゼイはむっつりとそう言った。「あれが誰も見つけられなかったスミス&ウエッソンだ！」アゼイは部屋の中を見まわした。「それで」アゼイは続けた。「ドアが開いていたのか。きっと彼女は鍵を持っていたんだろう。それにしても——」

「アゼイ、もし——もしあの子がその銃でブラントを殺したんだとしたら、誰が」——ジェニーの声が震えた——「あの子を殺したのは誰なの？」

「ブラントを撃ったのと同一人物だと思う」アゼイが言った。

「そんなはずないわ！　あの子がブラントを撃ったのよ！　あたし見たんだから！」

「わかっている。それに母親によれば彼女は射撃の名手だそうだ。ジェニー、聞いてくれ。ガーデンにいるとき、おまえさんは銃声を聞き、駆けだしたときにブラントが倒れた。そうだね？　金髪の娘は一瞬そこに立ち尽くしていたが手を伸ばして銃を拾い上げ、それを投げ捨てた。そうだね？　おまえさんはあの蛇行する遊歩道を走ってボート乗り場に向かった。あの子が銃を拾うところは見たにせよ、あの子が落としたところは見ていないんじゃないのか？」

「あの子が落としたんじゃないなら」ジェニーが言った。「誰が落としたのか聞きたいもんだわ！　ボート乗り場の近くにはあの子しかいなかったのよ！　犯人がブラントを撃ったあと、あの空き地に銃を投げられるほど近くにいたなら、あたしが犯人を目にしなかったはずはないわ！　あんたが言っているのはそういうことでしょう？」

「まあそうだ」アゼイは言った。「でも考えてみてくれ——」

「あたしは見たの！」ジェニーが言い返した。「考えなきゃならないのはあんたのほうよ！　銃を放り投げるのは簡単なことじゃないでしょう！　あの子はそれを二十五フィートも離れていない白鳥ボートまでしか投げられなかったんだから！　あの場に誰かいたならあの子はそいつを見たはずだし、あたしだってそう。もしそいつがあの子の半径五十ヤード以内にいたのならね。あのあたりは開けていてよく見通せるのよ！　だから、誰かが銃を捨てたのならあたしもあの子も見たはず！　話したでしょう、あたしがガーデンで見かけたのは、もっと早い時間にいた二匹のチャウチャウを連れた男と、イブニングドレス姿の女ぐらいで――いったい何をブツブツ言ってるの？」

「二匹のチャウチャウだって！　ジェニー、サドベリー判事を覚えているかい？　そのチャウチャウを連れていたのは彼だったかい？」

「あたしとしたことが全然、気づかなかった！」ジェニーが言った。「あの顎ひげを見て気づくべきだった。確かにそう！　あらまあ、あの人とはもう何年も会っていなかったから！」

「ちょいと考えさせてくれ」アゼイが言った。「余計な口出しをしてきたチャブを撃退したリス・ラスロップは、ブラントとそのまま行ってしまった。そこでチャブはペグに電話をかけた。ペグは電話が鳴らなかったと言っていた――そうか、ジェニー、この事件は何かおかしいと感じるはずだよ！その何かは目の前にあったのに、あっしは自分の鼻先さえ見ていなかったんだ！　くそっ、もっと早く気づいていれば！」

「こっちはちんぷんかんぷんよ！」ジェニーはぶっきらぼうにそう言った。「あんたが何の話をしているのかさえ！」

「チャブはペグに電話をしたと言っていた。ペグはそのとき電話は鳴らなかったと言った。ということは、チャブは実際には電話をかけなかったのかもしれない。もしかすると彼はブラントとリスを追って、ガーデンの中まで行ったのかもしれない。たとえおまえさんがチャブを見ていなかったとしても。だが」アゼイは考えこむようにそう付け加えた。「チャブは本当のことを言っていたのかもしれない。ペグのアパートの電話は鳴ったが、彼女がそこにいなかったんだ。わかるかい？　ペグはブラントが早朝、大急ぎで写真を撮るつもりなのを知っていた。だったらペグがガーデンに忍びこんだ可能性だってあるはずだ。ジェニー、これはあっしの当てずっぽうに過ぎないんだが、イブニングドレス姿の女というのはどんな外見だった？　何か気づいたことはなかったかい？」

「ちらりとしか見なかったから。金髪で小柄で――」

「なんだって？」アゼイは聞き返した。

「金髪で小柄でせかせかしていたわ。スズメみたいに。すごい勢いですれ違ったから、あたしがいることに気づいてなかったんじゃないかしら。ひだ飾りのついたピンク色のドレスを着ていて、すごくきれいなビーズのバッグを持っていた。でも本当に、その人のことはろくに見てないのよ！」

「なるほど。通りすがりにちらっと見ただけか」アゼイは皮肉っぽくそう言った。「ほんのちらっとか。やれやれ！　おまえさんはたったいま、リスの母親を見事に描写したんだぞ？　おいおい、関係者全員があたりをうろついていたのか？　これじゃあプアーも現場にいたのかもしれないな！」

「だけど新聞に書いてあったわよ、ラスロップ家は由緒正しい家柄で、青年の妹はお金持ちの大物と婚約中だって！」ジェニーは言った。「それに判事に地位も名誉もあるのは間違いないわ。そんな人たちがこんな事件に関係する？」

「彼らは上流階級かもしれないが」アゼイは言った。「いささか奇妙なふるまいをしている。金持ちの大物はスタジオに忍びこみ、警察にバレないように婚約者のドレスを持ち出しているし、チャブ・ラスロップはこれ以上はないというほど開いた〈a〉音を駆使して警察をけむにまいている。そしてペグは善良そのもので――なのに自分の給料の小切手を振り出すのは忘れなかった！　それにあっしとしたことが、彼女がブラントの机からノートを持ち出していたことをすっかり忘れてたよ。おまけにあの母親ときたら嘘くさいほど善良だ。あっしはあの母親の話を鵜呑みにして、彼女のことをスズメみたいだと軽んじていたが、いま考えてみるといろいろと疑問に思えてきたよ！」

「その人、あんたに嘘をついているの？」

「そうさなあ、真実を語るのを巧妙に避けている感じだ。リスは母親を殴り、チャブのことも殴っていた。プアーはリスがモデルの仕事をするのを快く思っていなかった。リスはペグからモデルの仕事を奪った。そうともジェニー。やっといろいろなことがわかってきたよ！」

「あたしはね、銃を落としたのがあの子じゃないのなら、どうやってそれを拾ったり、投げ捨てたりしたのか知りたいわ！」ジェニーは言った。「ひとりでに天から落ちてきたとでも？　アゼイ、いま思ったんだけど――犯人は木に登って枝のあいだに隠れていたとか？」

アゼイはかぶりを振った。「それだけは絶対にない。ブラントの傷を見たが、彼が食らった銃弾は水平に飛んできたものだ。さて――」

「これからどうするつもり？」ジェニーはスタジオに足を踏み入れたアゼイにたずねた。「入って大丈夫なの？」

「入らなくちゃならないんだ。だが、おまえさんはそこにいてくれ」スミス＆ウエッソンに歩み寄ったアゼイは格子柄のグリップを持って拾い上げ、シリンダーキャッチを前にスライドさせてシリンダーを押し出した。「ほう！　二発撃ってある」アゼイは言った。「ジェニー、待合室の外ドアの鍵をかけて、その前にいてくれ。誰か来る音がしたら教えてほしい」

「そうなったらどうするの？」ジェニーがたずねた。

「また、非常階段から先代のフェアバンクスばりの脱出劇をやってのけるのさ」アゼイは言った。

「とりあえずこの銃が誰のものなのかを突き止める。そのためにハンソンやほかの州警察官たちに電話をしなけりゃならないが、きっと力を貸してくれるだろう」

それには二十分を要したが、ついに登録者の名前が明らかになって驚いたアゼイが吹いた長い口笛を聞きつけて、ジェニーがスタジオのドアに走ってきた。

「わかったの？」

「ああ」アゼイは受話器を置いた。「登録されている所有者はサドベリー判事で、盗難届けは出ていない。なあ、おまえさんは判事についてどんなことを覚えてる？」

「ええと、あの人が狩猟小屋にやってきたときは、いつだって誰に対しても感じが良かったわ」ジェニーが言った。「あと、射撃が好きだった」

「そのとおり。彼は射撃の大変な名手だ」アゼイが付け加えた。「現に彼は、これとそっくりの銃で雄鹿を一撃で仕留めたことがある。おまえさんは判事が犬の散歩をしているのを見ているし、あっしも判事がまた犬の散歩をしているところに会ったばかりだ。考えてみれば、今日みたいな猛暑にそんなにしょっちゅう犬の散歩をするのはおかしいと思わないか？　だが、人から変に思われずに周囲を歩きまわって物事に目を光らせていたいとき、犬の散歩ほど良い方法はない。ほかに何か覚えていないかい？　あっしとおまえさんの記憶を照らし合わせたいんだ」

「そうねえ、あの人はいつも町政記録を調べては、家系図を作成したり、家系の話をしていたわ」ジェニーが言った。「マサチューセッツ湾植民地総督の子孫なのをとても誇りにしていたから、先祖の二人がとんでもないやくざ者で絞首刑になったことや、何人か植民地から追放されていると知って、それっきり自慢の一族に対する興味を失ってしまったのよね。それからまもなくして判事はケープコッドを去った。判事は先祖がそんな悪党だったことがあまりにもショックで、その地にいることに耐えられなくなったという噂だったわ」

アゼイはうなずいた。「そうそう、あのときのことが蘇ってきたよ。それに判事はラスロップ家とは親戚だ。さっき自分でそう言ってたんだ。そうなると気になるのが、親戚であるリス・ラスロップが下着の広告に出たり、そっくりなマネキンといっしょに写真を撮られているのを不快に感じていたのかどうかだ。ふむ！　判事の家にはあとで行くとして、その前にペグが振り出した小切手がいくらだったのか見てみよう」

「大金だった？」その一分後、小切手帳をまじまじと見つめているアゼイにジェニーがたずねた。

「たった二十五ドル、ささやかなもんだよ」アゼイは小切手帳を引き出しに戻すと、考えこむようにスタジオ内を見まわした。「ジェニー、この部屋の何かが、前回ここに来たときと変わってる！」

「哀れなあの子がそこに横たわっているんだから当たり前でしょう？」

「彼女のことじゃない。ここにあるガラクタの何かだ」アゼイはそこらじゅうに散らばっている腕や脚、しっくいの頭部を手で示した。「ええと、ペグがベラと呼んでいたマネキンはある、それから帽子をかぶった太った男のマネキンもある。それから椅子もある、テーブルも骨董品も――」

ジェニーが冷たく言った。「干し草の山から針一本探し出すより、この散らかった部屋の変化を見つけるほうがはるかに難しいわ！　それにしても、この子が殺された銃声をなぜ誰も聞きつけなかったのかしら？」

「都会じゃ大きな爆発音はみんな車のバックファイアーだと思うんだよ。それともその音を聞いた人は、また警察が騒いでいると思ったのかもしれない」アゼイは言った。「さもなくば、ビル内の別のスタジオで誰かがせっせと背景づくりをしていると思ったか。参ったな、物覚えはいいほうだし、何がどこにあったか記憶するのは得意なんだが、ここはあまりに物が多すぎてお手上げだよ」

「どうしてそんなに鼻をヒクヒクさせているの?」ジェニーがたずねた。「何かにおう?」

「前にここに来たときも感じたんだ」アゼイは言った。「あの忌々しい窓を開けようとしていたときにね。そのことも気になっているんだよ。香水のにおいとも少し違う——いずれにしてもリス・ラスロップがつけるようなやつじゃない。彼女のクローゼットに長い時間いたから、香水のにおいもすっかり覚えちまった。それに、このにおいが誰を連想させると思う? あのポーター船長なんだ。まあいい、行こう! 今度は判事とおしゃべりだ——そうだ!」アゼイは戸口で立ち止まると、スタジオを横切って窓へ向かった。

「今度はなんなの?」ジェニーがたずねた。

「前に窓が開かなかった原因を、ちょいと確かめたくなってね」アゼイが言った。「古いくさびだな。その端っこが見える。なるほどね。きっとプアーがたまたま外から押しこんだわけだ。そういうことだったのか。さあ行こう!」

ビルから出たアゼイはアーリントン通りを速足で歩きながら、ひょっとすると暑気あたりになったかもとか、そんなに急いでポール・リビア（米国独立戦争時の愛国者）にでもなったつもり、などという息を切らしたジェニーの文句を聞き流していた。そして急に立ち止まったので、ジェニーのいらだちはいっそう募った。

「おのぼりさんじゃあるまいし、どうしてあの銅像をそんなにまじまじと見ているの? 生まれて初めて見たわけでもないのに。ジョージ・ワシントンはあんたが生まれたときからずっとその馬に乗ってるじゃないの――ちょっと！」

ジェニーが絶句したのは、アゼイがパブリックガーデンに入り、小さな鉢植えのヤシの前を急いで通り過ぎてワシントン像の台座へ向かったからだった。そしてそこには、お手製のスリングショットを持った男の子がワシントンの馬を悲しそうに見つめていた。

「アゼイ！」ジェニーが急いであとを追ってきた。「あんたってときどき本当に頭にくるわ！　いったいどうしたって言うの？」

アゼイはにやりと笑って指を差した。「この子の落下傘兵が将軍の肩章の上に落ちて取れなくなってしまったんだよ。あそこに布の落下傘から小さな鉛の兵隊がぶら下がっているだろう？」

「確かに、取れなくなって可哀想に」ジェニーが言った。「だけど、どうすることもできないし……。アゼイ、銅像によじ登っちゃだめよ！　そんなことをしたら逮捕されるわ！」

そのことばが実際にジェニーの口から出るより先に、アゼイは銅像の台座へとひょいとよじ登り、鉛の兵隊を救出すると、またひょいと地面に下りて持ち主の子どもに進呈した。その子はその一部始終にぼうっとなっていた。

「わあっ、ありがと！」

「こっちこそ礼を言うよ」アゼイは言った。「行こう、ジェニー！」

「あんた、暑さでどうかしちゃったのね」ジェニーはアゼイについてアーリントン通りを歩きながらそう言った。「死ぬほど急いでいたと思ったらいきなり汚い顔の男の子に親切にしたりして！　どういうつもり？　なんでカナリアを飲みこんだ猫みたいに悦に入ってるの？　スタジオのどこが変だったか思い出せたの？」

「いいや、それはまだだ」

「ひょっとして」ジェニーが馬鹿にしたように言った。「落下傘兵が銃をあの子の足元に落としたとでも？　あの銃はドイツ機から落とされたものとでも言うの？」

「いいや。黙っててくれ、ジェニー。いま考えているんだ」

アゼイの毅然とした口調を聞いて、ジェニーはそれ以上話しかけるのをやめて彼の隣を急いで歩きつづけた。アゼイがああいう口調で話すときには諦めるしかないのだ。

ビーコン通りにあるサドベリー判事邸の向かいの歩道まで来ると、アゼイはいきなり立ち止まってジェニーの片腕をつかんだ。「あそこ、判事の家の正面階段を上がっていく連中を見ろ！　判事と犬たち、ラスロップ夫人、チャブ、ペグ、それにプアーまで！　壁に止まるハエになって話を聞けたら、知りたいことをすぐに突き止められるんだが！　さてどうするかな――あっしが作戦を練るあいだ、このベンチでひと休みしていてくれ！」

「どうして？　あれが判事の銃だったことも、判事が今朝ガーデンにいたことも、もうわかっているのに」ジェニーは言った。「堂々と入っていって、面と向かって判事に聞けばいいんじゃない？」

「我々が手にしているのは」アゼイが言った。「疑わしいたくさんの断片であって証拠じゃない。面と向かって糾弾なんかしたら、警察に引き渡されるのがオチだ――それでなくても指名手配されているんだぞ！」

「証拠は充分、揃っていると思うけど！」

「わかっているのは、あの銃が判事のものだということ、判事が射撃の名手だということ、そして判事があたりをやたらうろついていたということだけだ。むろん推理することはできる。判事にとってあんな広告のモデルをしていたリスは、家名を汚す存在だったのではないかとね。だがそれだけでは充分じゃない」アゼイは言った。「よく考えればわかるはずだ。いかにも怪しげな雰囲気を漂わせているのは判事だけではない」

「だけど、あの人の銃でしょう！」ジェニーは納得していなかった。「それにあんた言ってたじゃない。盗難届は出されていなかったって！」

「もしかすると」アゼイも言い返した。「判事は銃が盗まれていることを知らないのかもしれない。ラスロップ夫人とチャブは判事の家に出入り可能だ。彼らが判事の知らないうちに盗んだのかもしれない。ひょっとしたら、プアーかペグの仕業だったのかもしれない。それにチャブは継母と妹を義務感から援助していたんじゃなかろうか。しかしリスがプアーと結婚すればその必要もなくなる。そうすれば、彼が結婚することもできるわけで――」

「お相手はあの黒髪のワイティングとかいう娘でしょうよ！」ジェニーが遮った。「ガーデンで彼を見つめるあの娘を見たときも、あのビルに入ってゆくところを見たときも、この子は彼が好きなんだとわかったわ！　そのときこれは三角関係なんじゃないかと思ったのよ、わかる？　黒髪の子と金髪の子、そしてくしゃくしゃ髪の若者とでね。だから、あの若者はリスのお兄さんだと聞いてがっかりしたわ。だけど、彼がペグ・ワイティングとの結婚を望んでいるのは確かよ！」

「そうかもな。とにかくルディ・ブラントがプアーとリスの仲に割りこむような真似をしていて、チャブがプアーの退場を危惧していたとしたら、チャブがブラント殺害の動機を抱いた可能性だってあると思うんだ」

ジェニーが眉をひそめた。「じゃあ彼はどうしてリスを殺したの？」

「まさにそこが問題なんだよ！」アゼイは言った。「だが、それでもチャブに一つは動機があったことになる。次にペグについて考えてみよう。ペグは有能で、モデルの仕事をリスに与えたブラントに腹を立てていて、モデルの仕事を奪ったリスを妬んでいた可能性がある。それにチャブが電話してきたとき、ペグはアパートにいたかもしれないし、いなかったかもしれない。だが言うまでもなく」アゼイは考えこむように続けた。「ブラントとリスの双方を殺してしまうとペグは完全な無職になってしまうが、それはそれだ」

「それでもやっぱりあたしに言わせると」ジェニーは頑なに言い張った。「あの銃は判事のものなのよ！」

「ふうむ」アゼイにはジェニーのことばが聞こえなかったようだった。「もしかしたらプアーはルディをライバル視していたのかもしれない。それにプアーは、リスがもうモデルはしないと約束したにもかかわらず、ルディのためにモデルをやり続けるということは、自分は愛されていないのだと思ったかもしれない。だが、プアーがあの娘まで射殺するはずはないんだ！　一方お金が好きなラスロップ夫人は、リスとプアーを結婚させたがっている。だとすれば、ブラントが邪魔に入るのが気に食わないだろう。それにラスロップ夫人はガーデンにいた。そしてリスはその後、ラスロップ夫人を殴っている。あれはとても愛情表現と呼べるようなもんじゃない！　それにジェニー、あの変な声の新聞記者だという電話のうさんくさいことと言ったら！　だがそれで、ラスロップ夫人はさっさとあっしを追い払うことができた。ひょっとするとラスロップ夫人はあっしをスタジオに行かせて、リスの遺体を発見させたかったのかもしれない。ひょっとするとラスロップ夫人はリスを撃って、戻ったばかりだったのかもしれない。それにラスロップ夫人は判事と電話していた。それはそうと、どうやったら上手く入りこめるだろう？　ケープコッドならブラシのセールスマンだとかになりすまして上がりこめるかもしれないが、ビーコン通りでは通用しそうにない。そうだ、ハンドバッグを貸してくれ、ジェニー。確かバッジが入っていたよな。あっしは検査官になりすますことにするよ」

「それはあたしの婦人国防隊のバッジよ！」バッジを手に取ったアゼイにジェニーが言った。「それと、あたしの国防隊証！」

「うん、わかってるよ。あとはメモ帳と鉛筆さえあれば」アゼイは言った。「あっしは現地調査中の国防検査官さ」

「暑さにでもやられたの？」ジェニーが言った。

アゼイはくっくと笑った。「ボストンでポーター邸を訪ねると、いつも屋敷内のそこらじゅうを検査官たちがうろついているんだが、みんなそれに慣れきっているんだ。いまは判事もそれ以外の者たちも忙しくて検査官なんかにかまっていられないだろうし、お手伝いさんたちは騙せると思う。誰もいちいち身分証を確認したりしないし、提示を求められてもおまえさんのバッジと証明書があればそれらしく見えるはずだ。裏口に着いたらこのマリン帽をかぶるよ。いささかヘンテコな制服だが、あっしが見たことのある国防隊の格好に比べたらどうってことない。おっと、ここにメジャーもある！ちょうどよかった。というわけでここにいてくれ。あっしが戻ってくるまで！」

十五分後、アゼイはサドベリー判事宅の居間のドア前の廊下で床を測りながら、部屋の中の会話に必死に耳をすましていた。予定外のビュッフェ式昼食を大急ぎで作っている汗だくの女中二人は、まったく疑う様子もなくすぐにアゼイをキッチンに入れてくれると、今月うちに来る検査官はあなたで三人目よと言ったのだった。

「メイヨがあの子を追っているのは間違いない」判事の心配する声がはっきりと聞こえた。「あの子を見つけないと！　電話に出ないのなら、スタジオにはいないだろう。モニカ、リスがスタジオに向かったのは確かなのか？」

アゼイが一人うなずいたのは、ラスロップ夫人が娘はスタジオに行ったと判事に断言したからだった。アゼイが思ったとおり、まだ誰もリスを見つけておらず、この連中に彼女の死を知らせていないのだ。

「リスがルディを撃ったのだとしたら」判事が続けた。「メイヨがそれを突き止めるだろう！　侮れない男だからな！　そしていつだって重要な場面に居合わせるんだ！」

目下、自分でも思っていなかった場面に居合わせています、そうアゼイは思った。

「あの人がいきなりスタジオに現れたときにはぎょっとしました！」ペグが言った。「目が飛び出しそうなくらい！」

「わ、わ、わたくしがリスの部屋にいるあの人を見たときは」――ラスロップ夫人の声は緊張して震えていた――「仰天したわ！　サッチャー、彼を見かけたので用心するようにと電話であなたから言われた直後だったの。わたくしはあの人が何を知っているのか探ろうとしたわ！　リスから呼ばれたんですねとほのめかして――実際あの人はあの子に呼ばれたのだといつのまにかわ、わ、わたくしに信じこませた！」

「彼はどんなことでも信じさせるんだよ」判事が言った。「アゼイが大急ぎでガーデンへ行くのを見た瞬間、ルディのことを知っているに違いないとピンと来たんだ！　そしてこの窓から双眼鏡で彼がボート乗り場に向かうのを見たとき、うちの一族の者が関わっていると気づいたんだ！」

「銃の件をなぜ通報しなかったんですか、サッチャー伯父さん」チャブの開いた〈a〉音は、警察と話していたときほど強調されてはいなかった。

「チャブ、白鳥ボートの座席にスミス&ウエッソンマグナムがあるのを見たとき、それが何であるかはすぐにわかったが、まさか自分のものだとは夢にも思わなかったんだ！　いいかい、リスとルディがアーリントン通りを駆けていくのを見て、こんな時間に何をしているんだろうと思ったが、犬たちを連れてあとを追う前に見失ってしまってね。そして、しばらくしてから銃声が聞こえた。そのときは車のバックファイアーだろうと思っていたがね。しかしそのあとでボート乗り場の前を通りかかって、倒れているルディや、カメラやマネキンを見たときは、はっきり言って腰を抜かしそうだった！」

「そのときに、プレートホルダーのケースをひっくり返したんですか？」プアーがたずねた。

「そうだ」廊下では、アゼイが思わず目をぱちくりさせていた。「リスがもうモデルはしないというきみへの約束を破っていたことは明らかだが、わたしは決意していたんだ。もしルディが実際にリスの写真を撮ったにせよ、そのことも、リスがその場にいたことも隠しとおそうとね。だから家に戻ってきてメイヨの姿を目にしたときには、まるで自分がルディを撃ち殺したかのようで後ろめたかったよ。ともあれ、わたしは彼に見つからないように階段を駆け上がり、慌てて双眼鏡を手に取った。その後、ふと思い立って書斎にわたしのスミス&ウエッソンがちゃんとあるか確認しに行ったら、なくなっていることに気づいたんだ！」

ラスロップ夫人がその後の沈黙を破って言った。「でも、誰が盗んだの？　いまだに何があったのかよくわからないわ！」

「それを突き止めるのにはなかなか骨が折れたよ」判事は言った。「いいかい、昨夜はスージーもジェーンも外出していた。わたしはクラブで夕食をとり、コンサートに出かけたんだ。ここにいたのは年老いたアニーだけで――」

「アニーはヨボヨボじゃない！ どうしていまだに屋敷に置いているの？」ラスロップ夫人が言った。

「モニカ、そうは言うけど、五十年も我が家に忠実に仕えてくれた者をクビにできるわけがないだろう！ 年老いたアニーにはほかに行く所もないんだから！ とにかく、昨夜九時ごろ呼び鈴が鳴ってアニーが玄関に出てみると、警察官が立っていたんだそうだ。その警察官はアニーに、あるテストのためにお宅の銃をお借りしたいと言ったらしい。アニーはそれが何というテストだったか思い出せなかったが、わたしが弾道学のテストではないかと言うと、たぶんそれだと言っていたよ。というわけでアニーはその男を中に入れて、お望みの銃をお持ちくださいと言い、そいつはそうしたのさ！」

「それで堂々と持ち去ったわけですか！ なんということだ！」プアーが言った。「あなたはそんな話を信じているんですか？ その人物は本当に警察官だったんですか？ 彼女はいったいなんてことをしてくれたんだ！」

「わたしもはじめは激怒したよ」判事は言った。「だが、警察官が用事で訪れることは実際によくあるんだ。わたしは彼らの基金の理事をしているのでね。アニーは常日頃、警察官たちが出入りするのを見ているんだよ。それに、アニーが涙ながらに言ったんだ。いつだって警察官は家に入れてかまわないと思っていたし、犬たちも彼になついていたと。犬たちが承認していたのなら、わたしとしてもこれはやむをえないと思ったんだ」

「だったら、アニーが会えばその男だとわかるんじゃないですか？」チャブがたずねた。「どんな男だったか説明できないんですか？」

判事のため息が聞こえた。「アニーによれば、警察官は警察官だし、よくいる普通の警察官でしたと言うだけでね。この説明だとボストン市内のあらゆる男にあてはまる。どう考えてもそいつはニセ警官だろう。あとでわかったんだが、その男が来る前にアニーは三度、電話に出たらしい——スージーとジェーンとわたし宛に一度ずつだ。だから、その男は事前に家に誰がいるか確認していたんだろう」

「それで、その男が銃を奪った！」ラスロップ夫人が言った。「だったらリスが銃を持っていたはずがないわ！　これで万事解決でしょう？」

「確かに」判事が歯切れ悪く言った。「だが老いたアニーの話を当てにするのは無理だ！　アニーが法廷で厳しく追及されたらと考えるだけでぞっとする。きっとすぐにしどろもどろになって、警察官のふりをしていた人物は男だったかもしれないし、あるいは女だったかもしれないと認めてしまうだろう！　もちろん、我々のうちの誰かが人を殺すかもしれないなどと一瞬でも考えるのは途方もないことだが、リスは本当に気が短いからな！　ところでモニカ、なぜ今朝リスを探していたんだい？　きみは今週いっぱいポーツマスのメアリーの所にいるんだとばかり思っていたよ！」

「そのつもりだったんだけど、メアリーが始発列車で急遽ニューヨークに行かなければならなくなって、今朝五時に家まで車で送ってもらったの。わたくしもメアリーも着替えをする暇さえなかったわ。二人でクラブから戻ってきたときに、ボブからの電報を受け取ったのよ。そして自宅に帰って最初に目にしたのが、玄関ホールのテーブルにあったルディからリスへの言伝《ことづて》が書かれたメモだった。もちろん、わたくしは下着の広告のときのようにまたリスとジャックが揉めるのは絶対に嫌だった！　だからとにかくあの子に追いついて止めたかったの。またあの口論が始まったら本当に耐えられないと思ったのよ！」

「ぼくもまったく同じことを考えました！」チャブが言った。「ああ、もしもメイヨに気づかれたらどうなることか！　サッチャー伯父さん、あなたの銃がその場にあり、モニカ、伯父さん、ぼく、そしてリスもあそこにいたんですよ！　ペグ、きみとジャックは安全だけどね！　それにしてもペグ、いったいなぜこんな早朝に撮影をすることになったんだい？　ぼくにはさっぱりわからないよ」

「昨日、わたしの外出中に『ファッション・アルーア』からルディに愛国的な表紙を撮ってほしいという電話があって、それで――」

「いったいどこをどうしたら」――チャブのことばはアゼイの心の声を代弁していた――「ブレンダとリスが白鳥ボートに乗っている写真が愛国的になるんだい？」

「古都ボストン、白鳥ボート、そして赤、白、青の衣装だからよ」ペグが言った。「ブラントが撮ったレタス一玉とライオン二頭の写真よりもよっぽどまともだわ――あれは英国支援がテーマだったのよ、知ってた？　とにかく『ファッション・アルーア』からのオファーはすごい大金だったから、ルディからその話を聞いたときには先方に電話して間違いないか確認したかったくらい」

　廊下にいるアゼイは目を細め、額にしわを寄せた。

「だけど問題は」ペグが続けた。「写真を今日までに欲しいということだったの。昨日の午後はひどい嵐で仕事ができなかったから、残された時間は今朝早くしかなかったわけ。もし天候が悪いままだったら困ったことになっていたんだけど、断ってしまうにはもったいない大金が手に入るチャンスだったから、わたしたちは大急ぎで衣装を用意したの。おそらくわたしが家に帰ったあとで、ルディはマネキン二体ではなくリスとブレンダを使うことに決めたんだわ。判事、ほかにも誰かガーデンにいたはずです！　見かけませんでしたか？」

「バッグを持った掃除婦とすれちがったよ」アゼイは判事がジェニーを掃除婦と呼ぶのを聞いてにやりとした。「あとはガソリンスタンドの店員らしき男もいたな。チャブ、おまえは牛乳配達人を見たと言っていなかったか？」

　叫びだしそうになるのを必死でこらえると、アゼイはメジャーをポケットにしまって階下へ急ぎ、女中たちに礼を言って屋敷をあとにした。

　アゼイはさっきのベンチで、ジェニーがアイスクリームを食べながらハンカチであおいでいるのを見つけた。

「みんなどうしてこんなに暑くて、蒸し蒸しする所に住んでいるんだか！　アゼイ、いろいろとわかったって顔ね！」

「それなりにな。そこでおまえさんには、判事宅にいる連中をあの場に引き留めておくのを手伝ってもらいたい——信じてないって顔だな。あっしは大真面目だよ。さあ、この時計を持って」——アゼイは古い銀製の二度打ち時計《リピーター》（ボタンやレバーを押すと、そのときの時刻をチンチンチンと音で知らせる時計）をポケットから取り出した——「家に行って、判事に会わせてほしいと言うんだ。女中たちに旦那さまは取り込み中ですと言われたら、形見の品を届けに来たと伝えるといい」

「ええっ？」

「人に嘘をつく秘訣は、つねにできるだけ多くの真実を混ぜることなんだ」アゼイは言った。「だから判事には、いとこのエドの葬式でシカゴに行ってきたと話して時計を手渡し、エドがいっしょにカモ狩りをしていたころの思い出にこれをあなたに遺したそうですと言ってくれ。そうすれば変に思われることはないだろう。エドは長年、判事の雑用係をつとめていたからな。それからその場に腰を落ち着けて、判事にこう頼むんだ。すみませんがここでアゼイを待たせてもらえませんか。いつのまにかはぐれてしまったんですが、行き違いがあったときには判事宅に迎えに行くからと言われているんです、とね。形見の時計をわざわざ持ってきてくれた親切なおまえさんに対して、判事がその頼みを無下に断ることはないだろうし、あそこに集まっている連中の不安そうな様子を思えば、あっしが何をしていたのか知ることができるその状況は願ったりかなったりのはずだ。さあ、行ってくれ！」

ジェニーはためらった。「あたしは何を話せばいいの？」

「あっしの知るかぎり」アゼイは満面の笑みで言った。「おまえさんはこれまで一度もことばに詰ったことはないじゃないか。ただし今日あったことは口にしないでくれ。ケープコッドの話をするといい。当たりさわりのないちょうどいい話題だからな。じきにあっしも合流するよ」

「あんたはこれからどこへ行って何をするつもり？」

「何本か電話をかけて、れっきとした家宅侵入をやってのけるつもりだ」アゼイは言った。

「やっぱり！　あんた、スタジオのどこが変だったのか思い出したんでしょう！　教えてよ、いったいなんだったの？」

アゼイはにっこりした。「ずいぶん時間がかかったが」彼は言った。「ようやくわかったよ。あの太った男のマネキンが緑のシルクハットをかぶっていなかった。そして、あそこで嗅いだにおいはハネウェル社の整髪料だったんだ」

ジェニーはアゼイを見つめた。「それを手掛かりに殺人犯を見つけるつもり？」

「そうさなあ」アゼイはゆったりと言った。「あとはジョージ・ワシントンに感謝の一票を投じるよ。

じゃあな！」

二時の時点で判事宅の居間の空気はピリピリと張りつめていた。そして三時になるころには、ジェニーは生まれて初めてというほどの居心地の悪さを感じながらケープコッドの話を延々と続けていた。時おりサドベリー判事が礼儀正しく、以前の隣人たちの健康状態などをたずねて会話の継続を助けてくれたし、一度ジェニーがカラカラになった喉をアイスティーで潤すために話を中断したときには、ペグ・ワイティングが意を決したように、ミウィージット・キャンプでのあまり要を得ないエピソードを緊張の面持ちで語った。ラスロップ夫人は椅子に座ったまま落ち着きなくドアのほうを見るために首を伸ばしたり、温度計を見るために首をひねったりしていた。チャブは扇風機の首振りの角度を何度も調節し直し、プアーは座ったまま靴の爪先で絨毯の模様をなぞっていて、ジェニーはこの二人に無意味で単調な動作をやめなさいと叫びたくなった。だがその代わりに、ジェニーはどんなふうにヤマモモを使ったロウソクを手作りしているかだとか、祖母直伝のビーチプラムジャムの作り方について淡々と語った。

　やがて炉棚に飾ってある置時計が三時十五分を告げたとき、プアーがジェニーの話を遮った。「ケープコッドについてのくだらんおしゃべりはもうたくさんだ！　おまえのいとこは、メイヨはどこにいるんだ？」

「あたしだって――」カッとしたジェニーはケープコッドの話などあたしだってうんざりだし、あんたなんかよりはるかにアゼイの到着を待ち望んでいるんだと言いそうになってすんでのところで踏みとどまった。「きっと」ジェニーはできるかぎり感じのいい口調で言いなおした。「予定どおり新しいスーツを試着しているんですよ。ところで、あの温度計は九十二度（摂氏約三十三度）を指してますか？」

「九十四度よ」とラスロップ夫人が言った。「湿度は九十パーセント……あ、いまのは呼び鈴かしら？　リスが来たんじゃない？」

判事が立ち上がったが、部屋を横切る前に女中がアゼイを部屋まで案内してきた。アゼイは信じられないほど涼しげに見えた。しかし挨拶代わりの笑顔を見せながら、アゼイはジェニーが見たことのない青いバンダナをポケットから取り出して顔を拭った。

「遅くなって申し訳ない。時間がかかってしまって」アゼイはバンダナの両端を持ってくるくると丸めると、右手の指でそれをつまみ、マホガニー材のテーブルのプアーとペグ・ワイティングの向かい側の席に座った。

ジェニーははっきりと落胆していた。花火だとか喧嘩のようなものを期待していたのに、アゼイはゆったりと椅子に座り、丸めたバンダナをゆりかごのように優しく揺らしている！

「リスを見かけませんでした？」ラスロップ夫人が熱心にたずねた。「あの子は見つかりましたか？」

「ええ、見つけました――おや、これは見覚えがあるぞ！」アゼイは手を伸ばして古い銀時計をテーブルから取り上げると、両端をつまんだバンダナの輪っかの中に乗せて前後に揺らし続けた。

「落とすわよ！」ジェニーがきつい口調でアゼイに注意した。

「リスはどこに？」ペグが心配そうにたずねた。「みんなとても心配してるんです。手当たり次第に電話したけど見つからなくて。彼女はどこにいるんですか？」

「ブラントのスタジオだ」アゼイは時計を乗せたバンダナを揺らし続け、その場の全員は魅入られたようにその動きを目で追った。「芸術ビルの」

ジェニーは猫が喉を鳴らすような満足げなアゼイの口調に気づき、突如として悟った。あんな落ち着きはらった顔をしているけれど、アゼイはいままさに獲物に飛びかかろうとしている。何か目的があって、重要な仕掛けを整えているのだ。

「メイヨ、どういうつもりなんだ？　何が言いたい？」プアーが焦《じ》れて食ってかかった。「あんたののらりくらりした戯言《たわごと》はもうたくさんだ！　リスがスタジオにいるはずがない！　スタジオには電話したんだからな。我々は――」

「時計に気をつけて！」ジェニーが口を挟んだ。

「彼女はスタジオにいたと言ったんだ」アゼイはそう言って少し黙り、そっと先を続けた。「大変お気の毒ですが、彼女は撃たれていました」

ジェニーの鼓膜にラスロップ夫人のつんざくような悲鳴が響き渡った。チャブは扇風機から振り返ると、どこか知らない国のことばを話してでもいるかのようにアゼイをまじまじと見つめており、判事の顔は一瞬にしてその白髪と同じくらい真っ白になった。

「撃たれた？　まさかそれは――」ペグの声が途切れた。

「大変残念だが、そのまさかだ」アゼイはペグに言った。

「アゼイ」判事がごくりと唾をのんだ。「アゼイ、リスは――あの子は殺されたのか？　アゼイ、きみは誰がやったのか知っているのか？」

「あっしがここに来たのは」アゼイは言った。「そいつを捕まえるためです、判事！」

例の時計が突然、バンダナの輪から転がり落ち、良心になんらやましいところのないジェニーでさえ、その音にぎょっとして椅子から飛び上がりかけたが、またゆったりと腰掛けると感嘆しながら一同を見渡した。まるで絵の中の人物みたいだとジェニーは思った。ラスロップ夫人は大理石の像のようだし、ペグの顔は恐れと混乱が入り混じり、判事は指の関節が手の甲を突き破ってしまいそうなほど強くチッペンデールチェアの肘置きを握りしめている。チャブは呆然としてうろたえ、いまだに扇風機の調節ねじのあたりに指先をさまよわせていた。アゼイは無表情のまま微動だにせず座っており、あいかわらず飛びかかる機会をうかがっているようだった。

「おまえなんかに捕まるもんか！」プアーのしゃがれた叫びが、この絵のような場面を終わらせた。「絶対に！」

ジェニーはプアーの手の中に現れた拳銃を見て呆気にとられた。そして反射的に、アゼイがどうするつもりかを振り返って見た。

「このときを」――アゼイはバンダナの端を両手で持つと、涼しい顔でプアーに微笑みかけた――「待っていたんだよ！　ジェニーに発砲した銃をいまも持っているに違いないと思っていたんでね、おまえさんがそれを出すまでは攻撃を仕掛けたくなかったんだ――」

「おまえなんかにやられるものか！　おまえなど――」

ジェニーの目が追いきれないほどの速さでアゼイの左手首が動いたかと思うと、右手に持ったバンダナの端が、テーブルの向かい側にいたプアーの顔へと鞭のように飛んでいった。

「うわっ、目が！」プアーが叫んだ。「目が！」

拳銃を握っている右手をとっさに目もとにやったプアーは、何が起こったかわからぬうちにアゼイに銃をもぎとられていた。

「そら！」アゼイが言った。「これでよし！　チャブ、こいつを縛り上げるからベルトを貸してくれ――それでいい。さあ、こいつの上着のポケットを探って、紐のきれっぱしが入っているか見てみてくれ。ある？　よし！　判事、二人を殺害した犯人を警察に引き渡す代わりに、駐車違反のチケット数枚と暴行罪容疑の取り消しを根回ししてもらえないだろうか？」

それから三十分後、判事は前方の窓から振り返ると、扇風機そばのソファに腰かけているペグ・ワイティングの横に座った。「プアーが連れ去られるところをきみが見ずに済んでよかったよ！」判事は言った。「警察が抱えて運び出さなければならなかったんだ。ほとんど錯乱状態だったからね。以前にも似たような状況を見たことがあるが、彼のようなタイプはじつはとても心が弱いんだ――」

判事はアゼイとチャブが部屋に入ってきたのを見て、話を中断した。「ああアゼイ、きみが来てくれて本当に助かったよ。聞きたいことがたくさんあるんだ。それと、友人のメイソン判事に電話しておいた。非公式な話ではあるが、プアーの思惑どおりには絶対にならないだろう。たとえプアーが気を取り直して、富や地位や弁護士を利用して法の盲点を突こうとしてもだ。ああチャブ、モニカの様子はどうだ？」

「ジェニーと女中たちが面倒を見ています、サッチャー伯父さん」チャブはいまも、たとえ頭を強打されようと試合の最後の瞬間まで全力を尽くすハーフバックの顔つきをしているとアゼイは思った。「もう泣きやんで落ち着きつつあります。ところでアゼイさん、ぼくがプアーにしたことは継母《はは》には黙っていてもらえますか？」

「まあ、何をしたの？」ペグがたずねた。

「たいしたことじゃない」アゼイがペグに言った。「あんな狂犬のような態度をとっていたら、遅かれ早かれ警察官からやられていたはずのことをしただけだ。しっかりと腰の入った切れのいい右から顎への一撃さ。おかげであいつもだいぶ大人しくなったよ。殴られて歯が抜けたのは初めての経験だったろう」

「教えてほしい」判事が言った。「バンダナをひらりと彼目がけて振ったとき、きみは何をしたんだ？」

「往年のギャンブラーのトリックですよ」アゼイは言った。「改めて見れば、あっしが右手で握っていたバンダナの端に鉛の重りが結わえてあったことがわかるでしょう――車に積んであった釣り道具のバケツから持ってきたんです。輪にしたバンダナを目の前にぶらつかせることで少々挑発してやらんことには、暑さでイライラしている彼が何をするかわからないと思ったんでね。だからこっちも完全に丸腰でいるわけにはいかず、あの重りを仕込んでおいたんです。これでわかりましたか？」

「いいえ」ペグが言った。「よくわからないわ」

「まずどちらかの手でバンダナの端を持つんだ、こんなふうに」アゼイがやって見せた。「それから重りを結わえてあるほうの端を手から放し、手首をぐっと素早く動かすと、相手の顔に鉛が命中するのさ。プアーは自らの言動により馬脚を現したんだ」

「アゼイ、彼はなぜ二人を殺したんだ？」判事がたずねた。

「ブラントにリスとの仲を引き裂かれてしまうと考えたプアーは、ブラントを永遠に葬《ほうむ》りたかったんでしょう」アゼイが言った。

「本人もそう認めてました、サッチャー伯父さん！」チャブがそう口を挟むと、判事は信じられないというようにかぶりを振った。「あいつには、リスが自分の言うことを聞かずにルディのモデルを続けている理由がほかにもあることがわからなかったんです。リスがお金を稼ぎたがっているとは考えもしなかったんですよ！」

「ということは」――判事はとても信じられないという口調だった――「プアーはそんなにもルディに嫉妬していたのか？」

チャブがうなずいた。「ルディはリスと婚約したプアーに対して、いつもわざと挑発するような態度を取っていたようです。リスがモデルをすることにがみがみ言ったり、口論したり、怒ったり、リスが下着の広告で駆けまわっているのを罵ったり――こうしたことをぼくらはプアーのくだらない虚栄心だと思っていましたが、本人にとっては深刻な問題だったわけです。彼は気が狂いそうなほど嫉妬していたんですよ」

「確かに」判事はゆっくりと言った。「そういう輩《やから》はいるんだろうな。プアーがルディの気楽で洗練された雰囲気に嫉妬心を煽られたのはわかるような気がするよ。あの若者にはある種の魅力があったからな――プアーがそれを理解することは決してないだろうが」

「そのほかのことはぼくにもわからないんです、アゼイさん」チャブが言った。「プアーはひどく興奮していて、何を言ってるのかさっぱりわからなくて」

「あれは悪者がヒロインを救出するためにわざと馬を暴走させるという、古い三文小説の手口のようなものだったのさ」アゼイが言った。「プアーはルディを殺し、それにリスを巻きこむつもりだった。そのうえでさっそうと彼女をトラブルから助け出すつもりでいたんだ。プアーが間髪入れずに、起こりうる問題からリスを助けるために顧問弁護士を呼ぶと言いだしたときに疑ってかかるべきだった！とにかくプアーはそうやってリスを救い出し、彼女は自分に従わざるを得なくなるという筋書きだった――感謝の念からモデルをやめるというようにね――。それがプアーの目論見だったんだ」

「なんて勝手な！」ペグが言った。

「そうだな。だがプアーにとって思わぬ邪魔が入る。ジェニーがリスを追いかけたせいで計画が狂ったんだ。そしてリスはジェニーとあっしが十九番地一の二の裏通りで話しているのを聞いて、すっかり怖くなってしまった。それでリスはどこにも行かず、何も言うまいと心に決めたんじゃないかと思う。つまり、リスはプアーにすがって助けを求めたりはしなかった。彼女がプアーに頼んだのは、ドレスを取ってきてということだけだったんだ。状況をあれこれ考えてから、リスは自分自身で犯人を見つけようと思って出かけた。一方、判事がプレートを駄目にしたので、警察が彼女を見つけだす手掛かりとなる写真はなくなってしまった」

「彼があの子を事件に巻きこむつもりだったとは信じられん！」判事が言った。

「でもそうだったんですよ。さっき本人がそう認めました。リスは射撃の名手で、カッとなりやすい質《たち》で、殺害現場に居合わせた。それだけで警察からあれこれ聞かれるには充分ですからね。しかし、最終的にリスの疑いは晴れるとプアーにはわかっていた。彼の顧問弁護士の力やアニーの証言を駆使すればね。こうしてプアーはすべてうまく運ぶと思っていました。スタジオでペグの話を聞いたときに、プアーはそう確信していたんです。しかし警察官たちが迫ってきた直前に、あっしがちょいと口にしたんですよ。一部始終を見ていた者がいたと。それで非常階段からの脱出劇のあと、プアーの態度は一変しました。彼は誰が何をどのくらい見たのか突き止めたかったのです。リスを探すためにプアーをまいたあっしは、警察がやってきたときの彼の狼狽ぶりが心底からのものだとは思ってもいませんでしたがね」

アゼイはひと呼吸おくと、居間のドアから入ってきたジェニーとラスロップ夫人を振り返った。ラスロップ夫人は十九番地一の二の自宅で初めて会ったときよりもずっと老けこんだようだった。いまも顔は蒼白で足元もおぼつかないようだったが、冷たくふつふつとした怒りを抱いた状態まで冷静さを取り戻しており、それはプアーの顎をぶん殴ったときのチャブの怒りに似ていた。

「ジェニーにはまだ寝ていたほうがいいと言われたんだけど」ラスロップ夫人が言った。「わたくしはどうしても知らなければならないの。あの男はなぜリスを撃ったの？　どうして？」

「それはわたしも聞かせてほしい」ラスロップ夫人が椅子に座るのを手助けしながら、判事が言った。「アゼイ、プアーがリスを確実に我がものにするためにルディを殺したのなら、いったいなぜ彼女を撃ったんだ？」

「今朝あっしと別れたあと、彼が自宅に戻ると」アゼイが言った。「午前中の郵便物が届いていて、その中に婚約破棄を申し出るリスからの手紙があったからです」

「まさか！」ラスロップ夫人が言った。「そんな！」

「そうなんです――ラスロップ夫人、部屋に戻って横になりますか？　つまり――」

「わたくしなら大丈夫です！」ラスロップ夫人は言った。「悶々としているより、事実を知りたいの。リスはどうして婚約破棄なんか？　あの子が望んでいたハリウッドからのオファーがあったんですか？」

「そうです」アゼイが言った。「あっしもね、リスはどうして自分の苦境をほとんどプアーに明かさなかったのか不思議でした。そのときふと、彼女の寝室のデスクが散らかっていたことを思い出した。やたらと便箋が丸めてあったり、捨ててあったりしたんです。何か書こうとして散々苦労したかのようにね。それでもしかしたら、彼女はプアーとの関係を終わりにしようとしていたんじゃないかと思いました。そこでしばらく前にお宅に侵入させてもらったんですが、やはり丸められた便箋はリスからプアーへの手紙の書き損じでした。リスは彼といるより仕事のほうがずっと楽しいという結論に達していたんです。ちなみにプアーのアパートにも侵入してみたところ、彼が今朝受け取った手紙も見つかりました――おっと、それで思い出した。プアーの使用人を縛り上げてあるので、誰かが行って彼を自由にしてやってほしいと警察官たちに伝えないと。悪いが電話してもらえるかい、チャブ？その男によると、プアーは手紙を読んで怒り狂ったそうです。まあ、それはそうでしょう。せっかくライバルを撃ち殺したというのに、その甲斐もなく恋人にふられたんですからね！」

「じゃあ変な声で電話してきたのはプアーだったの？」ラスロップ夫人が背筋を伸ばした。

「そうです。あなたは家にいたが、おそらく彼にとってそれは予想外だった。だからあなたに気づかれないように声を変えたんでしょう――」アゼイはハッとして口をつぐむと、ラスロップ夫人の前ではしないつもりだった話をしてしまったことを心の中で罵った。

「では――ああ、わたくしがあの男に娘の居場所を教えてしまったのね！　なんてこと！」

「あまりそのことでご自分を責めないように」アゼイが優しく言った。「やつはどこであろうとお嬢さんを殺していたはずです。お嬢さんがどこにいたかで、結果が変わっていたとは思えません。だけどあの、あなたは早口で、警察に知らせますよというようなことを言ったでしょう。あなたは、これ以上おかしな電話をかけてくるなら警察に通報すると言ったんですが、プアーは聞き違いをした。リスはスタジオに行き、それは警察の知るところになるだろうと言われたと思った。プアーはあなたから、リスにはルディ殺しの犯人がわかっているし、それを警察に言うとほのめかされていると思いこんだんです」

「でもあたしは、プアーがスタジオのあるビルに入るところなんか見なかったわ！」ジェニーが言った。

「おまえさんはあいつが入るのを見張っていたわけじゃない」アゼイが言い返した。「そしてあいつも、おまえさんを見なかった。幸いにもね。あっしがそうだったように、プアーも青い服を着たおまえさんが誰かわからなかったんだ。だが彼はペグとチャブには気がつき、二人が去るまで身を隠していた。そしてリスがやってきたときにあとについて中に入った。プアーの話からの想像だが、リスになじられ激昂してあの子を撃ったんだ」

「あたしが知りたいのは」ジェニーが言った。「あいつがどうやって白鳥ボートから銃を持っていったかよ！」

「チャブが言うには、彼とペグとプアーはちょうどボートの貸し出しが始まるときにガーデンに戻ったんだ」アゼイは言った。「ジェニー、おまえさんはまさにそのとき彼らを見たんだよ。チャブによると、ボート屋がプアーに、ボートをボート乗り場につなぐあいだそこにいられると邪魔だと注意したんだと。だがプアーはかかとをひっかけて滑り、ボートの中に転がり落ちたそうだ――そうだったね、チャブ？」

「はい。わざと転んだようには見えませんでしたが、あいつはそのときに銃を見つけて拾ったんだと思います」

「おそらく」アゼイが言った。「プアーは悟ったんだろう。計画がすっかり狂ってしまったということを。警察はリスのリも口にすることなく、ひったくり犯とその連れのことばかり気にしていたんだから」

ジェニーがふんと鼻を鳴らした。「馬鹿な連中！」ジェニーは言った。「アゼイ、別の銃を持っていたのにあいつはなぜその銃まで奪ったの？」

「そうさなあ、そのころすでにリスの手紙を読んでいたプアーは、彼女を殺そうと決意していたんだろう。そして白鳥ボートの中のスミス＆ウエッソンを見たときには、それを手に入れる機会を見逃さなかった。だってそのスミス＆ウエッソンをリス殺しに使って現場に置いてくれれば、持ち主として浮かび上がるのはサドベリー判事だ。プアーにはそのほうがずっと安全に思えたんだろう。持参した予備の銃を使ったら、それが彼のものだと専門家が突き止めるかもしれない。最近では銃を手に入れるのはそう簡単なことじゃないからな。だからこそ彼は判事の銃を借用するためにあんなに手のこんだ策を講じたんだ」

「じゃあ彼はなぜ予備の銃なんか持ち歩いていたの？」ジェニーがたずねた。

アゼイは肩をすくめた。「そうさなあ、おそらく彼はサスペンダーをしているのにベルトまでするタイプなんだろうよ。プアーはもともと判事の銃を処分するつもりでいた。だから自分の銃も持っていたかったんだろう。万が一それが必要になったときのために」

「あのマネキンと」ジェニーが重ねて質問した。「ハネウェル社の整髪料については？」

「ハネウェル社の整髪料というのはポーター船長が昔使っていたポマードなんだ」アゼイが言った。

「息子のビル・ポーターもいまだにときどき使っている。ビルの奥さんはやめさせたがっているがね。あれはアトランティック・クラブの床屋のじいさんが作ったもので、いまも売られている。たぶんプアーはそのポマードを使うと、古き良きボストンの雰囲気をまとえるとでも思っていたんだろう。とにかく、あのにおいを思い出してついにその出どころに気づいたとき、あっしはチャブのくしゃくしゃっとした髪と判事の風になびく髪、そしてきれいに撫でつけられたプアーの髪と、彼がいつも帽子をかぶっていることを思い出した。つまり、ポマードを使いそうな人物はプアーだけだったんだ」

「でも、あの太った男のマネキンは？」ジェニーが言った。

「ああ、最初にあのマネキンを見たときは緑の帽子《ハット》をかぶっていたんだが、なんだかおかしいと思ったのは、あとで見たときにそれがつばのある帽子《キャップ》になっていたからだ――わかるかい？　この暑さなのに、プアーが着ていたような黒いズボンに白いシャツを着て、黒いネクタイを締めていたらまず警察官だ。少なくともジェニー、おまえさんにとってそういうやつは警察官だろう。そしてチャブにとっては牛乳配達人で、判事にとってはガソリンスタンドの店員だった。さらに――」

「老いたアニーにとっても」判事が口を挟んだ。「それは警察官だったわけだ！　そういうことだったのか！」

「そのとおり。あのつばのある帽子《キャップ》は厚紙でできていてたたむことができる。プアーはそれをマネキンにかぶせた。もう用はないし、もし誰かに気づかれたとしても、スタジオの小道具と思うだろうと考えた。それは自分と結びつけられるような物ではないし、たとえ誰かがわざわざにおいを嗅いだとしても、それがプアーのたんすに載っているハネウェル社の整髪料のにおいだと気づかれるはずはないからな！」

「あなたはどうして」ペグがたずねた。「彼が怪しいと思いはじめたんですか？」

「そうさなあ、彼はブラントに殺意を抱く最有力候補だった。しばらくは判事のことも疑っていたんだが」――アゼイは憤慨した判事を見てにっこりと笑いかけた――「ラスロップ家の前で判事と会ったとき、そのふるまいはまるで殺人犯らしくなかったし、殺人犯は普通、犬を連れて出かけたりはしない。それからポマードのこともあった。さらに、アニーをだまして銃を持ち去ったやつがこの家の間取りや女中の配置などに通じていることもわかっていた。そしてアニーによれば、犬たちもその男を受け入れていたと言うじゃないか。あっしに対するよりずっと！　犬たちには男が知っている人だとわかってたんだ。これらはみんな一致する――この警察官、ジェニーの見た警察官、チャブの見た牛乳配達人、判事の見たガソリンスタンドの店員――すべて帽子《キャップ》をかぶった人物だ」

「へえ！」ジェニーが言った。「じゃあ聞きたいんだけど、銃を落としたのがリスでなかったのなら、どうして彼女がそれを拾うことになったの？　誰かがそれを投げるところなんか見なかったのに」

「ワシントン像の所にいたダビデとゴリアテ（旧約聖書『サムエル記』の少年ダビデが巨人戦士ゴリアテを倒すという逸話から）式スリングショットを持っていた少年のことを覚えているかね？」

「なんですかそれ？」ペグがたずねた。「ゴムが付いた二股の道具のこと？」

「ダビデのころは」アゼイはペグに向かって穏やかに言った。「そんなふうに使えるゴムはなかった。いわゆるダビデとゴリアテ式スリングショットというのは、先端を輪っか状にした一本の紐と、先端を結び目にしたもう一本の紐を小袋に結わえつけたものなんだ。我々が見たあの子どもは、鉛の兵隊と落下傘をそのスリングショットの小袋から投げ飛ばしたんだよ」

「じゃあ、プアーもそれを使ったの？」ジェニーがたたみかけるように言った。

「いいや。プアーが使ったのは、我々が彼の上着のポケットから取り上げた撚《よ》り糸さ。考えてみれば」アゼイは言った。「あっしはあれがスタジオの床に落ちたのを見てたんだ。彼がリスのドレスを探しに来て、バンダナで顔を拭ったときにね！　いずれにせよ原理は同じなんだよ、ジェニー。彼はその撚《よ》り糸をスミス＆ウエッソンの用心鉄《トリガーガード》に巻きつけ、その両端を手で持ち、ピッチャーのように腕を振りかぶり――下手投げだがね――それを投げる。そうすると、銃は彼が狙ったとおりの場所、つまりリスの足元からたぶん五、六十ヤードぐらいの所に落ちたんだ」

「だけど、彼はどうして彼女の足元に落ちるよう狙うことができたんですか?」ペグがたずねた。

「少し練習すれば、かなり正確に飛ばせるようになるんだよ」アゼイは言った。「以前、ノースビーチでスズキ釣りのときに剛腕をふるっていたやつなんか、鉛の重りをつけた釣糸を放り投げて、海岸から二百フィート以上離れた流木のかけらに命中させることができたくらいだ。あっしもやったことがあるよ。とにかくプアーはブラントを撃った――プアーはブラントが格好の標的になるのをそこで待っていたんだ――そのうえで彼はその銃をリスの足元に投げ、走ってガーデンの入り口まで行って帽子《キャップ》をかぶった」

「どうしてです?」チャブがたずねた。

「彼には走っているところを見られてはまずいと考えるだけの分別があった」アゼイは言った。「そこに立っていれば、人が制服姿らしき人物を見たときに思い浮かべる誰にでもなりえたんだ。いいかい、プアーの想定ではブラントが撃たれ、足元に銃が飛んできただけで、リスはパニックに陥るはずだった。プアーはリスが警察、または助けを呼びながら、ガーデンから逃げてくると思っていた――」

「じゃあなぜあの男はそこにとどまったの?」ジェニーが口を挟んだ。「もしあの子が彼のほうに叫びながら走ってきたら、すぐに気づかれてしまうじゃない!」

「プアーはリスが当然ボイルストン通りへ走ってゆくと思っていたんだ。そっちのほうがすぐにガーデンから出られるから、まさかわざわざビーコン通りに向かうとは思っていなかったのさ。わかるかい?　たとえ大声で警察を呼ぶことなく自宅に逃げ帰ろうとした場合でも、リスはアーリントン通りに向かうという想定だったんだ。その計画を狂わせたのがおまえさんだったのさ、ジェニー。おまえさんのせいで、リスはプアーがまったく予期していなかった出口から逃げだすことになってしまった。だから彼はおまえさんがリスを追いかけているのを見て発砲した──プアーから聞いたんだが、あいつはとっさにそうしたそうだ──おまえさんを怖がらせて追い払うためにね。あっしがそんなことを言っていたのを覚えてないかい？　とにかく、それから彼は自宅へとって返し、リスが助けを求めてくるのを待っていた。発砲するところを見られていても大丈夫と思えたのは、彼がどこから見ても警察官だったからなんだ、わかるだろう？」

「あんたはどこへ行っていたの？」ジェニーが探るように言った。「ラスロップ家とプアーの所とスタジオ以外に。この午後、ほかにどこにいたの？」

「そうさなあ」アゼイがにっこりした。「ペグがルディのスタジオのデスクから持っていった赤い日記帳を手に入れたよ」

「わたしの日記を？」ペグが真っ赤になった。「まさか──あれを読んだんじゃないでしょうね！　鍵をこじ開けて読んだりしてないですよね！」

「読んだとも。とてもいろいろなことがわかったよ」アゼイは言った。「そしてチャブはとびきり幸運な男だ。それに義理の娘ができるとわかったらラスロップ夫人にとっても慰めになるかもしれない──」

「まあ、嬉しいわ！」ラスロップ夫人が顔を輝かせた。「本当に嬉しいわ、ペグ！　だってリスとわたくしは、チャブがいつあなたに結婚を申しこむんだろうってやきもきしていたのよ！　チャブはすべてに慎重過ぎるから！」

「それで、ほかにはどんなことをしていたの？」ジェニーがしつこくたずねた。

「ほかには」アゼイが言った。「今回の事件のとくに興味深い部分を探っていた。それについてはプアーに感心したよ。じつにうまい手だ」

「いったいなんの話をしているの？」ジェニーが迫った。

「そうさなあ、誰も彼もがプアーのことを大立て者と言っていたが、それを聞くたびに不思議だった」アゼイは言った。「彼はいったいどの業界の大物なんだろうとね。ところが、じつは彼は雑誌社を所有していて、そこから出している雑誌の一つが『ファッション・アルーア』だったんだ。しかし『ファッション・アルーア』編集部には、ルディが昨日、電話で依頼された表紙の撮影を発注した記録がどこにもなかった」

「なんですって！」ペグが言った。

「電話をかけたのはプアー自身だったんだよ。じつに独創的だ！　おまえさんは『ファッション・アルーア』の編集者たちも新聞でルディの死を知るだろうと、白鳥ボートの表紙の件でとくに連絡はしなかっただろう？　そうだろうと思ったよ」アゼイは首を横に振るペグを見てそう言った。「そしておまえさんは、編集者たちから連絡がなくてもそれを変だとは考えなかったはずだ。つまり、誰もそのことについて調べたりはしないわけさ。わかるかい？」

「いいえ」ペグが言った。「さっぱりわかりません！」

「プアーは昨日遅くにルディに電話をした。もちろんプアーもきみと同じく嵐のことは承知していた。そしてルディが今日の午後までに仕上げるという条件でそのような写真を撮るとしたら、今朝しかないとわかっていたんだ。いいかい？　というわけでプアーは知っていた。今日の夜明けにルディはがらんとして人気《ひとけ》のないガーデンの白鳥ボート乗り場にいると」

「表紙の依頼はでっちあげだったんですか？」

「要するに、プアーにとってその表紙と写真はルディを、そしてリスを思いどおりの場所に行かせるための手段に過ぎなかったんだ。プアーはその写真にはリスを使うよう指定したと認めたよ。だからあれほど高額の報酬をオファーしたんだ——ルディに確実にその撮影をさせるためにね。警察に連行される前にプアーが言っていたんだが、ルディは最初その依頼を受けるかどうか迷っていたが、やがて承諾したそうだ。ルディはおまえさんを欺いたんだよ、ペグ。おまえさんに言えば、リスを使うのをやめるよう説得されるとわかっていたんだ。チャブとラスロップ夫人がそんな仕事はやめるようリスを説得するのと同様にね。じつに巧妙な策だ。もし雨が降ったとしても、改めて電話して写真の締め切りを変更することもできる……。おっ、警察官が玄関前に運転してきたのはあっしの車かね？　いや本当に」アゼイは言った。「釣り道具のバケツから重りを取りに行ったら、見たこともないほどたくさんの駐車違反チケットとタイヤ周辺のチョークの印がついていたんだよ！」アゼイは無造作に銀の二度打ち時計《リピーター》を手に取った。「行こう、ジェニー。まずは駅に行っておまえさんのバッグを取ってこないと」

「そんなに急いで行かないでくれ！」判事が引き留めようとした。「警察はきみたちから話を聞きたいはずだ——」

「我々がいなくても大丈夫ですよ、判事」アゼイが言った。「プアーは連行される前に、警察に洗いざらい白状してましたし、警察のどんな小さな疑問も彼自身がちゃんと解決してくれるはずです！　じつはね、明日ポーターの工場で新しい大型戦車に取りかかるんで立ち会わなければならないんですよ。だけどあっしは工場に行く前に絶対に釣りに行くと決めていて、運が良ければまだ間に合うかもしれない」

「あら大変、あたしの大掃除！」ジェニーが言った。「大掃除のことをすっかり忘れてた！　あんたがこれから釣りに行くつもりなら、あたしだって予定どおりうちのカーテンを洗えるかもしれないわ！　あたしの帽子はどこ？」

「どうして」判事は言った。「きみはわたしの時計を持ち去ろうとしているんだい、アゼイ？」

アゼイはにやりとした。「すみません」彼は言った。「じつはこれ、白鳥ボート事件に一時的に貸し与えただけの小道具なんです。ではさようなら！」

訳者あとがき

本書『アゼイ・メイヨと三つの事件』は、二〇一三年の第一弾『ケープコッドの悲劇』、二〇二〇年の第二弾『ヘル・ホローの惨劇』に続く、〈論創海外ミステリ〉のP・A・テイラー翻訳書の第三弾となります。

今回も〈ケープコッドのシャーロック〉こと、名探偵アゼイ・メイヨが探偵役を務めていますが、長編だった前二冊とは違い、三編からなる中編集です。テンポ良く、バラエティに富んだ一冊になっていて、メイヨ生みの親であるP・A・テイラーは、ひょっとしたら長編より中編というフォーマットのほうが得意だったのかもしれないとさえ感じます。

Three plots for Asey Mayo (1991, A Foul Play Press Book)

『ケープコッドの悲劇』の羽住典子氏の解説にも書かれてあるとおり、本書収録の三編のうち一編は一九三九年に『スタア』誌で、そしてもう一編が一九五七年に『別冊宝石』誌で翻訳紹介されている。つまりは、往年のミステリ目利きが発見し、訳され、読まれていたということですから、粒ぞろいなのは推して知るべしでしょう。

敏捷で勇敢な男が抵抗のあともなく、至近距離からあっさり撃たれてしまったのは何故かが肝《きも》となるハウダニット『ヘッドエイカー事件』。身元不明の死体、消えた伯父、殺害現場の全焼など不可解な状況が積み重なっていく『ワンダーバード事件』。いとこのジェニーをボストンまで車で迎えにやってきたアゼイが、待ち合わせ場所そばの公園で起きた殺人事件に巻き込まれる『白鳥ボート事件』。いずれも避暑地ケープコッド、または古都ボストンを舞台にアゼイが冷酷な殺人犯を追ってゆくストーリーですが、本シリーズの持ち味である品の良さ、そしてとぼけたユーモアのおかげで暗くなりすぎることはありません。例によってアゼイは家宅侵入しまくり、ご婦人たちは気絶しまくりなどツッコミどころは満載ですが「こういう芸風だものね」と笑い飛ばしていただければと思います。

時代背景にふれますと、原書の *Three Plots for Asey Mayo* が本国アメリカで出版されたのはいまから八十一年前の一九四二年で、第二次世界大戦の真っ最中です（各中編は一九三九年〜一九四二年に雑誌『The American Magazine』へ掲載されたのち、一九四二年に単行本収録されました）。その影響で作中でもポーター自動車が戦車を製造していたり、登場人物に関係する企業が軍需品の発注を受けていたり、敵国のスパイ疑惑なんていう話も出てきたりして、そこかしこに戦争の影がちらついています。

ちなみに、一九三一年に『ケープコッドの悲劇（The Cape Cod Mystery）』で弱冠二十二歳にして作家デビューしたテイラーですが、本書 *Three Plots for Asey Mayo* 刊行当時は三十三歳です。まだまだ若いですが、作家として脂の乗った時期だったことは間違いありません。そして、そんな作者の成長ぶりと比例するかのように、初めは元船乗りでポーター家の雇われ人に過ぎなかったアゼイもいまや有名探偵で、ポーター自動車の役員になっています。「あっしの唯一の秘密なんだ」ということで物語中ではアゼイの年齢は明かされませんが、今回も林のなかや裏道を自らの脚や自動車で縦横無尽に走りまわる彼の姿は衰えを感じさせません。

なお本書には『ヘル・ホローの惨劇（Figure Away）』（一九三七年）に出てきたカミングス医師も登場していますが、『ヘル・ホローの惨劇』ではまったく言及されていなかった彼の外見的特徴が明かされています。『ケープコッドの悲劇』でアゼイが探偵活動をするきっかけとなった人物ビル・ポーターの現在の暮らしぶりがうかがえる描写などもあり、かつてのビルを覚えていらっしゃるかたは、彼の変化に驚かされることでしょう。

いずれにしましても、現実世界の憂さをしばし忘れてケープコッドやボストンへの小旅行をお楽しみいただけましたら幸いです。

最後になりましたが、本書『ヘッドエイカー事件』におけるローラがペニーに平手打ちをしようとする場面、原書では「ペニーがローラに平手打ちしようとする」描写となっています。担当編集者とも相談のうえ、原書の誤謬と判断し、訳出時に修正しました。

〔著者〕
P・A・テイラー
フィービ・アトウッド・テイラー。別名義にフリーマン・ダナ。1909年、アメリカ、マサチューセッツ州生まれ。バーナード・カレッジを卒業後、1931年に作家デビュー。避暑地ケープコッドを舞台にした〈アゼイ・メイヨ〉シリーズを精力的に発表した。詳しい経歴は不明。1976年死去。

〔訳者〕
清水裕子（しみず・ひろこ）
1967年、北海道生まれ。英米文学翻訳家。訳書に『ケープコッドの悲劇』、『ハーバード同窓会殺人事件』、『ヘル・ホローの惨劇』（いずれも論創社）など。

アゼイ・メイヨと三《みっ》つの事件《じけん》
——論創海外ミステリ 308

2023年12月1日　初版第1刷印刷
2023年12月10日　初版第1刷発行

著　者　P・A・テイラー
訳　者　清水裕子
装　丁　奥定泰之
発行人　森下紀夫
発行所　論 創 社
〒101-0051 東京都千代田区神田神保町2-23 北井ビル
TEL:03-3264-5254 FAX:03-3264-5232 振替口座 00160-1-155266
WEB:https://www.ronso.co.jp

組版　加藤靖司
印刷・製本　中央精版印刷

ISBN978-4-8460-2339-3